PAR UN ÉTRANGE ÉTÉ
À MARTELINE

Du même auteur

Le Vent mauvais, L. Souny, 1993
Les Caramels à un franc, L. Souny, 1995
Le Domaine de Rocheveyre, Presses de la Cité, 1999
Jours de colère à Malpertuis, Presses de la Cité, 2001
Les Vignerons de Chantegrêle, Presses de la Cité, 2002
Quai des Chartrons, Presses de la Cité, 2002
Les Compagnons de Maletaverne, Presses de la Cité, 2003
Le Carnaval des loups, Presses de la Cité, 2004
La Tradition Albarède, vol. 1. *Les Césarines*, Presses de la Cité, 2004
La Tradition Albarède, vol. 2. *Grand-mère Antonia*, Presses de la Cité, 2005
Une maison dans les arbres, Presses de la Cité, 2006
Une reine de trop, Presses de la Cité, 2006
Une famille française, Presses de la Cité, 2007
Les Eaux profondes, L. Souny, 2007
L'homme qui rêvait d'un village, Presses de la Cité, 2008
La Rosée blanche, Presses de la Cité, 2008
Les Fruits verts, L. Souny, 2009
L'Auberge des diligences, Presses de la Cité, 2009
Le Notaire de Pradeloup, Presses de la Cité, 2009
L'Or des Borderies, Calmann-Lévy, 2010
Soleil d'octobre, Calmann-Lévy, 2011
Les Encriers de porcelaine, Presses de la Cité, 2011
Les Noces de soie, Calmann-Lévy, 2012
La Villa des térébinthes, Calmann-Lévy, 2012
Rendez-vous à Fontbelair, Calmann-Lévy, 2013
L'Armoire allemande, Presses de la Cité, 2013
Histoires de familles, Omnibus, 2013
La Folie des Bassompierre, Calmann-Lévy, 2014
La Retournade, Presses de la Cité, 2014

Suite en fin d'ouvrage

Jean-Paul Malaval

PAR UN ÉTRANGE ÉTÉ À MARTELINE

Roman

CALMANN LEVY
territoires

Couverture
Maquette : Le Petit Atelier
Photographie : © Mark Owen / Trevillion Images

ISBN 978-2-7021-8347-2

1

Tôt le matin et avant même de chausser ses brodequins de marche, Simon avait décidé de prendre le sentier des Arques à rebours, comme pour retarder le moment où il atteindrait l'endroit fatidique. Ainsi, avec quelques noix et dattes en poche – et une flasque de whisky au cas où… –, il partit d'un bon pas, sans se retourner, la casquette enfoncée jusqu'aux sourcils.

Quelques minutes plus tôt, il avait joué aux devinettes avec la tenancière de l'hôtel-restaurant *Lévêque*.

— Vous êtes un homme de la ville, à soixante pour cent, au moins, peut-être même soixante-dix, avait-elle seriné, les coudes appuyés sur son comptoir, l'œil malicieux.

— Je suis un pur Parisien, oui, tout ce qu'il y a de plus pur, avait ajouté le visiteur, sans attache en province, sans rien. Un homme seul. Trop seul.

— Ah ! ah ! je m'en doutais, se réjouit soudain la bonne dame. Personne n'est parfait. Ni ici, ni ailleurs.

Simon Rochelin jugea la réplique plutôt stupide. Un étranger, ou quelqu'un qui ressemble à un étranger, n'est jamais tout à fait ce qu'il montre de lui. Il faut creuser pour dénicher ce qui se cache derrière les apparences. Mais Simon s'amusa un peu de sa propre réaction. Après tout, cette Valentine, veuve Lévêque – comme elle tenait à le signaler noblement jusque sur ses en-têtes de paperasse –, ne méritait pas une conversation de cette nature.

Pourtant, quittant les dernières maisons de Marteline à pas rapide, Simon y songeait encore. Il s'arrêta net, hésitant, comme s'il allait encore une fois renoncer à se rendre au précipice de Roc-de-Port. Une visite tant de fois différée… *Tu lui dois bien ça… Tout de même. Ce pèlerinage!* se dit-il. Ce mot, à peine murmuré du bout des lèvres, lui parut si mal à propos qu'il se le reprocha aussitôt, comme si celui-ci venait révéler en lui, soudain, une coupable désinvolture. Et se reprit vivement : rien qu'une visite méditative, mon cher petit Simon. Sans plus. Juste le temps de se rappeler son plus beau sourire, ses rires d'enfant et ses cachotteries d'adolescente… Tout ce que j'ai perdu, déplora-t-il, et qui me semble peu à peu s'éloigner de moi dans un brouillard.

Simon essuya une larme du bout des doigts et reprit sa marche vers le chemin creux. Une montée un peu raide. C'était une aubaine. À se concentrer ainsi sur ses pas, douleurs aux mollets, essoufflement, battements cardiaques, il oublierait tout. Et surtout la « corvée » qui l'attendait là-bas vers les falaises du Roc. Comment s'y prendrait-il ? Un bref recueillement ? Puis la fuite. Sans doute quelques mots intenses jetés vers le ciel. Quoique prendre le ciel pour témoin, ce serait une mauvaise idée, pour un incroyant. Mais on ne se connaît jamais assez pour prévoir ses réactions. Certes pas de larmoiements. Ceux-ci s'étaient déjà épanchés, un long week-end dans la solitude d'une chambre, volets clos. Un an plus tôt.

Il soupira enfin en atteignant la crête du causse. C'était gris et jaune à fleur de pierre. En cet endroit, le paysage n'a que la peau sur les os, pensa-t-il en se faufilant entre les bouquets de genêts et les genévriers. En contrebas, là où un peu de chair s'était agglomérée, les chênes avaient poussé à la diable, avec des troncs noueux et de frêles ramures torturées par les sécheresses successives. En certains endroits, la terre semblait plus généreuse, bosquets de châtaigniers, pommiers de plein champ esseulés, acacias chétifs fragiles sous le fouet du vent.

Simon contempla quelques minutes la sente qui s'enfuyait en épousant le relief jusqu'à de vieilles bâtisses en pierres sèches que l'usure du temps avait fini par rapetisser. Au creux des vallons, là où les herbages s'étaient installés, on distinguait le tracé des clôtures, et plus loin les rangées de noyers en pente douce jusqu'au ruisseau de fond de colline. L'homme avait appris à domestiquer la terre, à force d'observation, alors qu'il avait abandonné les hauts arides aux troupeaux de moutons et de chèvres. Nul guetteur dans cette solitude, vouée au silence et au feulement du vent peignant et dépeignant les herbes sauvages.

Simon Rochelin marchait comme un somnambule, lui l'homme de la ville que les grands espaces désespéraient. Il se faisait violence pour tenir en équilibre lorsque le sentier était aussi instable qu'un ruisseau à sec et venait buter contre chaque pierre. Pourtant, cela l'agaçait de défaire cet ordre ; il eût rêvé passer sans rien chambouler comme un ectoplasme. Mais il était venu précisément pour ça, à Marteline, mettre ses pas dans ceux de Margaux, après une année de chagrin. Assurément avait-elle descendu ce sentier caillouteux, en cognant contre les obstacles, jusqu'au bas de la colline. Simon ferma les yeux, le sang lui battant aux tempes, et la sueur perlant sur ses joues. Il se sentait déjà à bout de forces. Mais il lui en fallait peu, en vérité, pour le mettre HS. C'était une petite nature, bien qu'il parût solide comme un roc du haut de son mètre quatre-vingts, mais fragile côté cérébral à cause de ses longs épisodes de déprime.

Dès lors, la géographie du causse de Marteline lui échappait totalement. Point de repères, sinon les marques jaunes du sentier, posées au petit bonheur d'un trait inégal. Il se fia à son instinct pour conduire sa marche. Le chemin était large, furieusement empierré pour le passage des troupeaux et des cyclo-randonneurs. Les troncs des chênes, des cormiers et des sapins balisaient le passage. Pas un instant, Simon ne céda à l'envie de s'engager hors de la piste. Il avait plutôt hâte d'atteindre la falaise, quel qu'en fût le point. Et de là contempler le cingle de la rivière en contrebas.

Il s'assit sur un bloc rocheux affleurant la terre jaune et gris, à peine herbue en cet endroit. Son regard se porta sur la lisière de la forêt de Peyraze, cent pas au-dessous, dont l'ombre formait un contraste avec la gâtine incendiée de lumière qu'il avait parcourue deux heures de rang, sans s'autoriser la moindre distraction. Cette singulière image, ombre et lumière opposées, résumait ses états d'âme. Depuis son arrivée à Marteline, Simon ne parvenait à se fixer sur une idée précise quant à son avenir, comme s'il redoutait, au fond, de découvrir ici, dans ce coin perdu du Lot, une vérité qui chamboulerait à jamais la suite de son existence. Cette perspective l'attirait et le rebutait à la fois.

D'un pas décidé, il entra dans la forêt. La lumière à travers les feuillages formait des ocelles sur le sol tapissé de mousses et de feuilles. Le chemin serpentait un peu dans la profondeur. Il redoutait déjà le moment d'atteindre le bord du fameux précipice, en suspens sur la rivière quelque cinquante mètres plus bas. Et lorsqu'il perçut d'elle le scintillement de la lumière, il s'arrêta, tremblant de tous ses membres, incapable de faire un pas de plus. Car il avait atteint l'endroit précis où le sentier bordait le précipice. Pris de vertige et d'effroi, il se laissa tomber d'une seule masse dans les genêts, les yeux fixant le ciel.

Au bout d'un quart d'heure, Simon se redressa, précautionneusement, les mains accrochées aux ramures des genêts. Il osa un regard, bref et peureux, sur le vide. C'était donc là, ou dix mètres plus loin, que sa chère petite Margaux avait glissé. Et la vision de cette chute le torturait tant et tant qu'il poussa un cri dans l'immensité. Enfin, il s'assura d'une assise pour contempler le pied de la falaise de Roc-de-Port avec des éboulis léchés par le courant et les embâcles de la Dordogne. C'était ici, ou peut-être vingt mètres plus haut ou plus bas, qu'on l'avait dénichée deux ou trois jours plus tard dans ce fouillis inextricable. Le rapport de la gendarmerie de Gourdon avait noté que la jeune victime présentait de multiples fractures sur tout le corps et que son visage était rendu méconnaissable… D'où le temps pris pour l'identification…

Pourquoi ma petite fille est-elle venue se perdre ici ? se demanda-t-il après avoir liché une gorgée à même sa flasque de whisky. *Qu'est-ce donc qui l'attirait tellement sur ce causse aride ? Elle était tellement différente de moi qui ai toujours détesté les campagnes sauvages, les paysages hostiles, pétris d'entraves et de servitudes. Mila, peut-être,* pensa-t-il. *Sa mère aura toujours eu un faible pour les coins perdus au point de l'emmener toute petite à Floirac, sur le Sauveterre, ou dans les garrigues du Luberon.* Il se mit à chercher dans sa tête les noms de ces lieux où Mila aimait louer des gîtes pour randonner alentour, seule avec sa fille, tandis que lui, l'infâme papa, préférait rester à Paris avec ses affidés, pour flâner sans but entre la tour Montparnasse et le boulevard Saint-Michel. Tant d'égoïsme et d'intransigeance avaient fini par dévaster le couple. Et Margaux, au cœur de ces tiraillements familiaux, avait fini par choisir sa mère. Comment lui en vouloir ? Après tout, il n'y avait rien eu d'intéressant pour elle dans ce père indifférent, sinon des leçons de morale et des conversations austères sur la marche du monde. Ces sujets n'étaient guère de son âge.

2

Depuis que son mari avait pris le large, Mme Anglard se sentait enfin revivre derrière ses hauts murs. Pourtant, le mortel chagrin, tant promis comme une juste punition, ne l'avait pas encore atteinte. Ce divin prodige tenait peut-être à sa propension naturelle à tourner la vie en dérision.

Chaque fois que son amie Juliette Valeyne lui rendait visite, la même question revenait en désignant l'énorme tas de lettres posé sur le guéridon de l'entrée :

— Il vous écrit toujours, ma pauvre Thée ?

— Et je n'en ouvre aucune, répliquait celle-ci fièrement. Depuis qu'il a claqué la porte, précisait-elle les yeux au ciel d'un air rêveur, deux ans et demi déjà... Rendez-vous compte, se défendait-elle comme si elle en avait jamais eu besoin, je n'ai jamais cédé à la tentation. Et pour cause, je n'attends rien de William Anglard.

— Il s'obstine toujours et toujours à vous écrire ? s'étonnait chaque fois Mlle Juliette en caressant du plat de la main le plastron gaufré de dentelle blanche qui ornait sa robe à fleurs.

— Comme vous le voyez.

— Les hommes sont bêtes ! Décidément, je ne regrette pas d'en avoir eu aucun dans ma vie.

— Aucun ? En êtes-vous bien sûre ? Tout de même.

À cet instant Mme Anglard ne pouvait résister au plaisir de voir les joues de sa visiteuse rosir.

Ce n'était donc pas une légende. À raison de deux lettres par semaine, William Anglard se signalait imperturbablement à sa femme, alors que celle-ci, depuis le temps, se refusait à les ouvrir, puisqu'elle savait ce que ces pensums contenaient : de pâteux ressentiments, de dégoulinantes suppliques, d'affligeantes lamentations... En résumé, tout ce qui lui faisait le plus horreur dans l'existence.

Cette après-midi-là, à l'heure du thé, moment sacré après les quatre coups du carillon de l'église Saint-Maur, elle sortit sur la terrasse avec sa tasse et ses deux biscuits, et s'installa à l'ombre d'un tilleul. Elle pensait à toutes les bêtises qu'elle avait proférées hier soir à ces jeunes idiots qui envahissaient son grand salon pour refaire le monde. Si d'ordinaire Thée feignait de s'intéresser à leurs discours, elle s'autorisait tout de même à les remettre en place, forte de son expérience, même si, après coup, ça lui donnait mauvaise conscience de jouer les briseuses d'illusions. Les plus insolents d'entre eux n'hésitaient pas à la traiter de vieille pie radoteuse. Mais Mme Anglard restait tout sourire, sans rancune, fidèle à son histoire, elle qui avait été de toutes les luttes dans les années 1970.

La clochette se mit à tinter. L'emmerdeuse se glissa craintivement entre les lilas, la lambruche et ses lianes envahissantes. Par principe, Thée tourna la tête de côté, sans surprise. Juliette Valeyne marqua le pas pour qu'on la priât de s'asseoir. En vain.

— Je crains toujours de vous déranger, Thérèse.

Mme Anglard se fit violence pour ne pas répondre, rien que pour se délecter du désarroi sur ce visage sec et dévasté, sans amabilité. C'était son petit plaisir quotidien que de lui montrer, par d'infimes signes, qu'elle n'était pas et ne serait jamais la bienvenue dans son décor. Et pourtant, malgré tous ses efforts, Thérèse Anglard n'était jamais parvenue à la décourager.

— Pourtant vous revenez me voir, quotidiennement. Oh, se reprit-elle, jugeant sans doute que son agressivité avait assez duré pour aujourd'hui, je sens bien que vous ne pouvez pas vous passer de moi.

Juliette se posa sur une chaise, jambes serrées, mains repliées au creux du ventre, timidement.

— Il est des jours où je ne vous comprends pas, ma chère Thée. Vous paraissez si joviale, puis soudain, comme un orage d'été, votre visage change du tout au tout. Il s'assombrit. Et vous assénez des méchancetés qui ne vous ressemblent pas.

Thérèse Anglard se mit à hocher la tête. Ce portrait que sa voisine venait de brosser d'elle lui ressemblait bien. Et au fond elle se sentait flattée que cette punaise de bénitier lui reconnût tant de perfidie, alors qu'elle ne l'eût guère prisé venant du jeune Nino Rosetti qui hantait ses soirées avec joints, fioles de poppers et discours séditieux sur la société mercantile…

— Savez-vous, ma chère, ajouta Juliette, que depuis le temps que je vous observe, j'ai fini par me faire une opinion de vous.

Thée laissa apparaître sur son visage lisse un sourire vague, comme si par avance tout jugement ne pouvait l'atteindre, tant la dame de la maison des Murelles avait une haute idée d'elle-même. Insaisissable comme un roc sans failles, aux formes polies, toutes griffes s'escrimant en vain comme sur du marbre. La dame avait la réputation d'épuiser ses batailleurs intimes en vaines chicanes.

— Je ne suis pas curieuse. Votre avis m'importe peu, en vérité. Mais pourquoi gâcherais-je votre plaisir, ma chère ?

La visiteuse posa une main sur celle de Thée, que celle-ci ne retira pas. Mais quand elle voulut plonger son regard dans le sien, la maîtresse des lieux le dévia légèrement. Il y avait un côté serpent dans celui de la punaise de bénitier, fixer sa proie pour l'hypnotiser.

— Depuis le temps que je vous observe…

Juliette désigna sa maison de l'autre côté de la rue, haute et massive avec ses frontons circulaires qui offraient un cachet singulier.

— Vous me suivez pas à pas, allant et venant dans mes allées, sur ma terrasse lorsque je m'y prélasse en petite tenue…, répliqua Mme Anglard. Heureusement, poursuivit-elle, que vous n'avez pas vue sur mon salon. Surtout la nuit, insista-t-elle, lorsque je reçois tous ces petits jeunes qui vous intriguent.

Le visage de Mlle Valeyne s'empourpra soudain et, piquée au vif, elle détourna les yeux. Sa voisine ne lâcha pas prise, déterminée à la pousser jusque dans ses derniers retranchements.

— Peut-être, lorsque les fenêtres sont ouvertes, surprenez-vous quelques bribes de nos conversations ? Si animées et quelquefois délirantes. Ça doit rudement enflammer votre imagination ?

— Détrompez-vous, Thée, j'envie votre liberté, l'aisance avec laquelle vous vous mouvez dans l'existence. C'est un spectacle rafraîchissant.

— Et vous vous dites, parfois, avec un peu d'amertume et d'aigreur d'âme, pourquoi ne suis-je pas comme Mme Anglard ?

Elles se mirent à rire ensemble.

Pendant tout le temps de la conversation, Juliette n'avait pas retiré sa main posée sur celle de sa voisine. Qui s'éloignerait la première ? Assurément pas Thée qui s'amusait excellemment de cette situation.

— Que voudriez-vous savoir ? Le nom de mes visiteurs ? La description de nos fêtes ? Les raisons de nos éclats de rire ? Et les silences, soudain… Que cachent-ils ? Vous venez donc aux nouvelles, jour après jour. Non, n'y comptez pas, ma chère, je ne vous inclurai pas dans nos soirées.

Mlle Valeyne haussa timidement les épaules.

— Ai-je seulement manifesté une telle demande ? Non. Bien sûr que non, se rebella-t-elle avec une petite colère feinte. Mais je tiens à conserver tout de même nos rencontres autour d'un thé. Je suis si seule, savez-vous ? Vieille aussi. Plus vieille que vous ne l'imaginez. La solitude, à la longue, m'a racornie.

Thée effaça son sourire derrière une main discrète. Puis elle attendit sans un mot en montrant par quelques signes d'impatience, les doigts tapotant sur le tressage en rotin du guéridon de jardin, des bâillements réprimés, des soupirs, qu'elle avait hâte de se retrouver seule.

Enfin, seule, Mme Anglard se faufila jusqu'à son massif de rosiers pour vérifier que les pucerons laissaient le feuillage en paix après ses pulvérisations de savon noir. Elle ne consacra guère de temps à ses observations, tant son esprit était occupé par Nino. Fallait-il lui accorder tant d'importance dans son cercle ou le remettre à sa place ? Tant qu'il ne te manque pas de respect, tu ne peux rien faire, se dit-elle. La formule l'amusa fort et elle se jugea soudain bien prude devant ces petits révolutionnaires en peau de lapin.

À l'arrière du jardin, il y avait un espace engazonné à l'abri des regards, où Thée avait l'habitude de prendre le soleil. Elle ôta sa robe et s'allongea sur le ventre, le visage contre l'herbe fleurant le pétrichor. Ces fragrances musquées et fraîches, après les pluies d'orage, lui rappelaient son enfance dans la Brenne, sur les vertes toisons bordant l'étang de la Gabrière.

Après un court épisode de somnolence, elle se tourna côté face, époussetant les brindilles d'herbe sur son visage et sa poitrine. Elle laissa courir ses mains le long de son corps, palpant ses seins, ses cuisses, encore fermes malgré ses cinquante ans, fermes et bien proportionnés. *Tu en as de la chance, tout de même*, marmonna-t-elle. *Tu pourrais être décrépite, dévastée, vieille avant l'âge, démolie par les années et la ménopause. Tout ça, ces joyeusetés, tu les as traversées sans trop de désagrément.* Elle passa la main dans sa chevelure en désordre, y dénicha encore quelques brins d'herbe, puis s'assit. La dernière réflexion de Rosetti la turlupinait. Était-ce de l'inconscience ou de la méchanceté ? Parler ainsi à une femme de trente ans de plus ? Thée en éprouva de la tristesse et voulut se rassurer. Non, mon garçon, se dit-elle, je n'irai pas me faire une couleur... Miel, caramel ou acajou... Quelle horreur ! Poivre et sel me va au teint, n'est-ce pas ? Est-ce que Mlle Valeyne se préoccupe de ces détails ? Il y a tout de même une grande différence, se dit-elle pour se rassurer, ma chère voisine envahissante n'a plus besoin de plaire. Mais toi, ma petite Thée, as-tu encore envie de plaire, après cinq ans de séparation ? Elle caressa la pointe de ses seins qu'elle aimait délicatement faire durcir du bout des doigts. Ça ne te manque pas. Je m'arrange toute seule. Comme à l'époque de mon adolescence à Thiais, ou même encore au collège de Mézières avant de… Elle fut pourtant si désastreuse cette première expérience avec un garçon. Un gâchis. Une épreuve douloureuse et si insatisfaisante. À ce moment-là, j'aurais pu virer du tout au tout, se dit-elle. Elle renfila sa robe, avança d'un pas nonchalant vers la terrasse, et entra sur la pointe des pieds dans le salon, sombre et frais, protégé par des murs de calcaire massifs. Un château de silence et de quiétude extrême. C'était le seul environnement qu'elle avait toujours rêvé pour y soigner sa solitude.

Dans son vaste salon, France Musique diffusait d'anciennes gravures du *Ring* de Wagner. Elle reconnut le duo de Siegmund et Sieglinde dans le premier acte de la *Walkyrie*, dirigé par Wilhelm Furtwängler avec dans les rôles-titres Wolfgang Windgassen et Hilde Konetzni. Assise devant ses baffles, Thée attendit patiemment le commentaire de la présentatrice pour vérifier d'un air satisfait qu'elle ne s'était pas trompée. Une fois encore.

Rien ne la rassurait plus que sa fidèle mémoire, rarement prise en défaut. C'était pour elle un simple ravissement personnel, intime et sans autre prétention, car jamais Mme Anglard ne se serait vantée d'une telle prouesse. Il lui arrivait si souvent en société de ne pas chuchoter une réponse quand celle-ci tardait à venir à la bouche de ses voisins par peur de vexer. Elle préférait se fondre dans le moule ordinaire.

Au bout du couloir, sous la fente pratiquée dans la porte d'entrée, quelques lettres étaient éparpillées sur le tapis. Elle parut étrangement déçue de n'y trouver William. Cinq jours sans nouvelles. *Voici qui contrarie le cours normal de ma haine ordinaire*, se dit-elle. *J'y tiens, pourtant, à ma collection... Quel ravissement tout de même de voir grossir le flot de silence et de mépris.* Puis la dame des Murelles se mit à arpenter son salon dans le flux de musique qui montait et descendait en vagues successives. Toute douceur et douleur. Thée se souvenait qu'autrefois, elle ne pouvait écouter Wagner plus d'une demi-heure sans se sentir anéantie. C'était la même sorte de fatigue qu'au milieu d'une foule oppressante. Elle coupa le son en poussant un large soupir. Le silence lui parut alors aussi ravageur que les grondements de l'orchestre. Puis elle alla d'une fenêtre à l'autre, celle qui donnait sur la rue et celle sur le jardin. C'étaient deux perspectives opposées, aussi ennuyeuses l'une que l'autre. Au fond, Thérèse n'aimait que la nuit, et les halos jaunes et dorés de ses lampes sur les tapis et le luisant des meubles. Elle disait souvent : pourquoi a-t-on inventé le jour ? La lumière n'exsude que les laideurs, tandis que la pénombre et le crépuscule révèlent la douceur pénétrante des choses et des âmes. Tout y est étouffé, feutré, à portée de main et de l'esprit.

À la fin du jour, assoupie au creux d'un fauteuil jusqu'aux folles emballées lyriques du début du troisième acte (*Hojotoho ! Hojotoho ! Heiaha*), elle se trouva soudain face à Léna Colombier, se demandant comme à chaque fois comment on faisait pour entrer chez elle comme dans un moulin. Ça l'énervait, l'agaçait, mais Thée ne faisait rien pour y remédier. À croire que ces intrusions à toute heure du jour et de la nuit la satisfaisaient. Ainsi se sentait-elle rattachée au monde par des liens solides : l'amitié, l'affection, la camaraderie... Sans celles-ci, sa solitude lui eût été encore plus insupportable.

— Ma petite Colombe, comment es-tu entrée chez moi ? Par la fenêtre ?

La maîtresse des lieux fit mine d'agiter ses ailes. L'intruse s'approcha jusqu'à venir s'asseoir en tailleur à ses pieds et poser la tête sur ses genoux. Thérèse hésita à caresser ses boucles blondes. Ce n'était tout de même pas un chien, et pourtant, elle ne réclamait rien de plus, Colombe, qu'un peu de tendresse, de cette tendresse dont elle avait tellement manqué dans sa jeunesse. Et quelque part, Thée représentait confusément la mère affectueuse qu'elle n'avait pas connue.

— Comment pouvez-vous supporter cette horrible musique ? C'est poussiéreux, pompeux, persifla-t-elle en cherchant d'autres adjectifs qu'elle ne trouvait pas.

Mme Anglard la considéra, soudain, avec pitié. D'où vient donc cette génération qui juge par anathèmes superficiels, bien avant de faire l'effort de connaître ? se demanda-t-elle. Mais Thée préférait se taire ; elle prisait trop cette juvénilité si singulièrement incarnée en Colombe pour jouer les vieilles pies savantes.

— C'est toujours mieux que Metallica... Là, je meurs, dit Thée.

Colombe, les bras en croix sur le tapis, fixait le plafond d'un regard absent.

— Tu as pris quelque chose ? Tu sais que je ne supporte pas ça, belette ?

Colombe se tourna sur le ventre, vivement, rampa jusqu'à Thée.

— Pour qui me prenez-vous ? Depuis le temps que nous nous connaissons…

Du bout du pied, elle lui effleura le visage comme une caresse. Léna s'en empara pour admirer les ongles vernissés en violine.

— De plus en plus en mode séduction… Pour qui faites-vous tous ces efforts ? Ne me dites rien. Je crois que je vais deviner…

Thée se montra outrée. Cette réflexion lui paraissait bien osée à l'adresse d'une femme de cinquante ans.

— Tu as toutes les audaces, décidément ! s'exclama-t-elle. Jusque-là j'avais espéré que mes visiteuses du soir conserveraient à mon égard un brin de retenue. Peut-être me faudra-t-il reprendre tout ça en main.

La petite Colombe alla chercher dans le réfrigérateur de la cuisine une bouteille de Coca.

— La salope m'a chassée depuis six mois. En m'interdisant de remettre les pieds dans la maison. Et mon père, qui aurait pu prendre ma défense, est resté muet, lâchement indifférent.

— Je vois que tu es en colère, ma petite Léna.

La jeune femme parut réfléchir avant de tenter de justifier le mot « salope » qui avait écorché l'oreille de Mme Anglard. D'un revers de main, elle chassa les mèches de cheveux blonds qui envahissaient son visage anguleux.

— Je n'ai pas envie d'en parler.

— Tout de même, c'est grave. Être jetée hors de sa propre famille.

Léna gardait la tête baissée pour ne pas répondre.

— Tu l'as revue depuis ? insista Mme Anglard. Ne serait-ce que pour une explication.

— Non, non, bien sûr que non, s'agaça-t-elle. Nous n'avons plus rien à nous dire. C'est comme ça !

Thée sentit que le terrain était si douloureux que chaque parole prononcée l'écorchait vive.

— Je ne sais plus où aller, marmonna la jeune fille. Pour parer au plus pressé, ma tante Clotilde m'a recueillie à la ferme du Ténarelle. Les Fargues sont bien gentils mais je ne veux pas participer aux travaux des champs… Et je m'y sens mal à l'aise. J'ai l'impression de profiter de la situation sans rien apporter.

En allumant une cigarette avec la montée du soir, Thée observait Colombe d'un air désespéré. En fait, c'était pour sa pomme qu'elle craignait, car elle avait déjà compris que la petite n'allait pas tarder à lui demander l'hospitalité, le manger et le coucher…

— Heureusement que mon père me fait passer un peu d'argent. Il dépose pour moi une enveloppe au café des Remparts.

— Tu as au moins essayé de lui parler ? demanda Thée. Il pourrait te reprendre à Vayrac…

— Contre l'avis de ma mère ? Jamais. C'est elle qui commande à la maison. Et je crois comprendre, à force, tout aussi douloureux que ce soit, qu'elle ne l'a jamais aimé. Un mariage arrangé.

Léna éclata de rire en agitant sa chevelure en désordre.

— Heureusement qu'il n'y a eu que moi. Ça simplifie les choses.

Mme Anglard se décida aussitôt, sans hésiter. C'était dans sa nature, la générosité, même si celle-ci parfois s'avère dangereuse.

— Je dispose d'une petite chambre au second. Tu n'auras qu'à l'occuper. À la seule condition d'y faire le ménage et de la tenir en ordre.

Léna se mit à frapper des mains avec le sentiment, à cette seconde, d'avoir remporté la partie. Elle n'avait jamais imaginé que Thée puisse la rejeter. Elle courut l'embrasser, la serrer dans ses bras pour la remercier. Mme Anglard était peu sensible aux effusions, aux transports d'âme. Elle n'eut pas même une petite larme. Elle se disait : *je fais une bonne action. D'autant que cette gamine ne prendra pas beaucoup de place, au propre et au figuré. Si menue et si malingre, un peu négligée certes, mais malléable. Je la tiendrai en laisse si nécessaire. J'en ai dompté plus d'une…*

3

Rien ne révulsait plus Simon Rochelin que l'attitude agressive de la tenancière de l'hôtel Lévêque à l'égard de sa petite employée. Par inadvertance, celle-ci avait oublié de lui apporter du miel.

— Est-ce que tu écoutes quand on te parle ? Quelle petite gourde, cette Alice ! M. Rochelin a demandé du miel plutôt que de la confiture d'abricot… C'est clair, oui ou non ?

— Pas de problème, suggéra Simon d'un air dépité, l'abricot suffira. Après tout, je n'ai rien, chère madame, contre votre gelée d'abricot.

Et il posa la main sur le plateau comme pour interdire qu'on changeât quoi que ce soit. Mais Valentine Lévêque tenait fort à ce que ses rares clients soient servis comme dans les meilleurs établissements. La serveuse demeurait indécise, ordre contrordre, au bord des larmes. Puis Simon lui fit signe d'approcher pour lui chuchoter au creux de l'oreille.

— Faites ce qu'elle vous dit, Alice. Sinon, vous ne vous en sortirez pas.

Finalement, par une sorte de protestation puérile, il s'interdit de toucher au pot de miel. Ce geste ne fit que décupler la colère de la tenancière qui, adossée au comptoir, promenait un regard noir sur sa clientèle composée de deux ou trois couples plutôt âgés. Elle s'approcha de Rochelin, le toisa de haut, avec des questions plein la tête. Elle lui demanda si sa randonnée lui avait apporté quelques satisfactions, s'il avait fait des rencontres et enfin sur les raisons qui poussaient un Parisien à venir se perdre dans un coin paumé comme Marteline. Un pays si triste et ennuyeux que même les chiens tirent la gueule, dit-elle.

— Alors bien sûr, justifia-t-elle, tout s'en ressent. Par exemple, le personnel… Mon bon monsieur, on ne trouve rien de compétent.

Simon l'arrêta d'un geste.

— Vous ne mangez pas le croissant au beurre ?

Il fit non de la tête.

— Il vient de la boulangerie Dugros, dans la rue Droite, près de l'église Saint-Maur. Une des meilleures pâtisseries à cent lieues à la ronde. Goûtez-le ! ordonna-t-elle. Vous m'en direz des nouvelles.

Il avala son café avec réticence. L'amertume et le goût de pisse lui donnèrent des hauts-le-cœur. Puis il sortit aussitôt pour s'installer à la terrasse et contempler l'activité de la place. Il y avait un groupe de jeunes, cinq ou six, qui arpentaient la halle couverte. L'un d'entre eux dessinait des repères sur les dalles. Un autre surveillait l'opération, un plan en main. Plus à droite, plus à gauche, disait-il en déplaçant le ruban jaune du décamètre.

— Ici nous mettrons l'échiquier, dit le metteur en scène, deux mètres sur deux. À plat sur l'espace scénique, avec les Pludek[1] qui en feront le tour à l'aise. Seul Adam

1. Pludek, tel est le nom de la famille mise en scène dans la pièce de Václav Havel, *La Fête en plein air*, satire du régime communiste.

joue et rejoue. Sans fin. Indécis, perdu, égaré… Les autres Pludek resteront immobiles comme des pions, puisque les personnages de la comédie seront rendus à l'état de pièces d'échecs, se déplaçant avec des gestes saccadés. Voilà l'effet qu'il nous faut rendre dans le premier acte. Décor flottant, ajouta le maître d'œuvre. Des rideaux de différentes couleurs qu'il nous suffira de déplacer, selon les éclairages. Je dirais entre le gris, le bleu, le noir et le blanc…

Trois filles étaient assises à califourchon sur le muret de la halle. Elles suivaient les allées et venues sans un mot, les visages exposés aux rayons du soleil. À peine s'intéressaient-elles aux conversations des garçons. Peut-être ne croyaient-elles pas encore que la pièce de théâtre verrait le jour en ce lieu sublimé par la pierre jaune et ocre en piliers imposants, sous une toiture massivement charpentée de forme rectangulaire avec des pans coupés.

Simon ne perdait rien du spectacle, tout en s'interdisant pour l'instant d'interroger son voisinage. Au contraire, ce rôle de pur observateur lui plaisait bien. Il commanda un Perrier à la petite serveuse. Elle le servit aussitôt en baissant les yeux.

— Choisissez si vous le pouvez, ma chère, une autre patronne. À mon avis vous n'y perdriez rien au change.

— Oui, reconnut-elle avec cette timidité et cette affliction qui lui prêtaient un certain charme. Mais je ne sais pas faire grand-chose de mes dix doigts. Ici, ça assure mon quotidien, même si je dois supporter les humeurs de la patronne.

Elle se retira sur la pointe des pieds. Simon eut bien voulu la retenir, mais en fait, toute sa liberté dans ce périmètre de terrasse était suspendue au regard de Mme Lévêque. Alice en avait appris tous les codes. Surtout elle avait besoin de ses quatre mille francs mensuels que sa généreuse patronne lui allouait à raison de sept à huit heures de présence par jour. Juste de quoi payer le loyer d'une petite chambre mansardée dans le quartier du Four-Bas et s'offrir des sandwiches, des croque-monsieur et du Coca-Cola.

Simon la suivit du regard en songeant à Margaux. Elle avait tout pour être heureuse, se dit-il. Tout compte fait, j'aurais préféré qu'elle soit une sorte d'Alice, mal partie dans l'existence, mais vivante, si vivante. Cette douleur qu'il s'infligeait, à partir de simples visages anonymes, de sourires volés, de complaisantes observations, ne lui était d'aucune utilité. D'autant plus qu'il avait beaucoup à se reprocher… N'avait-il pas refusé de reconnaître le corps de Margaux à la morgue de Cahors, et plus encore d'assister à l'enterrement ? Non, avait-il dit à Mila, je veux en conserver l'image intacte d'une enfant heureuse de vivre. Mais ici au bord de la fosse, ce n'est plus elle. Tu ne comprends pas Mila ? Une chose froide, un objet dépossédé de tout souvenir, un cri muet figé pour l'éternité. Je voudrais croire que notre petite Margaux est ailleurs, mais hélas, ma raison se refuse à espérer. Ce serait une illusion obscène, pour moi, tellement hideuse. Il n'y a pas d'ailleurs. Que la froide décomposition de la charogne humaine.

Rochelin régla sa consommation, avec de préférence un gros billet, pour retenir Alice auprès de lui. C'était la seule personne avec laquelle il avait engagé une conversation.

— Vous me rappelez ma fille, chère Alice.

Elle se mit à rougir.

— Je ne sais pas, monsieur.

— Je vous le dis. Je suis un peu ici pour elle, dans ce coin perdu au bord du causse.

— Vous allez lui rendre visite ?

— En quelque sorte.

Il montra le ciel et ne put plus dire un mot. C'était pourtant une hérésie, une stupidité à ses yeux, de désigner le ciel, mais une commodité tout de même. L'éther, l'absence, l'infini. Simon se mit à sourire.

— Que font-ils là tous ces jeunes, sous la halle, à s'agiter, discutailler ? Tout cela me semble bien étrange.

Alice rendit la monnaie en puisant dans celle qui encombrait son plateau. Au passage, Rochelin lui laissa un billet qui valait trois fois le prix de sa boisson. Elle voulut refuser, mais Simon insista.

— Ce sont des comédiens. Ils préparent un spectacle.

— Quel genre de spectacle ?

— Je ne sais pas, monsieur. Vous devriez leur demander. Encore qu'ils n'aiment pas beaucoup qu'on s'occupe d'eux.

— Ils ne sont pas d'ici ?

Elle ne sut répondre et parut s'impatienter.

— Je suis à Marteline pour quelques jours, dit-il. Trois ou quatre. Peut-être plus. Je ne sais pas. Vous aurez encore à me supporter.

Elle baissa la tête avec un sourire empreint de politesse. Une mèche de cheveux barrait son visage jusqu'aux lèvres. Il prit le temps de la regarder, avec trop d'insistance sans doute, au point qu'Alice en éprouva de la gêne. Elle possédait des traits réguliers, des joues molles et des lèvres un peu épaisses. Il émanait d'elle une troublante fraîcheur. C'était tout ce qui l'émouvait, cette innocence des gens simples pas encore marqués par la vie.

Plus tard, à la tombée du jour, Rochelin alla dîner au *Grillon Vert*, avenue Laveyssière. Une adresse qu'il n'avait pas choisie au hasard. Celle-ci provenait du carnet de notes laissé par Margaux avant de disparaître. À la date du 14 août 1994, soit trois jours avant sa chute à la falaise de Roc-de-Port, elle avait juste écrit « Dîner rapide, puis dodo... ». Le cadre de la fameuse auberge avait la simplicité des établissements qui proposent des repas à coût modeste et à menu unique. Simon ne fut guère surpris que sa fille eût choisi un tel boui-boui. Elle avait toujours adoré ces estaminets sans cachet ni personnalité, non par souci d'économie, car elle ne manquait pas de moyens, mais par un souverain mépris de toutes les sophistications. Du reste, sa mère l'avait élevée dans ces principes. Se situer toujours au-dessous de sa condition, ne jamais provoquer la jalousie chez les autres, plutôt faire pitié qu'envie... Souvent le père avait tenté de s'opposer à Mila sur l'éducation de Margaux, mais sans succès. Elle avait toujours eu une longueur d'avance sur lui. « Je n'aime pas, mon petit papa chéri, les gens que tu fréquentes. Ils sont ennuyeux, méprisants, assurés de leur puissance. Voilà un monde que j'abhorre. Ne comprends-tu pas ? »

Rochelin commanda un steak-frites et un verre de beaujolais. À peine fut-il servi qu'un groupe de jeunes envahit le restaurant. Son attention fut captée par les conversations. Celles-ci tournaient autour du night-club *La Gambade*, à quelques kilomètres de Marteline, perdu au milieu de la campagne, à ce qu'il crut comprendre. Si les mecs trouvaient que l'ambiance était plutôt ringarde avec ses éclairages clignotants et boules disco datant du siècle passé, les filles, elles, étaient plutôt d'un avis contraire, grâce au DJ qui ne diffusait que de la bonne musique. Entendons par là les tubes de Niagara, Pauline Ester ou Princess Erika…

À la fin du repas, Simon eut la malencontreuse idée de commander un cognac. On lui apporta un infâme tord-boyaux, ce qui confirma son a priori que les misérables estaminets comme le *Grillon* n'étaient point faits pour lui. Après avoir payé au comptoir, Rochelin montra une photo de sa fille au patron, un grand gaillard à la moustache arrogante.

— Comment voulez-vous que je me souvienne, mon bon monsieur ? Ce que vous me demandez date d'un an. Un an, vous rendez-vous compte ?

— Vous devez tenir un registre ?

— J'ai autre chose à faire.

L'homme se détourna vivement. Mais Simon insista. Et le ton commença à monter. Rochelin comprit alors qu'il lui fallait donner quelques explications. Bien sûr, le propriétaire du *Grillon* se souvenait de cette affaire qui avait défrayé la chronique locale.

— Je comprends votre douleur, cher monsieur, mais je ne vois pas ce que votre enquête va apporter. Rien ne saurait réparer cette malheureuse chute. Il vous faut faire votre deuil. Que puis-je vous dire d'autre ?

— Ma fille est venue chez vous. Elle a dîné comme je le fais aujourd'hui. Peut-être a-t-elle loué une de vos chambres ?

— Peut-être que oui, peut-être que non.

— Il suffit de vérifier votre registre. Vous tenez bien un registre ? N'est-ce pas ?

Le *Grillon Vert* n'étant pas informatisé, Simon avait compris que l'auberge était régie selon l'ancienne méthode.

L'homme se mit à soupirer, à lever les bras au ciel et à plaindre son temps.

— Je comprends que tout ça vous ennuie, insista Simon. Mais soyez assez aimable pour me prêter votre registre ? Je puis moi-même y jeter un œil. Ensuite, je vous laisserai tranquille.

Pour amollir son impatience, Simon posa sur le comptoir un billet de cinquante francs.

— Je vais vous appeler mon employée. Elle travaillait ici en 94. Peut-être qu'elle pourra vous aider…

Henriette, drapée dans un grand tablier blanc, sortit de sa cuisine. Elle avait entendu une partie de la conversation. C'était une femme docile, soucieuse de préserver la confiance du propriétaire. Elle se souvenait bien, elle, de cette jeune fille qui avait passé deux jours à l'auberge durant l'été dernier. En apprenant sa mort dans les conversations qui allaient bon train à Marteline, elle avait aussitôt fait le rapprochement. Et cela l'avait profondément affectée.

— Je me souviens même de ses vêtements. Elle portait un short blanc et une chemise bariolée avec des motifs hawaïens. Elle avait un petit sac à dos avec peu d'affaires, semble-t-il. Je me suis dit à l'époque qu'elle n'était pas une randonneuse comme les autres. D'ordinaire les filles sont chargées comme des mulets avec des gourdes à droite et à gauche. Nous avons échangé quelques mots le matin où elle a quitté le *Grillon.* Elle avait visité le site des Tuilleries.

— Quel est cet endroit ?

Simon déplia sa carte IGN et Henriette lui désigna l'endroit à quelques kilomètres au nord de Marteline.

— Un ancien dolmen dont on dit qu'il aurait plus de quatre mille ans. À ce propos, votre fille a ajouté que l'endroit avait été saccagé par les habitants au siècle dernier. On y avait cherché un trésor. Un trésor ! Rendez-vous compte.

Rochelin écoutait en silence, les yeux mouillés de larmes. *Pourtant, Margaux n'a rien noté de semblable dans son carnet*, se dit-il. Comme si cette recherche n'avait guère compté et qu'elle avait décidé de poursuivre son chemin vers la Dordogne et Carennac où logeaient ses amis.

Sur le registre ouvert à la date du 14 août, le propriétaire avait inscrit le nom de Rochelin Margaux (orthographié Margot) avec trois repas et deux nuitées, pour la somme de soixante-sept francs.

— Pourquoi tout cela est écrit au crayon à papier ?

Henriette haussa des épaules. Elle ne savait pas, et pour cause, ce n'était pas dans ses attributions de remplir les registres.

À ce moment, le patron surgit brutalement et s'empara du cahier.

— On ne va pas passer la journée là-dessus.

Rochelin hocha la tête en présentant des excuses pour tout le dérangement.

— Je ne comprends pas les raisons de votre agacement, lui dit-il.

— Et toi, fit l'autre à Henriette, tu n'as pas autre chose à faire ? La plonge par exemple ?

La serveuse s'effaça aussitôt.

Simon s'installa sur la terrasse, face à la rue.

— Qu'est-ce que vous voulez encore ? demanda le patron.

— Un autre café. Serait-ce trop demander ?

Il attendit qu'Henriette le serve, puis la retint par la manche.

— Je voudrais vous voir seule à seul…

— Ce n'est pas possible.

Simon nota sur un bristol le nom de l'hôtel où il séjournait et fixa une heure, 22 heures.

— Ne comptez pas sur moi. Je ne viendrai pas. Je vous ai tout dit.

Malgré ses assertions, Henriette vint à l'hôtel *Lévêque* avec une demi-heure de retard. Ils s'assirent au fond de la salle car la jeune dame ne voulait pas se montrer avec un homme.

— Quand on a un mari jaloux…, souligna-t-elle.

Ce détail fit sourire Rochelin. Il ne croyait pas que ces choses pussent encore exister.

— Ici tout le monde se connaît, ajouta-t-elle, et derrière chaque volet clos se cache une punaise malfaisante.

Toutefois, Henriette lui parut bien plus à l'aise qu'elle ne l'avait été en présence de son patron. Simon en fit la réflexion, histoire de détendre un peu l'atmosphère, et elle en profita pour vider sa bile en le traitant d'abruti, de malhonnête, de putassier, le tout assorti de quelques histoires peu reluisantes dont elle avait eu à pâtir.

— Ma fille, si vous vous en souvenez, était-elle seule ou accompagnée durant ces fameuses journées d'août 1994 ? Elle avait l'habitude de se faire des connaissances pour échanger des idées, des souvenirs, ou que sais-je encore.

— Non, je ne crois pas. Elle était seule. Toujours seule. Je pencherais plutôt pour l'idée, autant qu'il m'en souvienne, qu'elle n'avait pas envie de parler, de se confier. Elle donnait même l'impression de fuir les contacts.

Peut-être était-ce un moment où Margaux était en crise, se dit Rochelin en faisant tourner son verre de bière entre ses doigts. Ça lui arrivait quelquefois durant ses courtes périodes de dépression. Elle se découvrait mille défauts imaginaires et se jugeait laide à ne dégoter aucun garçon. Quand ce n'était pas le doute sur ses capacités intellectuelles, comme lors de ses dix-huit ans, à l'entrée en hypokhâgne…

Henriette le sentit si désemparé, cet homme-là, un homme qu'elle ne connaissait pas et qu'au fond elle n'avait pas envie de connaître, qu'elle en éprouva un vif embarras.

— Qu'attendez-vous de moi au juste ?

Il se prit la tête dans les mains. À ce moment de long silence et d'embarras, sans que leurs regards se croisent, elle sursauta. Il lui prit le bras, le serra.

— Quoi donc ? Vous auriez quelque chose à me dire ? Un détail ? Un petit rien ? Certes, un an déjà, reconnut-il. Bien sûr, on a le droit de ne plus se souvenir.

— Le soir au restaurant… Votre fille était seule au fond de la pièce, dans l'angle, près de cet infâme caoutchouc. Il y avait un vacarme d'enfer. Les gamins de Marteline, comme d'habitude, s'attardaient aux apéritifs. Ça parlait fort de choses et d'autres, de rugby, de filles, de boîtes de nuit… À un moment, je crois bien, oui, un des gars est venu s'asseoir à la table de votre fille. Pour lui faire du gringue. Mais elle ne répondait pas. Elle faisait mine de ne pas écouter. Mais le fils… Enfin, le fils… Je cherche le prénom. Marceau. Oui Marceau, c'est bien ça. Il s'est montré un peu trop entreprenant, alors un de ses copains s'est levé et lui a ordonné d'arrêter son cirque. Ce qu'il a fait du reste en s'excusant, en s'excusant lourdement même. Puis, votre fille s'est retirée à ce moment. C'est tout.

— Qui était ce Marceau ? Vous pourriez me donner son nom de famille ?

Henriette hésita. Cela l'ennuyait de mettre un nom sur cette scène, somme toute anodine.

— Vous savez, des histoires comme ça, il y en a tous les samedis. Des gamins qui tentent leur chance avec des filles de passage… Ça ne porte guère à conséquence.

Rochelin serra le poignet d'Henriette avec force.

— Accordez-moi ça, au moins ? Le nom de ce jeune homme.

Elle baissa la tête, attendit en silence, puis soudain se leva pour partir.

— Marceau Bazillac. Un fils Bazillac, oui. Je ne me trompe pas. La famille habite à Sauzert, à dix kilomètres d'ici. Dans une grande maison où l'on élève des chevaux et je ne sais quoi encore. Mais ce Marceau, il y a des mois qu'on ne l'a pas vu. Peut-être s'est-il marié ou est-il parti à la ville, que sais-je…

Rochelin l'accompagna jusque sur la terrasse.

— Simple curiosité. Voilà tout. Ne soyez pas inquiète. Je cherche juste à connaître ceux qui ont vu Margaux la veille de sa disparition. Peut-être en existe-t-il d'autres. Qui sait ?

4

Thérèse Anglard ne recouvrait l'énergie de sa jeunesse qu'à partir de minuit, lorsque les cloches de Saint-Maur cessaient de tinter. Une sorte d'excitation s'emparait d'elle. Elle allait d'une fenêtre à l'autre pour contempler le visage de Marteline la nuit, autant du côté de son jardin enténébré avec juste les taches jaunes des luminaires balisant les petites allées de sa roseraie, que du côté de l'avenue Beyssière empestée par la course nocturne des voitures. C'étaient deux mondes opposés, irréconciliables et qui paraissaient pourtant si bien résumer son caractère, tantôt encanaillé, tantôt réfréné. Thée avait envie de silence, jusqu'au trop-plein, puis soudain de vacarme assourdissant comme pour se sentir revivre. Elle alla dans l'alcôve attirée par une voix familière qui montait de la ruelle. Elle entrouvrit la fenêtre, se pencha sur le rebord étroit pour écouter Chadoulot qui chantait à tue-tête : *Les bourgeois, c'est comme les cochons...* C'était son heure, juste avant minuit, il venait lancequiner contre son mur, puis aussi dans le passage en arrosant le pavé, bien généreusement. Thée siffla, un coup strident, comme elle l'avait appris dans son enfance à Gabrière. Le pisseur leva la tête, surpris. Mme Anglard se recula avec un petit rire pour qu'on ne la vît pas. Précaution bien inutile car Chadoulot à cette heure, gavé de bière, ne captait plus rien d'intelligible alors que sa ritournelle tournait en boucle d'une maison à l'autre. Par devoir, par dévotion. Il y a chez ce bonhomme un trop-plein de religiosité, pensait Mme Anglard.

Adam et Roxane furent les premiers à faire tinter la sonnette. Thée attendit une petite minute avant d'aller ouvrir. C'était une manière dans son esprit de conserver son libre arbitre. *Je peux ouvrir ou non, n'est-ce pas ? Après tout… Il y aura forcément un jour où la porte restera close, comme dans toutes les auberges espagnoles qui se respectent.*

C'était un petit couple charmant, distrayant, curieux. Adam Field et Roxane Rozier faisaient semblant d'être amoureux, accordés ou accros l'un à l'autre. Mais Thée avait compris depuis leur venue quotidienne aux Murelles que c'était une illusion de vie à deux. Tout dans ce petit couple respirait le sursis, la corde raide. Un rien pouvait en rompre le fil. Mais lorsque celui-ci paraissait devoir se casser, pour un mot de trop, un fragment de dispute, un geste hostile, la mécanique amoureuse se remettait en route.

Comme à son habitude, Roxane, les lèvres exagérément fardées d'un rouge carmin et le visage poudré de farine, alla s'asseoir en tailleur sur le tapis, face à Mme Anglard. Elle ressemblait à une chatte en quête de caresses pour ronronner à son aise. Thée était trop bonne hôtesse pour ne pas lui rendre cette faveur. Elle lui tendit ses mains et l'attira vers elle pour poser sur chaque joue un petit baiser. L'adolescente se mit instinctivement à ronronner.

— C'est ce qui m'a le plus manqué dans ma vie, une mère aimante.

— Allons, se défendit Thée avec un petit rire, ne rêve pas. Je ne serai jamais ta mère de substitution, ni une vieille maîtresse d'âme ou de cœur. Pourquoi faut-il que je te dise ça encore ce soir ?

— J'ai beaucoup pleuré aujourd'hui en mangeant des paquets de chips et des Chamallows. Et mon amoureux, cet idiot, n'a rien fait pour m'en empêcher…

Elle se tourna vers Adam, assis sur un pouf, le regard triste.

— Pourquoi tu ne me punis pas quand je le mérite ? Ce serait aussi une manière de montrer que tu m'aimes… Non ! Tu ne crois pas, Thée ?

— Je n'ai pas assez aimé dans ma vie, des hommes et des femmes, diversement, pour avoir acquis, malgré mon grand âge, une expérience suffisante.

— Pourtant, minauda Roxane, tu punis bien monsieur William en n'ouvrant pas ses lettres.

— Je ne le punis pas, je l'ignore. Ou plutôt, je l'ai rangé dans le magasin des rêves oubliés. Ça ne me fait plus rien, son souvenir, de savoir que William Anglard existe quelque part et qu'il prononce mon nom quelquefois, avec un ton mielleux de déploration.

— Moi, ça m'exciterait, dit Roxane.

Field puisa dans la pochette de son veston un mégot et le ralluma. Il fumait par intermittence, deux-trois bouifs, et écrasait la braise sur le talon de ses boots. Cette fois, il aspira fort pour contempler dans la lumière tamisée du salon les volutes qui s'égaraient, et recommença avec un air rêveur qui le rendait assez attendrissant.

Roxane se renversa en arrière, le regard au plafond.

— Je crois que je ne vais pas rester avec toi, Adam.

— Tu dis ça tous les jours.

Mme Anglard se leva pour chercher des bouteilles. Il y avait des bières, des alcools forts, des liqueurs. C'était la moisson quotidienne des petits plaisirs offerts généreusement. Elle avait fini par imaginer que ces petits jeunes, dont elle prisait tellement la compagnie, ne venaient aux Murelles que pour se rincer le gosier. Mais c'était juste une impression déconcertante, car elle voulait croire que c'était avant tout pour elle, elle seule, N'était-elle parfaite dans son rôle de mère, de grand-mère, de copine, et bien d'autres choses aussi.

— Allons, ma petite Roxie chérie, se défendit Adam, que ferais-tu sans moi ? Je t'héberge, je te nourris, je m'occupe de ton âme. Les larmes, les cris, les désespoirs, énuméra-t-il, c'est moi qui les conjure. L'amour est une forme d'addiction quand on ne sait plus pourquoi on reste…

Roxane avait la larme facile. Elle pleurait avec assiduité. C'était peut-être, au fond, pour le seul plaisir de la consolation. Car Adam Field s'en émouvait chaque fois. Ça le rendait tendre et possessif.

— Je t'en prie, Adam, viens donc près de moi. Là, tu t'allonges et tu ne bouges plus. Juste me tenir la main. Je veux savoir si ça passe encore en moi, l'émotion du début quand…

— Arrête ça. On ne va pas parler de nous toute la soirée. On a tant à faire.

Roxie se recroquevilla sur elle-même, en boule, comme elle le faisait dans son lit des après-midi entières pour apaiser ses douleurs menstruelles. Et pendant ce temps, Mme Anglard promenait un regard amusé sur cette scène. Rien ne l'étonnait davantage et, surtout, tout la distrayait. Elle se disait : ici c'est comme dans un aquarium où tournent en rond des poissons rouges. L'extérieur est lointain, les murs sont bien étanches. Tout ce qui est dit, écrit, susurré, ne sort pas du bocal. Parfait. Elle avait même raconté à son amie de Bordeaux, Eliette – qu'elle n'avait pas vue depuis trois années au moins, mais à qui elle téléphonait souvent – que son salon était devenu un laboratoire. Elle apprenait plus de la société, ici, dans son univers clos, qu'à courir le monde.

Une grande fille blonde aux paupières redessinées par un trait de khôl traversa la pièce d'un pas chaloupé, enjamba Roxane et vint se planter devant la maîtresse des lieux.

— À quoi elle joue, celle-là ? Elle ferait mieux d'apprendre son rôle, clama-t-elle.

Louise Vizille posa deux baisers sur les joues de Mme Anglard, se redressa en étirant l'encolure de sa robe en tissu flottant, genre papier mâché, avec déluge de coloris. Sa main remodela sa chevelure avec insistance, comme si celle-ci devait lui donner une tête de lévrier afghan.

— Je sais que je n'arriverai pas à être aussi belle que toi, Thée. C'est ce que me dit Nino.

Elle approcha ses lèvres de son oreille et lui susurra :

— Tu sais qu'il en tient pour toi, le salaud.

Elle partit dans un grand rire nerveux.

— Adam, j'espère que tu n'as pas entendu ? Oh ! ce serait affreux. Les malentendus, c'est ce qui pourrit les relations humaines. On s'imagine des choses.

Thée prit la main de sa dernière visiteuse pour obtenir d'elle un brin de conversation sensé.

— Nino ? Tu ne l'as pas amené ?

Louise Vizille parut s'amuser de ce suspens. Viendra, viendra pas. Elle avait envie de voir la déconvenue dans ses grands yeux verts.

— Je ne sais pas ce qu'il bricole, Nino Rosetti. C'est un garçon bizarre. Je n'arriverai jamais à le cerner complètement. Peut-être que ça fait son charme, en définitive, de le trouver là où on ne l'attend pas.

Mme Anglard parut courroucée de ce contretemps.

— Quand est-ce qu'on va parler de la pièce ? Il reste deux semaines…

— C'est du théâtre de l'absurde. On peut divaguer à son aise autour du texte sans que personne ne s'en émeuve, dit Adam.

— Je ne suis pas d'accord. C'est une dénonciation de la société bureaucratique tournée en dérision. Le théâtre de la dérision, tu sais de quoi il s'agit ? s'agaça Louise.

Adam, jambes croisées au creux du fauteuil, haussa des épaules. À cette seconde, il était tenté de jeter le mégot sur le parquet et de l'écraser de la pointe de sa godasse, comme il le faisait dans les salons de l'hôtel de ville ou chez M. Gondran, le commissaire à la Culture. C'était une inconvenance provocatrice qui lui était familière. Mais là, il se retint. Chez l'enchanteresse – comme il la surnommait souvent –, c'était un motif à perdre toute estime.

— Mon Adam, avança Roxane en se dressant sur son séant, aurait préféré qu'on monte une pièce de Tchekhov, comme *La Mouette* par exemple. Mais il n'a visiblement pas les qualités d'un comédien pour interpréter le moindre rôle dans une pièce aussi complexe. Peut-être le médecin de campagne Sergueïevitch ? Et encore. Je ne sais pas pourquoi il s'entête à faire du théâtre. Ça ne l'intéresse pas. Il n'y a qu'un seul rôle qui le concerne dans l'existence, c'est le sien. Peut-être, mon pauvre Adam, fit-elle en passant le dos de la main sur son visage, tu feras quand même l'affaire pour le secrétaire liquidateur. J'aime bien quand tu dis, comme ça, d'un air détaché, avec le regard lointain de l'imbécile heureux qui ne soupçonne rien de la tragédie qui se joue dans son dos et dont il prétend être l'exécutant : *Je suis optimiste en matière de tristesse*... Ça, oui, tu sais le dire. Avec le ton qu'il faut. Et là, je te donnerai volontiers la réplique, mon doux : *Et moi je suis hostile à tout optimisme de commande.* Étranglons la liberté, n'est-ce pas, mais sans état d'âme. N'est-ce pas le sens de tout ça ? Il faut forger un homme nouveau pour ce grand projet, un individu de fer et d'acier, un robot.

Thée se mit à applaudir, vite au début puis de plus en plus lentement.

— *La Fête en plein air* de Václav Havel, une pièce qui dénonce la bureaucratie stalinienne, où l'homme est réduit à liquider son passé, à faire table rase devant une idéologie nouvelle, totalitaire, absurde, n'est sans doute pas le meilleur choix pour le public de Marteline. On doit en tout cas mettre un rythme endiablé dans le jeu des comédiens, un incessant va-et-vient sur la scène où l'on trimballe des montagnes de dossiers d'un bord à l'autre de l'échiquier. C'est la seule chorégraphie possible.

— C'est une terrible question, jouer pour se faire plaisir ou jouer pour distraire, dit Roxane. Je crains aussi qu'il n'existe pas ici un public suffisamment éclairé pour apprécier la pièce de Havel.

— Je le redoute assez, ajouta Thérèse Anglard. Mais il n'est pas nécessaire d'espérer pour entreprendre.

Peut-être sera-ce un choc pour le public, si l'on y met du mouvement. La valse des dossiers, les interrogations et les états d'âme des Pludek, et l'inexorable œuvre dévastatrice des Liquidateurs dans la fabrique des mensonges.

À peine Nino Rosetti eut-il poussé la porte que Thée se précipita sur lui. Le cheveu en broussaille, la barbe de trois jours, le teint blafard, vêtu d'un habit en coutil noir à col Mao, il alla directement à la table des boissons. Son truc, c'était le whisky. Surtout le plus tourbé qui fût. Et d'un coup, comme pour étancher une soif, il en ingurgita en deux fois un bon verre. D'une main, il s'essuya les lèvres.

— Dommage que tu ne sois pas arrivé plus tôt, dit Louise. Nous parlions de la pièce. On disait que ce n'était peut-être pas la meilleure idée du monde que de jouer du Václav Havel devant les gens de Marteline. Qu'y comprendront-ils ?

Nino haussa les épaules.

— Qu'ont-ils de moins que les autres, les gens de Marteline ? C'est un spectacle assez burlesque, avec un humour absurde. Comme chez Ionesco ou Beckett. Il faut vivre et penser, penser surtout, avec son temps. On pourrait monter *Le Dindon*. Oui, pourquoi pas ? La pièce de Feydeau dans un appartement bourgeois avec la valse des cocus. Ça faisait beaucoup rire, autrefois, au Palais-Royal. Après tout, nous ne sommes pas si loin du sujet. Les Liquidateurs deviendront eux aussi les cocus des démocraties populaires post-staliniennes.

Louise vint se lover dans les bras de son héros et lui servit un second whisky. Puis Nino, un brin agacé, la repoussa d'un geste réfréné. Il la savait suffisamment susceptible pour trouver à chaque instant motif à se torturer l'âme.

— Avez-vous appris le texte ? Au dernier filage de l'acte I, j'ai senti beaucoup trop d'hésitations, des bafouillages même…

Il baissa la tête, serra les poings, comme pour maîtriser la colère qui montait en lui. C'était un fait que la troupe n'était pas professionnelle et qu'on ne pourrait exiger plus. Il chercha des yeux l'un des acteurs, Valentin Montbrun. C'était une habitude chez lui de déserter les rendez-vous de Thérèse Anglard. Trop d'orgueil, de suffisance. Et la moindre observation lui faisait l'effet d'une gifle en plein visage. Déjà, Nino avait songé à le remplacer. Mais par qui ? Personne en vue.

— Si nous n'avançons pas plus vite, il faudra renoncer. Et ça, putain, je n'aime pas, pas du tout.

Thée fit sauter un bouchon de champagne. C'était une boisson pour les filles qu'elle servait chaque fois que l'équipe était au complet. Elle fit le service et retourna à son divan, les jambes repliées sous elle. Elle fit signe à Nino de la rejoindre, pendant que les autres palabraient dans leur coin. D'une manière générale, la troupe trouvait Nino trop autoritaire, tout en louant ses qualités. Et l'idée faisait son chemin qu'à la date fatidique de la première, on ne serait pas prêts.

Rosetti vint s'asseoir à côté d'elle. Elle déplia ses jambes pour lui faire place.

— Pourquoi te mettre la rate au court-bouillon pour cette *Fête en plein air* ? dit-elle.

Il lui prit la main. Et observant Louise, elle la retira doucement. C'était un geste qui pourrait mettre le feu aux poudres. Mais Nino se fichait bien de cela. Il glissa le bras vers elle, suffisamment dissimulé pour qu'on ne pût le voir.

— Je crois que je vais finir par jeter l'éponge, dit-il d'un ton attristé. Pourtant, le théâtre, c'est ma vie. Je suis disposé à tout lui sacrifier.

— Tu es un incompris, mon bon génie, ironisa Thée.

— Pourquoi tu ne réponds pas aux petits mots que je glisse sous l'oreiller de ta chambre ? Pourtant, j'avais cru comprendre que…

— Rien. Tu te montes la tête Nino. Ne passons pas de la *Fête en plein air* au *Dindon*… Ce serait minable, mon petit Nino.

— Tu n'as pas encore chassé de ton esprit ce pauvre William ?

— Je suis seule. Et compte le rester aussi longtemps que possible. Je tiens à ma liberté comme à la prunelle de mes yeux.

Rosetti ajouta avec un air de chien battu que cette réflexion n'honorait guère la divine Thérèse Anglard ; pour le coup, cette dérobade ne lui ressemblait pas. Thée s'abandonna en arrière sur le siège du divan, fixant obstinément le plafond. Cette réaction lui était coutumière lorsque la grande dame des Murelles voulait s'abstraire d'une situation ennuyeuse. Le jeune garçon l'avait suffisamment observée pour déchiffrer le poids de ses silences ou de ses absences.

Adam lui apporta un verre bien tassé, mais Nino le refusa. Un sentiment d'humiliation, propre à celui de l'amoureux éconduit, le submergeait.

— Tu crois que je n'y arriverai pas, à jouer Pierre Pludek en culotte courte et en brassière ? Je serai parfaitement ridicule comme il le faut, ridicule et débile. Dans ce jeu, je peux même en rajouter. Je m'entraîne, Nino, je te prie de me croire. Devant une glace. Même Roxie me juge parfait. Et si je m'écoutais, j'en rajouterais dans la pitrerie. C'est ça, le théâtre de dérision, le putain de théâtre.

Rosetti lui fit signe de déguerpir d'un geste las. Mme Anglard pouffa de rire. La main sur les lèvres. Pour ne pas montrer qu'elle ne prenait pas tout ça au sérieux.

— J'aurais tellement besoin de toi dans ce moment terrible, ajouta-t-il.

— Tu divagues, Nino. Tu voudrais conjurer ton angoisse par un acte héroïque… Par exemple, faire de moi une amante.

Le rire la reprit. Nino se laissa glisser sur le tapis, la tête appuyée contre le genou de Thérèse Anglard. Elle posa la main sur son crâne rasé, le caressa avec douceur. C'était trop maternel pour lui plaire. Jadis, quand il avait cinq ans, sa mère le gratifiait du même geste affectif. Il s'écarta d'un coup, furieux.

— Tu devrais essayer de comprendre, Nino…

— Quoi ? D'où me vient ce désir pour toi ?

— Je suis trop vieille pour toi. Trente ans nous séparent. Réfléchis donc ? Je pourrais être ta mère.

— Mais qu'est-ce que tu dis là, Thée, c'est affreux. Ça ne te ressemble pas. Ah non, protesta-t-il, tu ne vas pas me servir cet argument douteux. Je suis amoureux de toi. Et je me fiche des années qui nous séparent. Au contraire, il y a urgence à ce que nous vivions ça, tous deux, cette belle histoire !

Thérèse couvrit son visage avec ses deux mains pour lui échapper et lui faire comprendre, sans mots cruels, que la conversation était close.

Il se dressa devant elle, alluma une cigarette et tira des bouffées à la suite pour s'auréoler de fumée.

— C'est vrai, dit-il en se penchant vers elle, je n'y avais pas songé…

Nino se mit à rire, nerveusement, avec une pointe d'amertume.

— Que dirait ta voisine, la délicieuse Mlle Juliette Valeyne, si elle me voyait sortir de chez toi à 9 heures du matin ? Tu redoutes ça, en vérité, le jugement d'une bigote. Il te reste de la religiosité en toi… Du temps où tu servais la messe à Gabrière. L'encens ou le péché… Il faut choisir.

Louise s'approcha, intriguée par son manège. Ses grands gestes, sa mine enfiévrée.

— Tu devrais arrêter de boire. Et de fumer des cochonneries.

— Ton cher Nino, dit Thérèse Anglard d'un ton détaché, doute de ses qualités de metteur en scène. C'est une angoisse qui l'honore.

Puis la maîtresse des lieux se dirigea vers son bureau où elle avait l'habitude de se réfugier lorsque les soirées lui prenaient la tête.

— Que lis-tu en ce moment ? demanda Louise en écartant de son visage sa longue chevelure blonde envahissante.

Thée hésita à répondre. Ses lectures ne regardaient personne. Elle craignait toujours qu'on portât sur ses goûts littéraires des jugements dévalorisants. Pourtant, elle lâcha d'une petite voix lasse :

— *Le Cœur et la Raison* de Jane Austen.

— Pouah ! s'exclama Louise, c'est une lecture de vieux. Ah ! comme c'est étrange, je n'imaginais pas que tu prisais ce genre-là…

5

Depuis son arrivée à Sauzert, le mardi 1er août à 16 h 45, Paul Bazillac n'avait pas encore pris le temps de saluer son fils. À vrai dire, il le retrouvait après six ou sept mois d'absence sans grand plaisir. Sur son carnet de chèques, il avait tout de même pris le temps d'inscrire une somme coquette pour Marceau. Une première fois trente mille francs, puis il s'était ravisé, sous le regard dubitatif de sa femme, en déchirant rageusement le chèque pour en établir un autre, cette fois de trente-cinq mille. « Ah ! c'est mieux, s'était écriée sa chère épouse en se penchant par-dessus son épaule. Notre cher petit mérite mieux que la charité. » Puis, au moment de l'établir en bonne et due forme, Bazillac avait poussé un haut soupir en se disant : *On verra plus tard.*

La demeure familiale de Sauzert était restée telle quelle, sans autre aménagement, malgré les promesses de son fils. Et son appartement du premier étage aussi... Jamais ouvert, jamais ventilé. À croire que le petit Marceau avait espéré que ses « vieux » comme il disait n'y remettraient plus les pieds.

Françoise fuyait toutes les questions qui fâchent. Elle s'était juste employée à changer les draps, dépoussiérer, épousseter les rideaux, les meubles, remettre un peu d'encaustique sur les vieux bois. Les « vieux bois », c'étaient les commodes et les armoires style Régence. Tout était Régence dans la maison, la salle à manger, le boudoir, la bibliothèque, les trois autres chambres, et même les miroirs, les candélabres, et autres vieilleries : chiffonniers et semainiers.

Une fois installés, Françoise et Paul avaient sorti le salon d'été sous les deux marronniers. Le vieux père, cinquante-quatre ans, s'était empressé d'y prendre place, avec une brassée de journaux et de livres. Les journaux, il les lirait tous, ligne à ligne, et parfois même y ajouterait ses commentaires personnels au stylo rouge. Quant aux livres, rien que du pur classique, XVIIIe, XIXe. Une époque, disait-il, où l'on savait manier la langue sans se regarder le nombril. En un mot, Paul Bazillac était un vieux réac qui avait vu arriver François Mitterrand à l'Élysée avec horreur. Un temps même, il avait songé quitter le pays pour l'Angleterre. Mais ce projet avait vite sombré devant les risques d'une telle désertion pour ses affaires tout de même florissantes.

Deux jours plus tard, n'y tenant plus, Mme Bazillac prit son mari à partie, en termes sévères.

— Paul ! Nous devons aller saluer notre fils, là-bas au quartier des Écuries. Sans délai. Ça devient ridicule de rester ici, seuls, et feindre de l'ignorer, notre petit Marceau, tout de même.

Bazillac ôta ses lunettes et les posa sur une édition rare du *Candide* de Voltaire. Il se sentait vaincu, comme chaque fois que sa femme prenait la parole. En face d'elle, Paul se jugeait déjà trop vieux pour lui apporter tout l'amour que son épouse était en droit d'exiger. Il l'aimait par la force de l'habitude, sans trouver les mots pour briser ses terribles silences. Il s'en voulait, s'en désespérait, puis comme à l'ordinaire, passait à autre chose.

Françoise était une jolie femme de quarante-huit ans, entourée d'hommes, parfois assez jeunes, qu'elle feignait de désirer sans jamais oser mettre le doigt dans l'engrenage des adultères et des tromperies aisées. Mais elle faisait souvent comprendre à son mari que sa patience avait des limites. Elle disait quelquefois en soupirant : « Tu me négliges comme si je ne t'intéressais plus. Ce sont des choses qui arrivent, mon petit Paul, il faut avoir le courage de les affronter. » Ainsi gagnait-elle de courts répits par des montagnes de promesses qui s'évaporaient aussi vite. Aux yeux de son époux, ses affaires étaient si prenantes, si énergivores qu'elles étaient la cause de sa perte de libido... Et les petites pilules bleues du Dr Joyaux n'étaient que de la poudre de perlimpinpin. Ses deux usines de composants électroniques, à Chartres et à Lyon, lui causaient bien des tourments. Bazillac avait peur qu'on le spolie, qu'on le vire de la présidence du conseil d'administration. Autour de lui quelques jeunes loups, féroces et ambitieux, étaient prêts à tout pour l'expédier sur une voie de garage.

D'un pas décidé, cheveux au vent, Françoise prit la direction du quartier des Écuries qui se tenait à cinq cents mètres. Les bâtiments du haras se composaient de bureaux, de cinq ou six chambres pour les pensionnaires, d'une salle de restaurant et de repos assez vaste, puis des box des chevaux, une vingtaine, alignés le long d'une large allée protégée par une haie de fusains. À l'écart, un hangar abritait des balles de foin et de paille gerbés sous la toiture, puis d'imposants bacs à grains en aluminium.

Bazillac ne se pressait guère, comme si cette visite chez son fils lui causait bien des désagréments. La dernière fois, il y a sept mois environ, la discussion avait viré au pugilat. Toujours pour des questions d'argent. Car Paul Bazillac avait rêvé meilleure ambition pour son fils qu'éleveur de chevaux à Sauzert, trou perdu, sans caractère, sur un carré de terre – douze hectares tout de même – pauvre et dévasté, sans âme. Il s'était adossé à la porte de la salle de loisir pour griller une cigarette. Le vent chaud et sec qui montait de la rivière était chargé des odeurs prégnantes d'herbes sèches. Ça lui rappelait les foins de son enfance, ici même, et son vieux père qu'on avait retrouvé mort à l'ombre d'un arbre, une bouteille de vin à moitié vide entre les jambes. Il s'était juré de partir au plus vite de Sauzert, de construire sa vie d'homme en ville, quitte à abandonner sa mère à son triste sort. Heureusement pour elle, Anaïs n'avait guère survécu longtemps. Deux ou trois années. Le chagrin et l'ennui avaient fini par la sécher sur place dans les vieux murs, bien qu'il lui eût donné de quoi vivre pour qu'elle ne vendît pas sa propriété où tout ce qui avait compté dans sa vie se trouvait remisé.

— Alors, s'écria Françoise, tu viens embrasser ton fils, oui ou non ? Cesse donc de faire l'enfant. J'ai cru épouser un homme, un vrai, je n'ai eu qu'un triste bonhomme tourmenté…

Ces petits mots doux, l'épouse ne les prononçait qu'entre eux deux, car l'humiliation, si humiliation il devait y avoir, ça restait une affaire intime, un jeu secret et pervers par lequel l'épouse asséchait ses ressentiments. Il la prit par la taille, la plaqua contre lui. Mais elle se détacha aussi vite avec un petit ricanement.

— Réserve ça pour notre chambre à coucher, glissa-t-elle dans un murmure.

Marceau assis dans un fauteuil en osier, jambes croisées, attendait son père avec, comme chaque fois, une pointe d'inquiétude. Ils se donnèrent l'accolade sans un mot. Ce silence agaçait la mère.

— Tu devrais féliciter ton fils, dit Françoise, il a agrandi son troupeau.

— Six frisons pour les balades et la calèche. J'ai de plus en plus de clients à la saison haute. Ah oui, je vois. Ça te gonfle déjà… Excuse-moi. Non ? Sur le GR 480, c'est très prisé par ma clientèle. Et le frison est une bonne bête aimable et docile.

Il énumérait ses idées à la suite, sans qu'on puisse comprendre parfois le lien entre elles. Tel était Marceau, un jeune homme de vingt-quatre ans, qui avait raté consciencieusement ses études, renfermé à ses heures et extraverti à certaines autres, selon l'air du temps. Cyclothymique, aurait dit son père, si ce mot-là n'eut pas révolté Françoise.

— Félicitations, dit Paul. Je vois que tu te débrouilles plutôt bien.

— Ah, un compliment. C'est rare. Putain, il va falloir fêter ça. Hein maman ?

— Qu'est-ce que tu insinues ? Que nous ne nous intéressons pas à toi, Marceau ?

Le fils détourna le regard vers sa mère, cherchant quelque secours, puisqu'à tous les coups elle prenait farouchement le parti de son fils.

— Tu ne vas pas commencer, Paul ? À peine arrivé, tu décoches de petites flèches scélérates.

Bazillac sortit du salon pour écraser son mégot dans la pierraille. Il revint aussitôt en soupirant et passa une main dans la chevelure de Marceau.

— Pour une fois, se défendit-il, c'était un réel compliment. Mais promis. Je ne m'y risquerai plus.

À la visite des boxes et de leurs aménagements, le père se retira ostensiblement. Il n'aimait ni les chevaux, ni la vie à la campagne. Alors, il retourna vers la maison retrouver ses journaux qu'un petit vent avait éparpillés sur la pelouse. Une fois au repos, les jambes allongées sur la banquette, Paul fut submergé par la mélancolie. Décidément, quatre ou cinq semaines à Sauzert à rengorger ses méchantes réflexions, ce serait long et épuisant. D'autant plus que sa chère épouse lui avait interdit au moment du départ d'emporter des dossiers. Elle connaissait bien son bonhomme. Cette histoire-là, comme d'habitude, risquerait de finir en longues conversations téléphoniques et échanges postaux incessants. « Tu seras tout à moi, libre comme l'air. Je crois que je le mérite bien, avait insisté Françoise. Si tu m'aimes un peu, un tout petit peu… » Il lui avait cédé et le regrettait déjà. La présence de sa femme, bien sûr, ne suffirait pas à combler son ennui. Comment avait-il fait pour se laisser attendrir ? « Toute faiblesse masculine dans le couple se paie au prix fort », maugréa-t-il.

Plus tard, dans la salle à manger, Paul assaillit son fils de questions sur la gestion du haras de Sauzert. Dépenses, recettes, bénéfices… Mais le garçon botta en touche, chaque fois. Il n'avait rien à dire d'intéressant, puisque les comptes de l'affaire étaient en déséquilibre. À ses hésitations, ses balbutiements, ses embarras, le père comprit la gravité de la situation. Il s'en émut, un peu trop au goût de Françoise.

— Nous sommes en vacances. Évitons les sujets qui fâchent. Paul, je t'en prie…

— Comment as-tu fait pour acheter les chevaux ? Les fameux…

Marceau leva les yeux au ciel.

— Je savais bien pourquoi je ne voulais pas partager le repas avec vous.

Le père insista, d'une voix d'autant plus redoutable qu'elle était posée, incisive, implacable, comme il le faisait avec ses secrétaires.

— J'ai un ami au Crédit Agricole de Gramat qui m'a arrangé le coup.

Fixant sa mère intensément, attendant d'elle un acquiescement pour sortir de ce guêpier, Marceau ricana. Pourquoi espérer un secours quand on a l'image d'un fils maudit dans la tête ?

— Les banquiers ne sont jamais nos amis, répliqua Paul. Rien ne s'obtient sans contrepartie. Tu n'es pas stupide à ce point…

— Avec la location de mes chevaux pour les balades sur le GR, je gagnerai assez pour rembourser ma dette.

— Quel GR ?

— Le 46. Entre Floirac et Rocamadour.

Paul Bazillac se prit la tête entre les mains. Une colère sourde le submergeait, mais après une courte réflexion il se reprit en se fendant d'un sourire.

— Après tout, c'est ton choix. Je le respecte.

— On ne dirait pas, ajouta Françoise en posant la main sur celle de son mari.

Paul sortit de table pour récupérer son chéquier.

— Est-ce que trente-cinq mille francs paieraient tes chevaux ?

La mère haussa les épaules.

— Tu pourrais être un peu plus généreux.

Il inscrivit cinquante mille et tendit le chèque à son fils en baissant la tête. Ça lui fendait l'âme, une telle générosité. Mais il ne voulait pas décevoir sa chère épouse.

— Je n'en veux pas, dit Marceau. Jusqu'à maintenant, je me suis débrouillé tout seul.

Son père ne prit pas ce ton frondeur au sérieux. Au contraire, il s'en amusa.

— Un homme qui a soif ne refuse pas une cruche d'eau.

Il songeait à la Samaritaine dans la Bible et marmonna entre ses dents : *Tout homme qui boit de cette eau aura encore soif*[1]...

Françoise se saisit du chèque et le glissa dans la pochette de son fils qui rechigna de se le voir imposé.

— Ne fais pas l'imbécile. C'est un orgueil mal placé. Ton père te doit bien ça. Et plus encore. Tu sais, insista-t-elle, il ne se prive de rien, lui, fit-elle en fusillant son époux du regard, avec ses voyages à Londres, à Chicago. Et toujours seul. Paraît-il que je m'ennuierais avec les épouses d'ingénieurs de Motorola...

Contre toute attente, Marceau se leva pour remercier son père d'une accolade. Surpris – les effusions sentimentales de cette sorte étaient contraires à ses principes –, le vieux Bazillac se laissa faire, avec une pointe d'étonnement cependant, les yeux papillotant comme toujours lorsqu'il voulait dissimuler ses émotions.

---

1. Jean 4, 5-14.

Françoise profita de la situation pour promettre à son fils de descendre plus souvent à Sauzert, et mettre un terme à cette conduite stupide. Elle voulut faire jurer aussi Paul de tenir ce serment qui n'engageait qu'elle en vérité. Il hocha la tête de bonne grâce, épuisé par la conversation et se retira en silence, d'un pas d'homme vaincu. *Peut-être un jour*, se dit-il, *ma pauvre Françoise finira par se rendre compte que notre fils n'est pas le garçon que nous rêvions d'avoir.*

6

Juliette Valeyne vouait à sa religion un culte obsessif. Elle était tombée dedans dès sa petite enfance par la bigoterie d'une aïeule autoritaire qui, à force d'asséner sermons, interdits, anathèmes dans une tête peu aguerrie à ces préceptes rigoristes, avait fini par en achever toute candeur enfantine. Et pour cause, cette grand-mère Zélia ne rêvait pour sa petite fille que d'une éducation religieuse en vue de prononcer un jour ses vœux et devenir, ce que sa parente avait toujours rêvé pour elle-même, une sœur bénédictine. Mais Charles Valeyne, son père, s'y était opposé formellement. Cette crise dans la famille avait fini par déteindre sur l'éducation de Juliette qui s'enferma dans une effrayante solitude méditative. Longtemps la jeune fille refusa de sortir, de rencontrer des garçons et des filles de son âge, de s'émanciper. Voyant que leur Juliette ne se marierait jamais, les parents s'employèrent alors à lui garantir une confortable rente jusqu'à la fin de ses jours. Néanmoins, de sa propre initiative, leur fille obtint sa capacité en droit par correspondance et trouva dès lors à s'employer auprès des tribunaux de la région en qualité d'experte. Outre que cette activité lui rapportait un revenu régulier, elle lui permettait surtout de maintenir des liens avec le monde réel, ce monde qui lui avait tant fait défaut durant ses jeunes années.

Désormais seule dans la maison des Valeyne – tous disparus et elle unique survivante –, Juliette s'employait à observer les va-et-vient de la petite cité. Tout faisait son miel, les petitesses et les vilenies des uns et les qualités d'âme des autres – si rares à ses yeux. Elle avait conservé de son éducation ce fâcheux travers des scrutateurs de la foi aveugle : juger et condamner selon les règles rigoureuses qui lui collaient à la peau.

Depuis que Juliette entretenait une relation amicale avec sa voisine de la maison d'en face, elle s'était découvert une nouvelle mission, sauver les âmes en perdition. Certes oui, cette chère Thérèse Anglard méritait son aide bienveillante. Chaque jour elle lui rendait visite pour voir, scruter, déceler ce qui pourrait être sauvé en elle. Parfois, au cœur de la nuit, Mlle Valeyne doutait du bien-fondé de sa mission. *De quoi je me mêle ?* se disait-elle en marchant de long en large autour de son grand lit. *Qui t'a donné cet ordre, la préserver du feu de la géhenne qui la guette ?* La géhenne, oui, c'était le genre de mot qu'elle employait encore et dont elle était coutumière à force de lire les textes sacrés. Ceux-ci généraient en elle des cauchemars terrifiants. Elle trouvait un peu de repos en prenant une douche froide et en se frictionnant au gant de crin, comme une pénitence. Puis, elle entrouvrait légèrement ses volets, ceux qui donnaient sur la maison de la pécheresse, et écoutait les voix, les murmures et les soupirs provenant du temple de la débauche et des orgies.

Juliette voulait tout savoir, tout connaître, de la pécheresse. Ce qui l'avait conduite à cette perdition alors qu'elle paraissait si humble et honnête. *Peut-être existe-t-il en elle quelque chose à sauver?* se demandait-elle chaque fois qu'elles conversaient dans sa cuisine ou son jardin. Mais Thérèse Anglard était peu diserte sur elle-même. Par exemple sur son mari, un certain William, qu'elle ne voyait plus. Pourquoi s'en était-elle éloignée? Un homme si bon, ce William, si attaché à elle, d'évidence. Pour preuve, il continuait à lui écrire, une à deux missives par semaine. Celles-ci s'amassaient sur le secrétaire de l'entrée alors qu'elle s'interdisait de les lire.

Juliette Valeyne s'immisçait dans le jardin secret de sa voisine avec d'infinies précautions. Ses questions étaient mesurées, ses jugements nuancés, car le pire, évidemment, eût été que Thérèse Anglard se fâchât contre elle. Une ou deux fois, la conversation avait failli déraper. La dernière fois, surtout. Précisément à cause de l'agitation nocturne autour et dans sa maison. Elle crut que Mme Anglard allait la mettre à la porte en lui recommandant de ne plus revenir. « Vous me surveillez? soupçonna-t-elle. Vous m'espionnez? Faites-vous la liste de toutes les personnes qui entrent et qui sortent? » À vrai dire, Juliette s'était un peu trop avancée en parlant, au passage, de rires, de musique, de chahuts jusqu'à 2 ou 3 heures du matin. Elle ne partit qu'avec l'assurance de revenir…

Depuis dix minutes, Juliette consultait sa pendule. Les quatre coups tardaient à venir. Deux fois, trois fois, elle alla dans la salle de bains pour se laver les mains. C'était plus fort qu'elle. Mlle Valeyne ne supportait pas sa propre odeur. Elle sentait la vieille personne. Une sorte de sueur aigre et rance dont elle ne parvenait pas à se défaire malgré l'eau de Cologne. À côté, la pécheresse embaumait la cigarette blonde, les alcools forts et le stupre, bien entendu le stupre, dans lequel elle barbotait des nuits entières.

Puis à 16 heures pile, Mademoiselle se passa sur le visage un tampon de ouate imbibé de son parfum favori, *Eau de Rochas*. Rien sous les aisselles. C'eût été sacrifier à des fantaisies perverses. Juliette était si prude qu'elle n'osait se mirer nue dans une psyché.

Dans l'allée, elle s'arrêta net, interdite, avec cette peur au ventre des premiers rendez-vous amoureux. Serait-elle la bienvenue ou subirait-elle en désespoir de cause quelques bougonnements ?

Thérèse Anglard lisait en fumant une cigarette, au creux de son fauteuil de jardin. Elle tendit la main sans même regarder sa visiteuse. C'était un moment capital dans le récit de Jane Austen. Aussi ferma-t-elle le livre sèchement, avec regret.

— Je pourrais revenir plus tard, Thée ?

— À quoi bon puisque vous reviendrez, jeta-t-elle sans mesurer la portée de sa réflexion.

Mme Anglard, d'ordinaire, rechignait à vexer qui que ce soit. Même cette punaise de sacristie.

Thérèse alla s'asseoir sur la bordure de l'allée et lui laissa son siège. Elle dut insister.

— Mais non, Juliette, cessez de répéter que vous m'importunez. C'est bien là une politesse qui vous ressemble. J'ai fini par me faire à vos visites, à vos questions embarrassées, chuchotées à demi-mot. Allez, avouez-le que je vous intrigue ? Parce que je ne suis pas tout à fait à l'image de vos pharisiennes qui hantent l'église Saint-Maur.

— Oui, se défendit Juliette, je l'admets. Il m'arrive de prier pour vous.

— Mon âme vous intéresse ? Dites-moi ce que vous en pensez ? Est-elle perdue à jamais ? Où reste-t-il un peu d'espoir pour qu'elle franchisse l'épreuve du purgatoire ?

Juliette se sentait embarrassée. Elle s'était attendue à tout, sauf à cette interrogation provocatrice à souhait. Dans ces moments de gêne, elle croisait et décroisait ses jambes, en tirant sur le tissu de la robe pour bien se couvrir les genoux.

Mme Anglard s'approcha d'elle et passa la main sur sa figure amaigrie et sévère. Qu'une main étrangère pût l'effleurer, et pire la toucher, lui fit un violent effet. Mais à quoi bon s'étonner, Thée était ainsi faite, libre et affranchie de toute retenue dès lors qu'elle en ressentait l'opportunité. Du reste, il lui fallait toucher les visages, tous les visages qui l'intriguaient, et même dans les salles d'exposition les portraits peints par les grands maîtres.

— Vous avez été fort jolie, Juliette, dit-elle.

Mademoiselle se mit à rougir en balançant la tête de droite à gauche. On eût pu croire que ce compliment n'était pas en mesure de l'atteindre, et pourtant il parut l'atteindre sans que Thée en fût étonnée.

— Croyez-vous que dans ma vie je me sois souciée un jour de cela ? Jamais.

— Dommage. S'émerveiller devant la beauté n'a jamais été un péché. Toutes les représentations de votre Jésus, peintes par les grands maîtres, sanctifient sa beauté et sa grâce. Pourquoi n'est-il jamais représenté bedonnant, les membres difformes, le nez proéminent, le regard torve ? Même l'agonie et la souffrance sur la croix n'arrivent pas à l'enlaidir.

Juliette joignit ses mains comme pour recevoir la communion.

— Pourquoi faites-vous tous ces efforts ? J'ai bien compris, chère Thérèse, que vous ne croyez en rien. Cette évidence n'a aucune conséquence sur mon jugement vous concernant. Bien au contraire. Côtoyer une âme qui a besoin d'être sauvée m'est d'un grand réconfort.

— Mais je n'ai pas besoin d'être sauvée, répliqua Thée.

— Je vous sens malheureuse au fond de vous-même, enfin, plutôt pétrie de doute.

— À propos de quoi ?

— Les lettres qui s'amassent et que vous n'ouvrez pas, comme si vous aviez peur des messages qu'elles contiennent. On ne peut pas fuir, ma chère Thérèse.

Mme Anglard soupira profondément. Elle hésitait à répondre, puis hasarda : « Vous avez peut-être raison. » Juliette se mit à hocher la tête pour savourer sa première victoire. Il lui paraissait avoir ouvert une brèche dans cette cuirasse d'orgueil et de mépris qui, pour elle, étaient les marques d'un esprit faible.

— Sans doute estimez-vous que ces lettres délaissées n'ont rien à vous apprendre… Mais c'est une faute, chère Thérèse.

Mme Anglard se leva, se mit à arpenter son allée, finit par allumer une cigarette, encore. Puis s'arrêta devant sa directrice de conscience. Elle ne supportait plus ses airs triomphants. Et pourtant, elle ne ressentait aucune envie de la congédier. C'eût été à ses yeux abaisser la garde devant elle, sans combattre.

— Mon mari a été pour moi un amour toxique, dit-elle. Un homme certes fort cultivé, mais…

Elle écrasa sa cigarette à moitié consumée sous un pied rageur.

— Il aurait voulu me modeler à son image. Il n'y a pas d'amour sans liberté.

— De quelle sorte de liberté parlez-vous ?

— Celle dont j'ai besoin pour vivre, les yeux ouverts, en toute indépendance. Je crois que nous n'étions pas assez complices pour former un couple présentable. Voilà. Je ne peux en dire plus sans entrer dans les détails. Et ceux-ci, à vrai dire, ne vous regardent guère. Vous ne pourriez comprendre. Ou alors il vous faudrait sonder les reins et les cœurs de ma conscience. Oui, je peux le dire ainsi. Les reins et les cœurs.

Juliette finit par admettre qu'elle s'était trop avancée sur un domaine qui relevait plutôt des attributs du confesseur. Ça fit sourire sa voisine.

— Dans ma perception des choses, dit Thérèse, les seuls confesseurs que je m'autorise sont les psychanalystes. Les vôtres cherchent le péché pour l'absoudre et les miens la mise au jour de mon inconscient.

Puis la maîtresse de maison invita, pour la première fois, sa visiteuse à entrer dans son salon pour une tasse de thé. Tout y était en désordre : la vaisselle délaissée parmi les journaux, les revues, les disques compacts, les vinyles, les cassettes vidéo, et surtout les livres essaimés aux quatre coins de la pièce, à même les tapis ou empilés contre les murs. Mlle Valeyne fut horrifiée par ce capharnaüm. Elle avait toujours détesté le désordre. C'était le signe patent, et hélas funeste, d'un esprit perdu. On ne range pas, se dit-elle, on n'assume rien, pas même le courrier du mari qu'on refuse de consulter mais que l'on conserve en l'état contre toute attente. Et profitant que la propriétaire ait le dos tourné, Juliette vola quelques lettres de William, cinq, sans plus, piquées au hasard dans la pile. Ce geste n'éveilla chez elle aucun cas de conscience, ni le moindre doute. Au contraire, puisque Mlle Valeyne était investie d'une mission rédemptrice. Il lui fallait sauver de toute urgence l'âme de cette misérable pécheresse. Rien ne se pourrait, désormais, mettre en travers de son dessein, ni les principes moraux, ni l'éthique de sa foi.

7

— Vous savez nager au moins ? demanda Léo Vassel en traînant le Zodiac vers la rivière.

Elle clapotait à deux pas, sur les galets, par petites vaguelettes. C'était le seul endroit aisé pour embarquer. Alentour il y avait trop d'embâcles, arbres enchevêtrés avec le dépotoir habituel, bouteilles et bidons en plastique, fragments de filets de pêche, cageots et autres saloperies que les orages avaient amassés dans le repli de rive formé de gravier et de terre fauve.

— Aidez-moi donc à le mettre à l'eau, insista le bonhomme, court sur pattes mais robuste comme les sangliers qu'il chassait à ses heures dans les garennes de Gens.

Rochelin s'escrima un moment avec la volonté d'aider son voisin, mais il ne savait comment empoigner le bateau pour le soulever. Ses ongles griffaient le caoutchouc des boudins sans succès, impuissants.

— Prenez les poignées. J'veux dire les cordes. Les cordes, nom de Dieu.

— Comment faites-vous quand vous êtes seul ? Je suppose que vous n'aimez pas la compagnie lorsque vous venez pêcher dans cette rivière. Chacun a ses petits endroits secrets ?

Le type se redressa, les mains sur les hanches.

— Vous êtes bien un type de la ville, vous ? Ça se voit. Votre monde et le mien sont à jamais inconciliables.

— C'est vrai, admit Simon. Je vis dans le XIVe et il ne me viendrait pas à l'idée d'aller fouler les trottoirs de Stalingrad ou de la gare du Nord.

Mais une fois que le Zodiac eut goûté à la profondeur de la rivière, ce fut aisé de le mettre à l'eau. Léo sauta à l'intérieur et fit signe à son voisin de monter aussi.

— Tant pis, mon vieux, vous allez vous mouiller les pieds.

Simon alla s'installer à l'avant, assis sur le fond, les jambes repliées. Cela lui eût trop coûté de se mettre sur le boudin du flanc droit. Par nature, il détestait ce genre d'exercice. L'eau morte des rives, empoissonnée par les vases, avec cette obscure profondeur insondable, l'emplissait d'angoisse. À cette seconde, il se sentit soulagé qu'elle se fût fracassée directement sur les éboulis, avant que l'eau de la rivière ne la recouvre.

Léo Vassel démarra son vieux moteur après deux essais infructueux, puis lança le Zodiac à contre-courant en amorçant une courbe pour gagner le milieu de la Dordogne. En ce mois d'août les fonds étaient assez clairs, ce qui indiquait qu'en cet endroit, elle était peu profonde.

— Qu'est-ce que vous pêchez d'ordinaire ?

Le mot ordinaire le fit rire. Car il n'y avait rien qui ne fût pas ordinaire dans cette rivière. Il énuméra les espèces qui l'intéressaient. Ça tenait en trois ou quatre noms.

— Les truites, les ombres, les saumons, quelques rares sandres ou brochets. Mais je ne suis pas plus passionné que ça, fit Léo en rajustant sa casquette en bleu de chauffe. Je préfère la chasse aux sangliers. C'est un rude gibier qui ne se laisse pas tuer tranquillement. Car mon cher monsieur, le seul plaisir du pêcheur ou du chasseur, c'est de tuer.

— Un instinct qui nous vient de loin. Du fin fond de notre histoire…

Soudain, Rochelin se dressa sur ses genoux et montra la falaise jaune avec ses coulures grises de manganèse.

— C'est là ! s'écria-t-il, c'est là que je veux aller.

Il reconnaissait l'endroit entre tous, surtout la partie boisée qui la coiffait avec ses chênes rabougris accrochés désespérément à la roche et ses épineux torturés par les vents de la vallée, en surplomb du vide.

— Qu'est-ce que vous voulez voir là-bas au juste ?

— C'est là qu'elle a chuté sur la rive de la rivière. Trente, voire cinquante mètres au moins.

— Je dirais cinquante, releva Léo en ôtant sa casquette.

Les deux hommes se regardèrent longuement en silence, avec juste le clapotis de l'eau contre le Zodiac. Ça faisait une étrange musique, un battement régulier que rien n'épuisait. Simon leva les yeux vers le ciel. C'était une belle journée comme celle du 17 août 1994, il faisait vingt-huit degrés centigrades sur le causse par vent calme et ciel sans nuage. *Sans doute s'est-elle trop approchée du bord*, pensa-t-il, pour mieux voir le cingle de la rivière avec à sa droite, sur l'autre rive de la vallée, le château de Montal entouré d'une forêt de chênes, séparée en deux par une allée en gravier jaune ou peut-être en pisé formant une courbe légère jusqu'à l'entrée en terrasse.

— C'était donc votre fille, monsieur ? dit Léo pour meubler le silence.

L'homme savait ce qui s'était passé ici un an plus tôt. Un accident, un simple accident stupide. Il avait lu la nouvelle comme tout le monde dans le journal. Puis on en avait causé abondamment dans les cafés de Marteline.

— Elle n'aurait pas dû quitter le sentier, avança Léo Vassel en essuyant les gouttes de sueur qui perlaient sur son front. Ces falaises sont dangereuses. Tout est pourri par les intempéries. Des fois il y a des blocs de roche qui dégringolent jusqu'à la rivière. On entend un sourd craquement. Et voilà, faut pas se trouver au mauvais endroit.

Le Zodiac s'échoua sur le bord et Simon alla aussitôt se prosterner à l'endroit où les pompiers de Gourdon avaient retrouvé le corps. Léo tourna le regard vers la rivière. *Il n'y a plus d'oiseaux à cet endroit*, pensa-t-il, *à part ces saloperies de corneilles qui vont nicher dans les falaises*. Quand il chassait, il s'arrangeait toujours pour en déquiller quelques-unes. Ça faisait de la nourriture pour les renards.

— J'aurais dû apporter un bouquet de roses et le poser là, sur les rocailles, dit Simon. Mais je ne pense à rien. C'est ce que dirait ma femme. Tu ne songes qu'à toi, comme un vieil égoïste.

— Elle n'est pas venue avec vous, votre femme ? C'était sa mère quand même.

— Nous sommes séparés depuis sept ans au moins. Nous ne communiquons que par téléphone de temps en temps. Au début, je l'invitais au restaurant. Mais elle ne venait jamais. Je comprends. Elle n'avait plus envie de me voir. Les seules nouvelles que j'avais d'elle, c'était par Margaux, ma fille, qui est morte ici. Bêtement.

Maintenant, je n'ai plus de liens avec Mila. On dirait que ce drame nous a éloignés encore plus l'un de l'autre.

Soudain, Rochelin s'arrêta net.

— Pourquoi je vous raconte tout ça ? C'est idiot. Ça n'a aucun sens. Vous n'en avez rien à faire, Léo, de mon histoire. Et puis, en y réfléchissant bien, il y a plein de chagrins de cette sorte autour de nous. Quand ça ne nous concerne pas, on s'en fout. On fait semblant de s'y intéresser, par politesse, mais en réalité on s'en fout.

Léo Vassel ne sut quoi répondre. Il était juste le convoyeur de cet étranger qui l'avait grassement payé pour ce service.

— Peut-être vous faudrait-il en parler à un curé ? Ça ne manque pas les curés. Ça sait trouver les mots justes.

Simon se mit à rire en portant la main sur son visage mouillé de larmes. Des larmes dont il avait honte parce qu'il n'était pas seul pour les assumer.

— Je ne crois pas en Dieu. Je fais ça pour Margaux, ce pèlerinage, mais je sais au fond de moi-même que ça ne sert à rien. Elle n'est plus là pour m'entendre. La mort est un puits sans fond. D'ailleurs, je n'ai pas voulu me rendre à ses obsèques.

Léo hochait la tête en fixant la pointe de ses bottes.

— Vous auriez pu quand même… Notez bien que je ne suis pas homme à vous juger. Et puis ce que nous faisons en ce moment, c'est une sorte d'enterrement. Vous rallumez la flamme de son souvenir. Votre fille est encore là, dans un coin de votre tête. On ne se sépare pas ainsi de ce qu'on a aimé tendrement sans que ça revienne, souvent par les souvenirs. Tenez ! Je suis sûr que vous entendez parfois sa voix dans le silence du sommeil.

— Mais je n'ai pas eu l'élégance de déposer un bouquet de fleurs à l'endroit où elle est morte. J'en éprouve de la honte, du désespoir, et pourtant, dans une heure ou deux, lorsque je serai revenu sur l'autre rive de la rivière, tout se sera envolé. Et peut-être ne me souviendrai-je plus de cette visite au pied de la falaise.

*

Au moment de plier bagage, le canoteur demanda à Simon s'il avait sur lui une photo de sa fille. « Peut-être l'ai-je croisée ? dit-il. Après tout il n'y a qu'un an ! J'ai une sacrée mémoire des visages. Ça tient à mon boulot… Releveur des compteurs. » Rochelin le toisa d'un air dubitatif. Il avait envie de se dépêtrer au plus vite de ce type. À ses yeux, en y réfléchissant bien, il en avait trop dit sur lui-même, comme si à ce moment précis, au pied de la falaise où Margaux était morte, quelque chose s'était étourdiment libéré en lui. Sans doute eût-il préféré que cette confession se fût déroulée sans témoin. Mais qu'importe, après tout, en y réfléchissant bien, ce Vassel n'était rien pour lui, un témoin de circonstance.

— Reconduisez-moi à Marteline, fit-il en lui glissant dans la poche la somme promise.

L'homme dit que c'était trop, beaucoup trop d'argent. Simon insista avec l'étrange arrière-pensée d'obtenir de lui, implicitement, sa discrétion sur leur conversation.

Sur le chemin du retour, Léo stationna son 4x4 sur le bas-côté et descendit pour pisser, puis reprit le volant.

— Oubliez tout ce que je vous ai dit, monsieur Vassel. Faisons l'un et l'autre comme si nous ne nous connaissions pas.

Léo insista pourtant pour voir la photo de Margaux. Simon céda à la demande. Mais à peine son voisin eut-il les yeux posés dessus quc Rochclin la retira vivement.

— Ça ne me dit rien, dit Léo.

— Ma fille est restée à peine deux ou trois jours à Marteline. Au *Grillon Vert*…

Le type se mit à hocher la tête en pianotant sur le volant.

— Le *Grillon*? C'est un endroit mal fréquenté.

— Comment ça?

— Elle aurait pu trouver à se loger ailleurs.

Simon haussa des épaules.

— Qu'est-ce que vous faites de vos heures lorsque vous ne relevez pas les compteurs de l'EDF?

— Je donne des journées aux retraités de Marteline. Jardinage et bricolage divers. Ça me fait un peu de sous. Ici, surtout l'hiver, il n'y a que des vieux. Ça a toujours besoin de services. Rentrer le bois, changer les bouteilles de gaz, réparer les canalisations endommagées par le gel et que sais-je encore. Je suis l'homme à toutes mains. Voyez, nota-t-il d'un regard malicieux, je vous raconte plein de choses sur moi. Je n'ai rien à cacher. Alors que vous, c'est tout le contraire. Vous êtes un taiseux, monsieur Rochelin. Peut-être estimez-vous que sur ce causse, nous ne sommes rien de plus que des gens arriérés, peu dignes d'intérêt. Oh! Je ne vous blâme pas. Comme je vous comprends. Avec ce chagrin qui vous dévore… Mais en fin de compte, peut-être que vous êtes venu chez nous tout simplement pour enquêter ? Voici une pensée qui m'est venue tout à coup. Qu'en diriez-vous ?

Simon fit un geste vague et ouvrit difficilement la porte du 4x4, puis laissa glisser ses pieds en avant sur le bord du trottoir. Vassel le rejoignit.

— Donc, nous ne nous reverrons pas ? s'inquiéta-t-il.

Il prit le bras de Rochelin pour le retenir. Ce dernier se retourna vivement.

– Ah ! s'exclama Simon, je souhaiterais vous poser une question. Libre à vous d'y répondre.

— Je vous écoute ?

— Connaissez-vous un certain Marceau... ?

Simon parut réfléchir comme s'il avait oublié le nom de famille. Et certes non, il l'avait bien retenu, enregistré dans sa mémoire, mais ne désirait pas, s'agissant de Léo Vassel, paraître plus intéressé que cela.

— Oui, dit Léo. Bien sûr. C'est un éleveur de chevaux à dix kilomètres d'ici. À Sauzert, précisa-t-il. Vous voulez lui louer un de ses canassons ?

— Pourquoi pas.

— C'est un sacré personnage, précisa Vassel.

Sans vouloir rebondir sur son propos, Rochelin attendit qu'il lui en dise plus. Mais voyant que l'homme restait muet il demanda :

— Comment cela, un sacré personnage ?

— Un fils de bonne famille, gâté, pourri. Les Bazillac sont riches, très riches. Aussi, le rejeton n'a guère de souci à se faire pour son avenir.

Après que Rochelin l'eut salué et remercié une dernière fois pour la balade en Zodiac sur la rivière, Léo le retint après une courte hésitation, la mine grave.

— Pourquoi m'avez-vous questionné sur Marceau Bazillac ? Ce jeune homme vous intéresse ?

— Sans plus.

— Comment ça, sans plus ? Il vous intéresse ou il ne vous intéresse pas…

— Je ne sais pas. Très sincèrement, je ne saurais dire s'il m'intéresse ou non.

— Ah, bon Dieu oui, vous avez éveillé ma curiosité… Maintenant, je ne saurais pas partir, comme ça, la queue basse.

Simon le prit soudain en pitié, ce bonhomme qui l'avait suivi docilement jusqu'au pied de la falaise.

— J'en ai entendu parler au *Grillon Vert*. C'est tout.

Et pour éteindre la curiosité malsaine de Vassel, il ajouta :

— En très bons termes.

Léo rajusta sa casquette et grimpa dans son char d'assaut Toyota.

On était en fin d'après-midi et la chaleur était extrême. Trente à trente-cinq degrés. Pas un souffle d'air. Une pesanteur accablante. Alentour, sur le plateau aride et sec et vers le sud, là où les collines boisées eussent pu apporter un peu d'ombre et de vents apaisants, il n'était que le bleu du ciel chauffé à blanc, en maître régnant sans partage. Simon ne songeait plus qu'à prendre une douche et rejoindre la terrasse de l'hôtel pour y déguster un Campari et fumer un cigare. De préférence un Montecristo n° 5. *Voici assurément un petit bonheur égoïste et indécent*, pensa-t-il en caressant au fond de sa poche le médaillon de Margaux dont il ne se séparait plus depuis sa disparition, avec côté face le Petit Prince de

Saint-Exupéry et côté pile le prénom et la date de naissance de sa fille. Cette relique, il lui avait fallu batailler pour l'obtenir de Mila. « Pourquoi te la confierais-je ? Mon pauvre Simon. Tu n'as jamais rien fait pour elle… Assurément, tu ne le mérites pas. D'ailleurs, tu ne tarderas pas à le perdre… », avait-elle dit avec des larmes dans la voix. C'était par ces mots cruels et assassins que le souvenir de Margaux lui revenait incessamment en mémoire, tant il traînait à ses basques les mille manquements, erreurs et lâchetés amassés au cours de son existence, sans espoir jamais de s'en délester. À force de se l'entendre dire, il avait fini par comprendre, tout compte fait, qu'il ne serait jamais un père respectable. Et maintenant que Margaux n'était plus de ce monde, rien ne le sauverait jamais de lui-même durant toutes les années qui lui restaient à vivre.

8

Marceau était redevenu le petit garçon craintif de son enfance. La métamorphose s'était opérée instantanément dès l'apparition du « vieux ». Le jeune homme alla se réfugier – ou plutôt se cacher – dans ses écuries. Certes, il y avait fort à faire lorsque les chevaux étaient de sortie : nettoyer les stalles, refaire les litières, remplir les mangeoires et reconstituer les réserves d'eau. Mais Marceau ne se hâtait pas dans son travail bien au contraire.

Sur le coup de midi, le « vieux » montra son nez, se signalant par un raclement de gorge.

— Peut-on compter sur toi pour le repas de midi ?

— Tu veux dire, papa, que je vais devoir, comme hier soir, subir un nouvel interrogatoire. Ah non. J'ai autre chose de mieux à faire.

— Quoi donc ?

Marceau baissa la tête pour ne pas répondre.

— Ta mère est inquiète pour toi. Elle dit que tu as changé.

— Comment cela, changé ?

— Solitaire, taciturne, refermé sur toi-même… Peut-être est-ce un peu exagéré. Tu connais ta mère, n'est-ce pas ? Elle dramatise toutes les situations. Moi, je trouve que tu stagnes. Tu finiras un peu aigri à la longue. As-tu des amis, au moins ?

Marceau rassura son père par des hochements de tête et des silences. Certes, les silences n'allaient pas pour le tranquilliser. Mais c'était ainsi avec son garçon : depuis toujours, impossible de lui arracher trois mots, comme si la moindre parole l'engagerait à devoir ensuite se justifier.

— As-tu une petite amie ?

Le garçon garda le silence. *Le moindre aveu peut être retenu contre moi*, se dit-il.

— La dernière fois, il y avait Aurélienne. Une jeune fille de bonne famille. Intelligente, douce…

— Et des parents qui ont des biens surtout, ricana Marceau.

Le vieux Bazillac attendit la suite, le nez en l'air, ses rares cheveux chahutés par le vent. Le long mutisme de son fils le renseigna. Et il en ressentit du dépit. *Tout ce qu'il touche de près ou de loin, lui file entre les doigts*, songea-t-il. Peut-être même les cinquante mille francs que je lui ai donnés finiront de même, en pure perte.

— Tu fréquentes quelqu'un ? À ton âge, tu ne peux pas rester comme ça.

Marceau alla ramasser dans un des boxes des brides et des couvre-reins pour les suspendre dans la réserve. Le père le suivait, pas à pas, cinq mètres en arrière.

— Je me distrais, si tu veux tout savoir. Comme tous les garçons de mon âge.

— Rien de sérieux, donc.

Puis dans le manège, il espéra en vain que son paternel lui lâcherait la grappe. Mais non, le vieux allait et venait, excité par la situation.

— J'ai vingt-quatre ans, papa. J'ai le temps de me caser avec une femme bien fortunée, comme celles qui viennent l'été à Marteline. Une laideronne de préférence. Que m'importerait qu'elle soit canon. Pour ça, il y a les maîtresses.

— Tu as donc une maîtresse, dit Paul Bazillac.

— Ça ne te regarde pas.

Le vieux se détourna, en colère. Il se sentait impuissant, d'autant plus impuissant que son fils n'avait plus l'âge de se faire corriger.

— Où as-tu pêché une telle mentalité ?

Marceau éclata de rire. Il expédia le râteau avec lequel il égalisait le sable du manège contre le bardage en bois.

— Tu es mal placé, papa, pour venir me donner des leçons. Tu les as collectionnées aussi les petites maîtresses. Celles que tu amènes encore dans tes bagages au *Marriott Hotel* de Chicago.

— Comment peux-tu me dire ça, et d'un ton soupçonneux et méprisant ? Ça fait partie du personnel qui m'accompagne pour le travail. Rien de plus. Le travail, le travail. Et rien d'autre. Crois-tu que je serais parvenu là où je suis, petit idiot, si je m'étais dispersé de la sorte ?

Pendant ce temps dans son salon, Françoise téléphonait à toutes ses amies, à Paris, Bordeaux, Marseille, Toulouse. Des conversations futiles, si insignifiantes et ordinaires qu'elle n'eût pas osé les tenir devant son mari. C'était un homme sérieux, trop sérieux, empoisonnant de certitude, qui eût soupiré cent fois en l'écoutant. Elle parlait tissu, parfum, massages, développement personnel, vacances, spa, cures. Toutes choses étranges et superfétatoires pour son généreux mari, mais qui occupaient chez elle, épouse modèle et obéissante, l'essentiel de son temps. Françoise avait obtenu, jadis, quelques diplômes en histoire de l'art et en psychologie, dont elle n'avait rien fait. Paul l'avait incitée expressément à ne pas travailler, préférant la garder auprès de lui pour la préserver des tentations émancipatrices. C'était l'idée qu'il s'était toujours faite du mariage, qu'un mari doit subvenir aux besoins matériels de son épouse, sinon la perdre un jour.

Elle allait d'une pièce à l'autre avec son combiné portable et s'en revenait lorsque la voix de son interlocutrice s'éloignait en grésillement. Parfois quelques gloussements s'emparaient d'elle lorsque ses bonnes amies évoquaient des sujets scabreux. Mme Bazillac était pudique même avec ses proches copines. Elle aimait en apprendre beaucoup sur elles et ne rien partager, puis distiller quelques leçons de moralité qui paraissaient surannées. Peut-être était-ce, en définitive, tout ce qui faisait son charme : ses vues puériles sur les mœurs nouvelles.

Dès que Paul franchit la porte-fenêtre donnant sur la terrasse, Françoise raccrocha, ne lui laissant pas le temps de poser une question.

— J'étais avec Émilie Lesage. Tu te souviens d'elle ? Elle en est à son deuxième divorce. Bizarre, non, ce besoin du remariage après une expérience désastreuse. Ne ferait-elle pas mieux de rester célibataire ? Puisqu'elle ne supporte plus un homme au bout de deux ans…

Paul s'affaissa dans un fauteuil face au parc de Sauzert. Il contemplait la belle lumière blanche de l'après-midi, les larges taches d'ombre portées par les chênes, de-ci de-là, et le bleu gris de l'horizon.

L'épouse se décida à lui servir un grand verre de Coca sans qu'il l'eût demandé. Comme quoi, en bonne épouse attentionnée, elle s'attachait toujours à devancer ses désirs. Puis elle resta quelques minutes près de lui, debout et bras croisés sur sa poitrine. Paul soupira profondément, et laissa courir sa main jusqu'à elle, lui frôlant les mollets négligemment, puis s'attarda en délicates caresses. Françoise s'éloigna un peu, mais Paul la retint en glissant une main sous sa robe, jusqu'à remonter un peu haut dans l'intérieur des cuisses.

— Allons, Paul ! Est-ce bien raisonnable ? Ce n'est plus de notre âge…

Il renonça dans un grand soupir. *Tout ça*, se dit-il, *justifie amplement que j'entretienne une maîtresse*. Les reproches de son fils, quelques minutes plus tôt dans le manège, l'avaient décidément assez bousculé.

Françoise alla prendre place en face de lui, les jambes croisées et sa robe légèrement relevée sur ses genoux. C'était sa vengeance quotidienne, lui interdire les devoirs conjugaux, tout en l'excitant. Elle devinait qu'à cet instant Paul devait la maudire. C'était une idée qui l'excitait assez, l'amour qui a besoin de vengeance pour se régénérer.

Paul, lui, se sentait floué et malheureux, mais trop fier pour en révéler le moindre signe. Il l'observait avec une froide hauteur. A-t-elle un amant ? Un jeune homme, d'évidence, récompensé sans doute pour ses prouesses. Sa jalousie était à géométrie variable, tantôt vive et prégnante jusqu'à l'obsession, ensuite estompée par la raison, comme si Françoise, décidément, ne nourrissait guère de besoin dans ce domaine.

— Je ne comprends plus notre fils, dit-il. Qu'avons-nous raté dans son éducation ?

— Laisse-le donc tranquille. Moi, je le trouve très bien, notre petit Marceau. Pourquoi voudrais-tu qu'il te ressemble ? Tu ne seras jamais son modèle. Du reste, nous n'élevons pas des enfants pour en faire des clones.

Bazillac se prit la tête dans les mains.

— J'avais espéré qu'il épouserait cette petite Aurélienne Bousquet. Mais non, il est venu m'annoncer que c'était une affaire classée.

— Ah, s'exclama-t-elle dans un ricanement forcé, elle te plaisait bien celle-ci…

— Je lui trouvais beaucoup de classe et d'éducation.

— Ce sont de vieilles idées rancies. Ça finit par faire des couples malheureux, comme ma chère Émilie. Un mariage d'intérêt. Un désert d'ennui. Et au bout, des disputes à n'en plus finir. Mon pauvre Paul, tu n'as jamais cru en l'amour. Moi, par exemple, je t'ai aimé au début. Je te trouvais brillant, fougueux, entreprenant. Je me disais, alors, qu'avec un tel homme, jamais je ne connaîtrais l'ennui. Et vois ce que nous sommes devenus, tous deux : des étrangers.

— Comment peux-tu dire ça ?

— C'est la vérité. Je ne t'aime plus. Je te supporte. Heureusement que j'ai mes amies, mes fidèles amies, pour me distraire un peu et parler de ces choses futiles qui nous font tellement de bien, à nous, les femmes, jura-t-elle en allant et venant d'un pas chaloupé à travers le salon.

Paul voulut la rejoindre, en toute hâte, pour la retenir, peut-être la prendre dans ses bras. Mais c'était un geste fichu d'avance. À trop insister, il devinait que Françoise finirait par monter dans sa chambre et s'enfermer à double tour.

— Comment n'ai-je pas deviné ? Je vois clairement d'où provient cette mauvaise humeur, jugea-t-il. Nous aurions dû partir au Sri Lanka, comme nous l'avions projeté à Noël dernier. Et puis j'ai été emporté comme toujours par l'effervescence des affaires.

Françoise ne l'écoutait plus, mains plaquées sur les oreilles. Il y avait déjà eu tant de rêves brisés, de promesses mort-nées, de décisions ajournées. Souvent sans raison. Par le fait du prince. Elle les énuméra dans sa tête : les aurores boréales en Laponie, les archipels des Fidji, les plages du Costa Rica…

— Laisse ton fils vivre sa vie comme il l'entend, insista-t-elle. C'est la seule promesse que je te demande de tenir.

— Avec mon argent, soupira-t-il. Ma générosité.

Il haussa les épaules et dit encore pour enfoncer le clou que ce pauvre petit chéri à sa maman, de vingt-quatre ans, ne trancherait jamais le cordon ombilical. Ce fut le mot de trop. Françoise disparut instantanément pour se réfugier à l'étage. Par ces heures de grande solitude, elle se découvrait des projets en pagaille : cartes postales à écrire et envoyer à droite et à gauche, journaux féminins à feuilleter, romans à lire (des bluettes pour l'essentiel, qui faisaient – paraît-il – tant de bien à l'âme). Car en vacances – *étranges vacances en vérité, à Marteline, le trou du cul du monde*, pensa-t-elle –, Françoise mettait son esprit en veille, à observer la nature, écouter les bruits du vent, contempler les fins de jour, et dormir profondément avec un Lexomil.

*

Chaque fois que Marceau allait retrouver sa maîtresse rue Laverre, dans le quartier résidentiel de Marteline, il prenait soin de garer sa voiture à l'écart. À cent mètres au moins, dans un recoin discret sous les platanes. C'était un accord entre Romane et lui que cette « histoire » ne devrait jamais déborder ni mettre par quelque indiscrétion que ce soit son mariage en péril. Il obéissait à cette règle comme un petit garçon docile.

Trois coups de sonnette à 18 heures pétantes, et hop, Romane Prisco entrouvrait sa porte, tirait à elle le visiteur et, à peine en haut de l'escalier qui menait à la chambre, Marceau se retrouvait sans tee-shirt et le pantalon sur les pieds. La belle passait une main caressante sur le boxer, comme pour vérifier que tout était en ordre, comme elle l'exigeait. Car elle détestait s'escrimer pour mettre son amant en condition.

— Tu es bien, très bien, mon doux amant.

Puis elle tirait rageusement le boxer vers le bas, et le prenait en bouche avec une furie subite qui le déconcentrait quelque peu. Mais Marceau n'osait pas ralentir son jeu, prendre l'initiative ou l'intimer de prendre son temps.

— Je veux te dévorer, idiot. C'est comme ça. Ta petite peste est une vraie mante religieuse.

Il se laissa tomber sur le dos dans le travers du lit, puis Romane l'enjamba. Elle portait juste un caraco en soie noire qu'il tenta de lui arracher. Mais vivement elle écarta ses mains pour lui signifier que c'était elle, et rien qu'elle, qui prenait les initiatives. Avec ses ongles, elle lui griffa la poitrine, puis posa la main sur son regard.

— Tu fermes les yeux. Je ne veux pas que tu me voies jouir, petit salaud.

Puis la belle mena le jeu à sa cadence préférée, doucement au début, puis accéléra, et, sentant que son amant allait rendre l'âme, elle s'arrêta net, se retira. Sans pitié.

— C'est cruel, murmura Marceau, les bras en croix.

Il eût voulu s'emparer de sa taille et la contraindre à revenir pour qu'il pût entrer en elle, selon sa volonté, quitte à jouer d'un tempo alternatif, lent, puis rapide, puis lent, jusqu'à la fin.

— Et après ! s'écria-t-elle, qu'adviendra-t-il ? Tu ne t'occuperas plus de moi. Tu miauleras bêtement comme un chat repu.

— Pitié. Aide-moi. Je ne peux plus tenir.

Elle l'observait avec son regard gris-vert, empreint de gravité. Dans ces moments, l'amant craignait chaque fois qu'elle le gifle. C'était arrivé une ou deux fois parce qu'il avait joui trop vite. Une étrange punition.

Mme Prisco bondit du lit et alla se servir dans la salle de bains un grand verre d'eau puis revint aussitôt s'asseoir au pied du lit, la tête posée entre les jambes écartées de son amant.

— Comprends-moi, Marceau, je ne veux pas d'un amant qui achève sa petite affaire trop vite. Après, je n'existe plus. Tu n'as plus de désir. Tu as l'air repu et moi, moi, as-tu pensé à moi, je n'ai même pas joui. C'est injuste.

Elle tendit la main pour s'emparer de son sexe et le caressa avec douceur.

— Il m'obéit. As-tu vu comme il m'obéit ? Je peux en faire ce que je veux. Et toi, mon beau, tu ne décides plus rien sans moi.

La belle Mme Prisco fit mine de l'enfourcher de nouveau, mais se refusa soudain tout en l'excitant contre sa pilosité. Marceau porta les mains à ses seins et les caressa sur la fine dentelle du caraco. Mais quand il voulut les glisser sous la soie, elle les repoussa tout en douceur. Puis elle se mit à gémir. Peut-être feignait-elle de jouir pour s'amuser de lui, et lui faire comprendre que le sexe n'est pas d'une nécessité absolue pour une femme comme elle.

Enfin, de guerre lasse, une demi-heure plus tard, après avoir joué de toutes les combinaisons possibles, il s'allongea sur elle. Romane se laissa conduire, presque lascivement, jusqu'au plaisir. Sans un mot, le regard au plafond. Elle se mordit les lèvres en le sentant s'éloigner d'elle. C'était le seul instant où sa maîtresse semblait perdre enfin pied. Chaque fois, il regrettait de ne point posséder l'énergie pour la reprendre à sa guise, ne serait-ce que pour lui montrer sa domination. Mais c'était trop tard. Elle restait allongée à côté de lui, silencieuse. Et si par quelque étrange pitié, il voulait encore la caresser ou, qui sait, jouer avec son pubis, elle serrait les dents, basculait la tête de côté.

— Tu n'obtiendras rien de plus de moi, Marceau. Rien. Jusqu'à la prochaine fois. S'il y a une prochaine fois…

Mme Prisco aimait à tenir son amant sur la corde raide, à remettre en jeu leur relation. Elle disait souvent : « Un jour je sifflerai la fin de partie et tu devras t'effacer comme tu es venu. Sans un soupir. Sans un cri. Sans un mot. Rien. »

Plus tard, ils descendirent dans le salon. C'était le seul endroit où Marceau se sentait embarrassé, à cause des affaires du mari. Les journaux, les paquets de cigarettes, les jeux de société, les DVD, et pire encore, les pantoufles, les slips et le linge de corps sur un séchoir dans le couloir. Et jusque dans le lavabo de la cuisine, les brins d'une barbe taillée à la hâte.

Mme Prisco avait enfilé un déshabillé laissant apparaître ses longues jambes fines et le blanc d'une culotte. Elle buvait un thé par petites goulées comme s'il était trop chaud. Marceau l'observait d'un regard vague. Il peinait à croire qu'elle était encore sa maîtresse au sortir de la chambre. Peut-être n'était-il plus qu'un second mari, là, en attente. De quoi ? Il ne le savait pas.

— Tu fais toujours l'amour avec lui ? demanda-t-il.

Elle parut surprise par sa question. C'était d'une naïveté confondante. Elle esquissa un petit rire en balançant sa chevelure auburn de belle lionne de droite à gauche.

— Bien sûr que nous le faisons. Gentiment. Dans les positions du missionnaire. J'attends qu'il finisse. Parfois c'est un peu long. Mais ça me permet quelques fantaisies. Des fantaisies qu'il réprouve. Hélas. Monsieur mon mari est un pudique. Mais c'est mon mari. Voilà tout.

Marceau voulut goûter à ses cigarettes. C'était du tabac léger, sans relief.

— Je ne l'envie pas, dit-il.

Il voulait dire : « Je ne t'envie pas. »

— Et toi ? Tu as une petite amie ?

— Non, tu le sais bien.

Elle haussa les épaules.

— Ça me gêne que tu n'en aies pas.

— J'ai toi. Rien que toi.

— Mais je ne suis rien, moi, qu'une maîtresse attitrée. Du reste tu ne me connais pas. Tu ne sais rien sur moi. Nous nous voyons régulièrement pour faire l'amour. Trois à quatre fois par semaine. C'est beaucoup.

Je m'étonne même que tu reviennes me voir. Je pensais que tu te lasserais vite.

Marceau lui prit les mains et les embrassa avec fébrilité. Il se mit à lui sucer les doigts pour retrouver le goût de son sexe qui l'obsédait. Mais elle le repoussa gentiment avec un soupir contrit.

— Serais-tu prête à quitter ton mari pour moi ?

— Jonathan… Quitter Jonathan, certes non. Qu'y gagnerais-je au change ?

Elle prit une mine affectée en déambulant dans la pièce. Parfois, elle regardait sa montre comme si elle voulait lui faire comprendre qu'il était temps de déguerpir. Mais ces choses, elle ne savait pas les dire, naturellement. Sinon avec colère. Et c'eût été compromettre une liaison à laquelle elle tenait tout de même, juste pour le plaisir. Ça la valorisait d'avoir un jeune homme de dix ans de moins qu'elle à ses pieds, docile comme un toutou. Certes pas très intelligent, mais assez pour comprendre les finesses des passions amoureuses. Celles qui se nouent et se dénouent à la demande.

— Nous pourrions nous mettre ensemble.

Elle se plaça devant Marceau, bras croisés sur sa poitrine, hautaine et fière. Peut-être eût-elle dû se sentir flattée, mais il n'y avait rien d'autre entre eux que de très sexuel, autant dire un jeu comme un autre avec des perdants et des gagnants. Parfois, Romane s'impatientait de trop l'attendre, ensuite s'agaçait de le voir tourner en rond autour d'elle avec ses silences de chien battu.

— Pourquoi, mon cher, tu voudrais vivre avec moi ? Quelle sorte de vie m'offrirais-tu ? Non. C'est très bien ainsi. Entre nous, se reprit-elle en le voyant blêmir, c'est juste pour le plaisir.

En bredouillant, Marceau essaya de lui expliquer qu'il n'était pas seulement un étalon dans un lit, et qu'il pourrait dans la vie quotidienne lui apporter beaucoup.

— Si je me mettais en couple avec toi, je finirais par m'ennuyer. Ce que nous faisons quatre fois par semaine de cinq à sept, crois-tu sérieusement que ça comblerait mon existence ? Merde alors ! J'ai le feu au cul de temps en temps. Mais après je me trouve sale et laide, comme si je craignais d'être prisonnière de ça, cette chose animale qui révèle de moi ce que j'exècre. Ne fais pas cette tête, déplora-t-elle, craignant sans doute à cette seconde les larmoiements de l'homme blessé. Tu sais si bien le faire, ajouta-t-elle. Tu t'adaptes tellement à mes délires que c'en est fascinant.

Marceau tenta de la prendre dans ses bras. Elle résista un peu, puis s'abandonna. Mollement.

— Avec Jonathan, expliqua-t-elle, la tête abandonnée sur son épaule, nous avons des conversations sérieuses. Nous partageons des vues similaires sur l'art, la politique, la philosophie, et que sais-je encore. C'est un charmeur à ses heures. Avec toi, Marceau, c'est court. On a vite fait le tour du personnage.

Il la caressait activement comme s'il voulait la reconduire dans la chambre du premier étage, puis recommencer sans fin le jeu.

Elle se détacha de lui, lui prit le visage et le fixa dans les yeux avec une sorte de colère froide.

— Après l'amour, je te hais. Je te hais que tu me fasses jouir si fort. Et surtout que tu me tiennes prisonnière avec ça.

Marceau s'abandonna dans un fauteuil, le regard tourné vers le dehors. Elle resta debout près de lui, la tête baissée. Elle avait décidé de ne rien ajouter avant son départ. Et cette attente fut longue. Et au bout du silence, il s'effaça discrètement.

9

— Que vas-tu devenir, ma petite Colombe ? Y as-tu réfléchi ?

— Non, répondit Léna d'une moue boudeuse.

La jeune pensionnaire des Murelles se tenait au bout de la table de la cuisine, tournant le dos à la fenêtre à cause du soleil qui lui faisait de l'œil.

Elle aimait faire sa bouillie avec la poudre de Van Houten et quelques cuillerées de lait froid avec du sucre de canne. Quand le creux du bol était vide, elle recommençait, plusieurs fois, sans se lasser. Au bout d'un moment, Thérèse l'arrêta en posant la main sur son bras.

— Je fais toujours ça quand je suis en manque d'affection, dit Colombe.

Mme Anglard était encore en déshabillé blanc à petites fleurettes. Les dentelles du col et des manches lui donnaient un genre ridicule. Léna biglait l'échancrure de la poitrine et se disait avec un léger sourire : *Si je pouvais avoir des seins comme elle à son âge*. Instinctivement Colombe plaqua une main sur sa propre poitrine : *Inexistants, comme des œufs au plat*, se dit-elle. *Il ne faut pas t'étonner que les garçons te négligent. Mais que faudrait-il faire pour changer les choses ?*

— Jusqu'à quelle heure a duré la fête ? demanda-t-elle.

Thée baissa la tête, fixant la toile cirée de la table, puis du plat de la main balaya les miettes de pain jusqu'à une sous-tasse.

— Je ne sais pas, répondit-elle.

— Comme je ne pouvais pas dormir, j'ai eu envie de descendre dans le salon pour me joindre à vous. Mais je ne l'ai pas fait. Alors que, ajouta-t-elle, c'était si tentant d'entendre tous ces rires…

Thérèse posa la main sur celle de son invitée, puis s'en empara en la serrant fort.

— Chasse donc cette mère ingrate de ton esprit. Ensuite tu seras plus forte, conseilla-t-elle. Il est des destins qui ne se surmontent que par le mépris. Contre une mère indigne ou toute autre chose…

Colombe s'approcha de sa bienfaitrice pour l'embrasser sur les joues.

— Vous ne direz pas toujours ça, Thérèse. Un moment viendra où vous vous lasserez de ma présence, de cette tristesse qui transpire de moi par tous les pores de ma peau. À force, le malheur des uns déteint sur tous les autres. C'est contagieux le malheur. On le fuit, on l'écarte, on s'en défie comme de la peste. J'ai connu une amie qui faisait la manche dans la rue, assise tout le jour sur le bord d'un trottoir. Les passants s'écartaient d'elle, comme si, précisément, son infortune était contagieuse.

Le regard soudain dans le vague, tourné vers la lumière de la fenêtre qui inondait la cuisine, Thée songeait à un enfant perdu dans un lointain passé, si chéri et disparu. Dès lors sa vie même s'était en partie éteinte, malgré tous les efforts pour demeurer si proche de lui. Elle cacha son émotion en se levant pour prendre une cafetière. Elle emplit sa tasse et but adossée à l'évier à courtes gorgées. Elle dit à Léna d'une voix attendrie :

— Ma chère Colombe, j'attendrai patiemment que tu recouvres un peu de sérénité et de force en toi. Et oui, ensuite, peut-être, je te mettrai à la porte comme un mignon petit chaton qui doit vivre sa vie sans l'aide de personne.

Léna se mit à rire en essuyant de sa paume de main les larmes sur ses joues.

Elles passèrent dans le salon, là où les verres et les coupes traînaient à même les tapis, au milieu des disques et des livres.

— Pour payer ma chambre, je pourrais faire un peu de ménage.

Mme Anglard expliqua qu'elle tenait à son désordre et que sa vie était aussi un profond chaos.

Un coup de sonnette annonça une visite. Seule Léna était présentable. Thérèse la chargea d'aller voir. Elle revint aussitôt en portant une enveloppe.

— Ah, s'écria Mme Anglard, en voilà un qui ne renonce jamais. Mon cher William.

— Ce sont les fameuses lettres que vous n'ouvrez jamais. Comment faites-vous pour résister à la curiosité ? Moi, je ne pourrais pas.

— Je sais ce qu'elles contiennent. Un fragment de ma vie que je ne souhaite pas réveiller.

Colombe alla, d'un pas dansant, l'ajouter à la pile sur le buffet du salon.

— Vous n'en parlez jamais ?

— J'ai tourné la page depuis longtemps. Sans regret.

Elle répéta ces mots à plusieurs reprises comme pour s'en convaincre.

Plus tard, tandis que Léna écoutait les *Rêveries* de Debussy, assise en tailleur sur le tapis, plutôt en sourdine, l'oreille collée aux baffles de la chaîne stéréo, Nino Rosetti entra en coup de vent.

— Qui es-tu, toi ? demanda-t-il.

Le jeune homme à la chevelure noire, en épis, l'œil tout aussi sombre, fureta dans les pièces et revint, tout excité. Puis il s'approcha de Colombe et effleura du bout des doigts son visage.

— Une gosse fragile. Si fragile, dit-il. Tu serais bien dans le rôle de la liquidatrice. Ce serait assurément mieux que Roxie. Je t'imagine bien transportant des piles de dossiers d'un bord à l'autre de la scène. Ça ferait rire le public : la frêle jeune fille blondinette croulant sous la paperasse bureaucratique. Mais encore faut-il qu'elle sache retenir un texte… Hé, jeune fille, as-tu déjà fait du théâtre ?

Léna haussa les épaules. Elle ne comprenait rien au discours de cet intrus, possédé par son délire favori. Nino réalisa l'incongruité de son propos. Il lui serra la main, puis se décida à l'embrasser un coup à droite, un coup à gauche.

— Il ne faut pas faire attention à moi. Comme si je n'existais pas, dit-elle.

— Décidément non, mauvaise idée, reconnut-il, cette petite ne vaut rien pour le théâtre.

— Vous êtes un ami de Thérèse ?

— Comment as-tu deviné ? Oui, fit-il en prenant un air important, elle est ma muse et je suis son pygmalion.

Thée entra par la porte dérobée de l'alcôve, là où personne n'avait le droit de mettre les pieds. Elle s'arrêta net. Ce n'était pas l'heure habituelle des visites de Rosetti, plutôt 7 heures du soir.

— J'ai longuement réfléchi à notre conversation d'hier, commença-t-il en passant une main dans ses cheveux drus. Et voilà ma conclusion…

— Non, s'opposa Thée, je ne veux rien entendre…

— C'est à cause de cette fille ?

— Je peux me retirer, proposa Léna.

— Non, tu restes, Colombe. Bien au contraire.

— Colombe, reprit Rosetti, comme c'est charmant. Pourtant ce que j'ai à te dire est de première importance. Pour nous deux, précisa-t-il avec une pâle expression sur son visage d'enfant sage.

Il entra dans la cuisine pour se servir un grand verre de Coca et revint aussitôt plus décidé que jamais en ânonnant quelques compliments maladroits. Mais Mme Anglard faisait de la résistance, encore et toujours. De nouveau, il lui suffirait de clamer son âge pour couper les ailes aux prétentions de son soupirant.

— Où en est-on de la pièce ? Adam maîtrise-t-il son texte ? Voilà une vraie question, mon cher Nino.

— Sans ton aide, nous n'arriverons à rien, Thée. Tu sais que tes conseils me sont précieux. Mais il nous faudrait trouver un peu de temps, en tête à tête, pour réfléchir…

Il se rapprocha d'elle, si exalté qu'elle crut le voir tomber à ses genoux. C'étaient des gestes romantiques qu'il affectionnait, par jeu, par passion, par flamme, tant ces effets étaient inspirés par l'esthétique du théâtre.

De son côté, Colombe n'attendait plus qu'un signe de sa logeuse pour s'effacer sur la pointe des pieds. Mais au contraire, Mme Anglard voulait qu'elle reste pour ne pas se retrouver seule avec son soupirant. Elle l'invita d'un large geste à visiter sa collection de CD. Il y avait tant d'œuvres merveilleuses pour une petite fille ignorante comme elle : César Franck, Ernest Chausson, Vincent d'Indy… Thée lui fit écouter quelques extraits, mais fut vite déçu du peu d'enthousiasme manifesté.

— Ce n'est pas pour moi, dit-elle. J'ai une oreille ignorante, peut-être même insensible.

— Ignorante, passons, releva Mme Anglard, mais insensible, ce serait fâcheux. Ça signifierait, ma pauvre petite, qu'il n'y a rien à faire pour toi.

Pendant ce temps, pour faire le malin, Nino s'était installé devant un piano droit, accolé au mur. Il tapait sans cesse sur la même touche, de plus en plus fort, puis sur une autre touche et de même s'obstinait jusqu'à ce que ce bruit devînt insupportable. Lorsque Thée le pressa d'arrêter, il dit que c'était exactement ce qu'il ressentait devant son indifférence. Une douleur lancinante qui lui déchirait l'âme et le cœur.

Rosetti quitta le tabouret pour laisser place à Mme Anglard. Elle croisa les doigts, les fit craquer un peu pour les rendre aussi souples que possible. Puis elle se mit à jouer, avec quelques maladresses, se reprenant, hésitant.

— Il y a si longtemps que je n'ai pas joué, avoua-t-elle. Ce vieux Pleyel était à…

Elle se tut, la gorge serrée. C'était un nom ou plutôt un prénom qu'elle ne parvenait pas à prononcer.

— À qui ? demanda Nino.
— Pourquoi te le dirais-je ? Je ne crois pas que ça t'intéresserait.
Il se tenait soigneusement derrière elle, immobile. Son regard ne quittait plus ses épaules découvertes et s'insinuait dans l'échancrure de la robe, jusqu'à la naissance des seins. Elle ne portait pas de soutien-gorge et ça l'excitait, le fin tissu révélant les secrètes rondeurs de ses seins. Elle joua les premières phrases des *Gymnopédies*. Parfois sautant de-ci de-là quelques notes. Puis s'arrêta en renversant son visage en arrière. Rosetti effleura ses cheveux. Ça la fit bondir.
— À qui était ce piano ? insista-t-il.
— Que crois-tu, mon petit Nino, j'ai eu une vie avant de venir m'enterrer dans ce trou.
— Tu le regrettes ?
— Non. J'y suis bien. Je ne manque pas de distractions. Même si souvent j'aurais grand besoin d'être seule.
— Pourquoi, seule ? reprit Nino.
Thée ne répondit pas. Ces pensées ou ces idées-là ne concernaient qu'elle. Elle avait appris de sa vie passée que trop révéler de soi-même finit par porter préjudice.
— Tu as eu beaucoup d'hommes, à part ton mari ?
Colombe se mit à rougir et posa la bande dessinée qu'elle avait commencé à lire.
— Tu es malade ou quoi, Nino ? Ce ne sont pas des questions que tu dois me poser. On ne se connaît pas assez.
— Un mois et demi déjà. Tout de même. J'ai eu le temps de faire le tour du personnage.
— C'est très peu. Ou peut-être est-ce déjà trop…

Elle éclata de rire en voyant la mine dépitée de Rosetti. *Décidément*, se dit-elle, *les soupirants de ma jeunesse avaient plus d'aplomb pour obtenir mes faveurs.* C'étaient de petits héros pleins de bosses et de cicatrices obtenues sur les barricades du boulevard Saint-Michel.

— N'est-ce pas toi, par hasard, qui me piques toutes les nuits des livres ? Petit saligaud.

Nino le reconnut. Voleur, pilleur, sans scrupule. Voyons, piquer un bouquin, ce ne peut pas être un vol. Un échange tout au plus. Un désir partagé.

— Tous mes Hemingway, mes Steinbeck, et aussi les Dos Passos, renchérit-elle. Des éditions précieuses des années 1940. C'est toi ?

— Je tiens une liste. Je te les rendrai.

— Mon œil, oui ! fit Thée en se tordant le cou.

— Je ne suis pas le seul voleur. Il y a aussi Valentin. Lui, il adore tes Virginia Woolf. Et Roxane… Les Sade. Surtout *Les 120 journées*. Ça l'excite au possible, Sade, c'est curieux. Une fille. Je n'y crois pas…

Mme Anglard ne prenait guère ces « chiperies », comme elle disait, au tragique. C'était même une sorte de politesse qu'on lui rendait. Car elle savait que, dans son dos, on la prenait pour une sacrée intellectuelle, farcie de diplômes, spécialiste en littérature anglaise du XIXe, capable de parler des heures durant des sœurs Brontë et du bienfait pour l'art d'avoir eu pour père un pasteur déglingué.

Louise Vizille fit une discrète entrée, soudain soulagée de retrouver son amoureux. Elle avait cru qu'il s'était rendu à la Grange avec Roxane pour baiser à son aise. C'était un pur soupçon. Une fable née de son imagination. Car Roxane était très attachée à Adam, et pour rien au monde elle ne l'aurait trompé. De surcroît, Louise lui faisait peur. C'était le genre à lui crêper le chignon.

Louise fit claquer deux bises pour s'assurer les bonnes grâces de la prêtresse.

— Tu devrais t'occuper un peu de ton Nino, lui glissa-t-elle au creux de l'oreille.

— Pourquoi ? Qu'a-t-il fait encore ?

Mme Anglard haussa les épaules.

— Il s'ennuie et il raconte des bêtises.

Elle alluma un clope et tira dessus comme une forcenée.

— À la Grange où nous dormons tous, chacun dans notre coin, ce n'est pas facile d'avoir un peu de temps pour nous deux.

— Tu veux dire, d'intimité ? reprit Thée.

Louise Vizille confirma d'un mouvement de tête que cette vie spartiate que son amoureux lui faisait vivre était inique.

— Puis-je emprunter ta salle de bains pour prendre une douche ? Il me faut ça au moins tous les trois jours pour me sentir bien.

D'un geste, Mme Anglard lui accorda ce privilège en espérant que celui-ci ne ferait tache d'huile autour d'elle…

Dans son coin, Léna semblait s'ennuyer devant l'agitation des comédiens, à laquelle elle ne comprenait rien. Thée l'invita à descendre dans le parc pour une petite balade dans les allées.

— Pourquoi vous ne prêtez pas vos chambres, Thérèse ? Il y en a quatre à l'étage.

— Je ne veux pas me laisser envahir, dit-elle en ajustant son chapeau de paille.

— Pourtant vous m'avez accordé cette faveur.

— Tu me rappelles trop ce que j'étais à quinze ans dans ma campagne de La Brenne, abandonnée de tout le monde, toujours seule dans mon coin, recluse, et pleurant sur mon sort. Je n'arrivais pas alors à imaginer comment sortir de cette situation. Rien que la perspective de devoir passer ma vie ici, dans ce pays détestable, au bord des étangs sous un ciel si bas, me donnait envie de mourir.

Léna fixait la pointe de ses pieds sans lever la tête vers le ciel, aussi bleu que sur un bord de mer, tant l'émotion l'étreignait et la rapetissait.

— C'est pareil pour moi, avoua Colombe. Chaque matin en me réveillant je suis tenaillée par l'angoisse. Sans l'argent de mon père, que deviendrais-je ? Pourtant, il n'est pas très généreux. Ma mère tient le cordon de la bourse. Si d'aventure elle apprenait qu'il me donne de quoi survivre, elle ferait tout pour nous séparer. C'est une méchante personne.

Thée posa une main sur l'épaule de la jeune fille et l'invita à admirer ses rosiers dont elle était si fière. Elle se sentait démunie et sans voix devant cette jeune fille si fragile. Que lui dire ? Des mots consolants n'auraient fait que générer une pitié hypocrite. Ceux-ci étaient plutôt du ressort de sa voisine, Mlle Juliette. Elle était savante en réconfort, miséricorde et repentance. Fasse le destin, jura Mme Anglard, qu'elle ne mette pas la main dessus. Ce serait une proie facile pour ses actions charitables.

Thée lui montra ses grimpants si bien taillés, sans bois inutile, avec de fortes ramures chargées de roses.

— Les petites roses, comme les guirlandes d'amour ou les pirontinas, sont les plus odorantes. Elles se développent en grappes. Et au moins, on n'est pas tentés de les mettre dans d'horribles pots.

Colombe fut autorisée à en cueillir une pour l'accrocher à la boutonnière de son corsage. Aucun garçon encore ne lui en avait offert, reconnut-elle en rougissant. Elle avoua qu'elle n'avait jamais été aimée, que sa frêle silhouette chétive, timide et craintive l'avait toujours desservie.

— J'entre quelque part et personne ne me voit. Et pour cause, je n'existe pas, déplora-t-elle. Je parie que vous n'étiez pas comme moi à mon âge. Belle comme vous êtes… Si femme. Si imposante avec cette forte personnalité qui irradie de vous.

— J'ai été courtisée après mon mariage. Curieusement. Peut-être les hommes, qui ont un deuxième sens en la matière, ont-ils flairé que j'étais par trop délaissée par mon mari.

Léna commença à l'interroger sur son passé, mais Mme Anglard esquiva le sujet par de petites plaisanteries. De ce temps-là, comme de bien d'autres, elle ne disait rien, comme si elle en portait quelques torts.

Théе et Léna trouvèrent un endroit moitié ombre moitié soleil pour s'allonger à même la pelouse. Elles restèrent ainsi un long moment, silencieuses. Puis Colombe dit :

— Ces comédiens sont bizarres, tout de même, vous ne trouvez pas ?

— Oui, admit Thée, surtout Rosetti, le brun aux yeux noirs. Un possédé, celui-là. Quant à Adam, c'est un timide, et Arthur un instable. En résumé, ajouta

Mme Anglard, ce sont des enfants de bonne famille. De petits-bourgeois révolutionnaires, semblables à ceux que j'ai fréquentés en 1968 à Paris au moment des événements et plus tard, en 1971, lors du procès Geismar. Ils chouravaient *La Cause du peuple* dans la librairie Maspero. C'était facile, le lieu était comme un long couloir ouvert sur deux rues passantes.

Après ce petit moment de nostalgie, Mme Anglard invita Léna à retourner dans le salon. Roxane et Louise avaient pris un bain ensemble. Pour économiser l'eau, dirent-elles. Ces infimes détails amusaient Thée. Négligées par leurs mecs respectifs, elles s'étaient consolées de la bonne manière.

10

Le cinquième jour de son arrivée à Marteline, Simon Rochelin s'inquiéta de louer une voiture. Valentine Lévêque lui conseilla de s'adresser à Léo Vassel, son canoteur, un homme aimable et à toutes mains pour les menus et grands services, selon la bistrotière. Simon l'arrêta d'un geste.

— Converser avec lui est une épreuve, dit-il.

— Certes, s'amusa Mme Lévêque, ce n'est pas un homme de votre condition. Mais parfois, il faut savoir faire bonne figure. Jouer le jeu, précisa-t-elle.

C'était une de ses expressions favorites, « jouer le jeu », pour se mettre à la portée de tout le monde. Et semblait-il, cette misérable philosophie, elle la tenait de sa propre expérience, au contact du client et de ses deux maris qu'elle avait feint d'aimer, l'un ayant sombré dans l'alcoolisme et le second terrassé par un coup de froid, disait-elle, sur le causse au cœur d'un hiver rigoureux. Celui-ci, elle aurait bien voulu le conserver parce qu'il avait un compte en banque bien rempli.

— Je veux disposer d'une voiture pour aller où bon me semble à toute heure et sans rendre de comptes à personne, comprenez-vous.

Mme Lévêque fit la moue. Il y avait une détestation dans son regard pour tout ce qui ne venait pas d'elle.

— C'est bien des idées de Parisien, s'exclama-t-elle. Allez donc à Brive, rue de la Gare, à l'agence des loueurs de voitures, puisque vous avez de l'argent à perdre. Ils vous verront arriver avec un grand sourire et vous factureront trois fois la valeur du service. Alors qu'avec Léo…

Simon l'arrêta net. Alice lui apporta un café pour lui remonter le moral.

— C'est offert par la patronne.

— Ah non, protesta-t-il en balançant une pièce dans la soucoupe.

Puis il rentra dans le restaurant pour commander un taxi. Il attendit trois quarts d'heure, sur la terrasse, les pieds au soleil, la tête à l'ombre, en lisant et relisant toujours la même page de son roman tant son esprit vagabondait depuis que son vieil ami Eugénio lui avait envoyé un télégramme. C'était assez explicite : *Autopsie de Margaux bâclée - STOP - Zones d'ombre - STOP - Enquête en cours - STOP - Arrivée 7 août 16h Brive - STOP - Eugène Parent - STOP et FIN.* L'ouverture du petit bleu l'avait scotché sur place. Ce n'était pas une procédure habituelle pour l'ancien chef de la police d'Orléans que de communiquer ainsi. Mais un télégramme, sibyllin par principe, lui avait évité un entretien téléphonique pénible avec tous les malentendus que cela suppose s'agissant d'un dossier compliqué.

Simplement trois mots : « zones d'ombre » avaient suffi à réveiller sa suspicion. Il se pourrait donc que Margaux, ce fameux 17 août 1994, fût déjà morte lorsqu'on précipita son corps par-dessus la falaise. L'idée de la chute accidentelle, à la vérité, il n'y avait jamais cru. Alors que Mila soutenait que Margaux s'était peut-être suicidée, en lui rejetant la faute. Cette haine entre eux deux, dans ce moment de paroxysme, lui avait obscurci la raison. Du reste, il ne s'en était jamais défendu, comme si sa culpabilité allait de soi. Et pire encore, avec le temps, il avait fini par admettre cette terrible accusation simplement pour apaiser leurs rapports, avant de prendre le large, la mort dans l'âme.

Eugénio n'avait pas changé depuis la dernière fois qu'ils s'étaient rencontrés. C'était en avril 1992 dans la salle des pas perdus du tribunal de Paris pour le procès du terroriste islamiste Fouad Ali Saleh. Il portait toujours fièrement sa moustache en guidon qui lui prêtait un air aristocratique, fin XIXe. Si le cheveu avait blanchi, sa barbe était toujours noire, passablement cirée et colorée avec Just For Men. Peut-être que cette exigeante coquetterie ne signifiait rien de plus qu'Eugène Parent n'acceptait pas de vieillir et de perdre de sa superbe.

— Avec ça, s'amusa-t-il en s'asseyant dans la voiture que Simon venait de louer, je séduis un certain type de femmes. Des petites jeunes, mon vieux, qui n'ont pas coupé le cordon avec leur père. Mais je ne les garde pas longtemps. Heureusement. Et toi ? Toujours célibataire ?

— Séparé, divorcé, précisa Simon.

— J'ai toujours pensé que Mila n'était pas faite pour toi.

Eugénio posa un index sur son nez et ajouta qu'il les flairait de loin, ces sacrées emmerdeuses. Mais la réflexion ne suscita guère l'approbation de son ami. Et le commissaire en disponibilité se demanda, soudain, s'il n'avait pas poussé le bouchon trop loin. Le mot d'excuse fut vite ravalé car son ami avait hâte d'en venir à l'essentiel. La seule pensée qu'Eugénio tournât autour du pot l'inquiétait passablement. *Qu'avait-il de si terrible à dire?* D'une voix blanche, Simon posa la question, enfin.

Place de la Guierle, ils s'assirent dans un café de l'avenue de Paris et commandèrent deux verres de chardonnay.

— J'ai récupéré le dossier à Cahors, déjà classé dans les archives. Mais on ne peut rien me refuser.

— Que contient-il, ce putain de dossier?

— Rien, sinon le rapport du médecin légiste qui a examiné ta fille. Il signale de nombreuses fractures, évidemment, sur tout le corps, sur le crâne. Celles-ci d'évidence ont été causées par la chute. Il déduit de ses observations que le décès a été causé précisément par la chute. Mais plus loin dans ses conclusions, il apporte quelques précisions troublantes : des écorchures ecchymotiques sur la face antérieure du cou et peut-être du menton, ainsi que… écoute bien, mon cher Simon, un hématome assez important au niveau des muscles profonds du cou… Ce n'est pas la chute de Margaux qui a pu créer ces blessures. Le crâne, les membres brisés et tout le reste, d'accord. Mais ça, non. À mon avis, ta fille a subi une strangulation à la main, probablement. Un médecin qui examine un cadavre ne doit en aucun cas négliger un examen attentif du cou et noter soigneusement les traces de lésions traumatiques, lorsqu'elles existent. Notre médecin légiste inscrit ces observations sans en faire grand cas, comme si son opinion était déjà faite. La chute. Point final.

— À ton avis? Margaux a été agressée par un inconnu; il aurait pu abuser d'elle; elle se serait défendue; il l'aurait étranglée et ensuite balancé le corps par-dessus la falaise, histoire de maquiller son crime en une chute malheureuse…

Eugénio tapota l'épaule de son ami pour le conforter.

— Il aurait fallu pousser l'autopsie plus loin, ajouta le commissaire. Par exemple rechercher des traces de spermatozoïdes avec des écouvillons vaginaux et anaux. Mais rien de tout cela. On a signé un permis d'inhumer et vogue la galère. Pour un crime parfait, il faut s'y mettre à plusieurs. Un tueur déterminé, un jean-foutre de médecin légiste. Pas d'autopsie sérieuse, pas de recherches sur les vêtements de la victime, sous les ongles. Pas d'examen des lésions de défense au niveau des bras et des mains. Parfois elles contiennent le matériel génétique de l'agresseur. Bref, c'est la faute à pas de chance. Il y a des milliers de crimes ainsi impunis. Au mois d'août, on a affaire à des stagiaires, des médecins sans expérience, des flics pressés qui veulent en finir au plus vite.

Le rapport du médecin légiste et quelques autres pièces administratives étaient rassemblés dans une grosse enveloppe en papier kraft. Il y avait aussi des photos de Margaux, surtout des gros plans du visage et de plaies diverses causées par la chute du corps sur les pierrailles de la Dordogne.

— Je suppose, dit Eugénio, que tu ne tiens pas à voir tout ça. Il y a de quoi faire des cauchemars. Mais nous pourrons nous en servir pour une réouverture d'enquête, une contre-expertise. Il suffira d'exhumer le corps et de procéder, cette fois, à un examen sérieux. Encore faudra-t-il qu'un procureur nous donne l'autorisation. C'est pourquoi il nous faut préparer un dossier solide. La justice n'aime pas revenir en arrière. Elle a tendance à croire qu'elle ne se trompe jamais, qu'elle détient toutes les vérités.

Simon commanda une seconde tournée. Cette fois, il prit un cognac bien tassé.

— Tu as fait du bon travail, Eugénio, mais je ne me vois pas en train de rouvrir la tombe de Margaux. Sa mère ne l'accepterait pas. C'est un fait. Elle a déjà trouvé le coupable. C'est moi, dit-il en essuyant les larmes qui roulaient sur ses joues.

Eugène Parent l'observait en silence, aussi peiné que s'il s'était agi de sa propre fille.

— Je te comprends. Ce serait tout reprendre de A à Z : avocats, juges, débats techniques interminables... Jusqu'à la nausée.

Simon alluma un cigare et se rendit compte à cette seconde qu'il manquait décidément de politesse, puis en tendit un à son ami, grand fumeur de havanes devant l'Éternel.

— Je me souviens de notre dernière conversation au bar devant le tribunal de Paris. À la sortie du procès de Fouad Ali Saleh. Ce salaud venait d'en prendre pour perpète. Et sa défense ? Te souviens-tu de ça ? Un prêche pour la guerre sainte. D'une violence qui nous a fait comprendre que cette graine de fanatiques ne cesserait de prendre racine dans nos civilisations occidentales, jusqu'à gangrener tout le corps social.

— Oui, ajouta Eugénio, Ali Saleh a justifié devant ses juges tous ses crimes terroristes avec le Coran à la main, se référant au chapitre huit et appelant les musulmans à s'armer pour égorger tous les impies...

Sans s'attarder, ils descendirent à Marteline où Rochelin lui avait retenu une chambre à l'hôtel *Lévêque*. Dans la vieille cité au charme médiéval, ils parcoururent les étroites ruelles pavées ne sachant où elles menaient, mais qui sans cesse se recoupaient avec d'autres, prêtant l'illusion aux visiteurs de s'égarer dans un mouchoir de poche. Ils passèrent de longues minutes à contempler les maisons de caractère avec leurs jardins secrets foisonnant de verdure.

— Tu comptes rester longtemps dans ce patelin ?

— J'ai pris goût à cette solitude, répondit Simon.

— Bien sûr, ajouta Eugénio, tu cherches Margaux. A-t-elle laissé quelques traces derrière elle ?

— Un carnet de notes que je n'ai pas encore eu le courage de lire.

Puis Rochelin lui dit qu'elle avait séjourné, ici, une semaine.

— As-tu essayé de savoir qui elle fréquentait ?

— Oui, reconnut-il.

Eugénio respecta son silence. Simon ne lui avait pas encore fait une requête de service pour mener quelque enquête. Après tout, c'était une affaire intime. Il se contenterait d'attendre le temps que son ami se décide. Déjà, il avait compris qu'aucune démarche ne serait entreprise pour exhumer Margaux. Ce serait l'assassiner une seconde fois. Elle avait bien mérité de reposer en paix.

Place de la Halle, les deux hommes s'assirent sur le mur, les pieds dans le vide. La chaleur concentrée entre les vieux murs exhalait de fortes odeurs de caves, de moisissures, d'eau croupie et de pain brûlé.

— Je ne veux pas t'obliger à rester ici, prévint Simon.

Son ami lui tapota le dos.

— Tu peux compter sur moi. Comme autrefois. Comme toujours. Désormais, il faudra que nous restions en contact. Et surtout ne pas attendre trois ou quatre ans pour prendre des nouvelles.

Simon ne répondit pas. Il n'était pas homme, en amitié comme en amour, à tenir ses promesses.

— Margaux faisait de la randonnée sur le causse. Elle avait trouvé un dolmen vers Pern. C'est à une dizaine de kilomètres d'ici. Margaux a toujours été attirée par les mégalithes de la préhistoire. C'est la seule note que j'ai déchiffrée dans son carnet. Elle y écrit que le site a été saccagé dans le passé par des chercheurs de trésor. Et que donc, il ne présente plus aucun intérêt.

— Tu t'y es rendu ? demanda Eugénio.

— Certes non. Ça n'a aucun rapport avec sa mort.

— On ne sait pas. Elle a bien fait une rencontre quelque part. Voilà ce qu'il faut chercher. Quelle sorte de profil d'individu a-t-elle pu croiser ?

Simon se prit la tête dans les mains. Ça l'épuisait de réfléchir. Car depuis son arrivée à Marteline il n'avait cessé, heure après heure, d'échafauder des tonnes d'hypothèses.

— Je n'ai jamais cru à la chute.

— Parce que tu cherchais une explication rationnelle, reprit Eugénio, ne serait-ce que pour te prouver que tu n'étais pour rien dans sa mort. Un suicide, c'est absurde. Mila a perdu la raison. Comment peut-elle t'accuser, toi, un homme si bon, si juste ?

Rochelin haussa les épaules, le regard dans le vide.

— Je n'ai pas été un bon père pour Margaux. Je l'ai négligée durant toute son enfance. Sa mère s'occupait si bien d'elle que je me sentais de trop. Et j'ai fini par renoncer. J'ai toujours été lâche. Solitaire et lâche.

— Ça n'a rien à voir.

— Bien sûr que si, mon pauvre Eugénio. Par commodité, par complaisance même. Je me suis tenu à distance de Mila et de ma fille pour préserver ma précieuse personne.

Plus tard, à la demande du commissaire, ils se rendirent à Roc-de-Port, à l'endroit supposé où Margaux avait été jetée dans la Dordogne. Simon se fit tirer l'oreille, mais il se résigna à suivre son ami en traînant les pieds. À l'endroit supposé, Eugénio explora méticuleusement les bords du précipice. Un an après, il ne restait aucune trace, d'autant que la végétation, pins maigrelets, chênes torturés par les vents, genêts desséchés, avait repris ses domaines dans un fouillis inextricable. Rochelin se risqua à quelques questions mais son voisin ne semblait pas l'écouter. Pourtant, il aurait voulu lui dire qu'il avait été en l'endroit même où l'on avait découvert son corps.

— Le tueur a bien choisi le lieu. Le plus élevé au-dessus de la rivière. Sans doute a-t-il espéré que la chute du corps sur une rive encombrée de pierrailles ferait disparaître les traces de son crime. Et de ce point de vue, il a bien réussi son coup. Le médecin légiste n'a vu que l'aspect spectaculaire et négligé le reste. Les infimes détails.

Ils reprirent le sentier du retour d'un pas allant. La chaleur commençait à décliner avec un petit souffle de vent. Après à peine deux haltes pour reprendre leur souffle, ils gagnèrent en un rien de temps les abords de Marteline, puis entrèrent dans la cité par la ruelle de l'Église, si étroite qu'elle n'était empruntée que par les piétons.

— Elle fait juste la largeur d'un tonneau, nota Eugénio. Le gabarit idéal pour en protéger les abords... Ça remonte peut-être à la guerre de Cent Ans, qui sait ?

Il désigna les hauts murs fortifiés qui enserraient le passage.

— Facile d'expédier de la poix, de l'eau bouillante ou de décocher des flèches. La proximité de la Dordogne faisait de Marteline un passage obligé, une place à conquérir. Elle l'a été vers 1374 mais assez rapidement libérée.

Simon était toujours impressionné par l'étendue du savoir de son ami.

— Je t'admire tout de même. Moi qui passe devant les choses sans rien y comprendre. Alors que toi, tu fouilles les détails avec une constance insatiable.

À la vérité, Eugène Parent ne songeait plus qu'au petit carnet que l'on avait retrouvé sur Margaux. Mais il n'osait demander l'autorisation de l'examiner. Peut-être y trouverait-on quelque chose d'essentiel : des noms de personnes rencontrées, des événements marquants, des conversations rapportées. *Les ados*, pensait-il, *ont souvent cette manie de tenir un journal heure par heure.*

Enfin, au restaurant du *Grillon Vert*, rue Laveyssière, le commissaire se risqua à le lui demander, enfin.

— Aucun problème, fit Simon. Il est dans mes bagages à l'hôtel.

— Tu l'as examiné ? Il me semble que non.

— Assez vite. Sans m'attarder. La seule chose qui ait attiré chez elle quelques commentaires, c'est ce dolmen Pech Pern, proche d'un lieu-dit, Les Tuilleries.

— Je voudrais bien le lire aussi. Est-ce que ça te pose un problème ?

Rochelin soupira longuement et dit que pour ce qui concernait sa fille, le plus difficile était accompli dans sa tête.

— Tu veux dire que tu as fait ton deuil.

Il balança la tête de droite à gauche. C'était une formule qu'il n'aimait guère, « faire son deuil », car il avait toujours estimé qu'aucun psy ne pourrait lui venir en aide, contrairement à Mila qui prisait fort ces boudoirs, passant de l'un à l'autre sans jamais trouver les réponses à ses questions. Il comptait essentiellement sur ses propres ressources pour l'apprentissage de l'oubli.

Soudain, il fit signe à Henriette d'approcher pour prendre sa commande.

— Avez-vous avancé dans vos recherches ? demanda-t-elle.

Le commissaire redressa la tête, surpris.

— Cette dame, fit Simon en posant la main sur son bras pour la conserver à portée sans hausser le timbre de sa voix, m'a décrit une soirée, peut-être deux jours avant le drame, ici même.

Il désigna la petite table ronde près de la plante verte. L'employée ne cessait d'observer Eugénio. Le visage de ce visiteur l'intriguait, elle se demandait si ce n'était pas un détective ou un enquêteur, quelque chose comme cela.

— Et alors ? questionna Eugène Parent.

— Margaux dînait à cet endroit. Un des types qui buvaient l'apéritif un peu plus loin est venu lui parler.

— L'importuner, rectifia Henriette en fixant Eugénio. Enfin, monsieur, vous me comprenez, c'était plutôt une drague lourde et pénible. Mais l'un de ses copains s'est levé pour le faire cesser. Et c'est tout.

— On ne peut rien en déduire, n'est-ce pas ? Ce sont, me suis-je dit, des scènes courantes dans la vie de tous les jours : un type lourd et insistant qui baratine une fille…

Eugénio se tourna vers Henriette et lui fit signe d'approcher.

— Avez-vous le nom de cet homme ?

— Je l'ai déjà dit à M. Rochelin. Marceau Bazillac. Il vit à dix kilomètres d'ici, sur le plateau, à Sauzert.

Le commissaire dévora son tournedos à la sauce périgueux sans décrocher un mot. Il était furieux de découvrir que son ami lui avait caché une information essentielle. À la fin, au moment de déguster la mousse au chocolat, il se dérida enfin.

— Pourquoi ne m'avoir pas donné cette information ? Il suffit de vérifier. Tu aurais pu essayer de le croiser, ce type, de converser avec lui, ne serait-ce que pour voir ce qu'il a dans le ventre ?

Simon détourna le regard avec une infinie tristesse.

— Je ne sais pas si, face à lui, j'aurais la maîtrise de mes émotions. De plus, il se pourrait qu'il n'ait rien à voir avec cette affaire. En un mot, je suis trop impliqué pour conduire la moindre enquête, sans me laisser piéger par mes a priori. C'est pourquoi j'ai fait appel à toi. Tu me comprends ? Au nom de notre vieille amitié. Toi, tu seras à même, avec ton expérience, de voir si ce petit fils de bourgeois désœuvré a pu commettre un tel acte.

Par ces deux mots, « bourgeois désœuvré », Eugénio comprit que son ami avait déjà entamé une enquête dans son coin, sans rien dire, et assez avancé pour cataloguer le personnage, lui coller une étiquette. Mais une étiquette, même peu flatteuse, ne fait pas un coupable.

11

Honteuse de sa rapine, Juliette avait enfermé les lettres dans un tiroir en rentrant chez elle. Après ce geste décisif et spontané – deux tours de clé, dont on pourrait dire qu'ils venaient directement du cœur, plutôt que de la raison –, elle se jura de ne plus revenir en arrière. Et d'étouffer toute tentation de violer la serrure de son secrétaire.

Deux jours plus tard, Mlle Valeyne en était au même point. Chaque fois qu'elle passait devant le fameux secrétaire, une envie dévorante l'assaillait. Elle se mettait à trembler, à soupirer, à implorer le secours de Dieu.

Tu le sais bien, ça, tout de même, ces deux vies ne t'appartiennent pas, se disait-elle. *Fais donc comme si tu n'avais jamais eu connaissance de ce William. Ou alors, si tu ne peux apaiser ta curiosité, qu'elle te torture jour et nuit, parle avec Thérèse, pose-lui des questions… Oh certes, par des voies détournées. Par exemple : « Ma chère Thérèse avez-vous été heureuse en mariage, à quelque moment ? Je pense que oui, tout de même. Jusqu'à ce que la machine se détraque. Aucun mariage n'est heureux. L'un prend le dessus sur l'autre et plus souvent le mari que l'épouse, etc. » Ainsi, par de tels propos, plus qu'anodins, parviendras-tu à lui décrocher quelque aveu.*

Au cœur de sa solitude, Juliette avait pris l'habitude de se parler à elle-même, à haute et intelligible voix. Ainsi, tout le jour, triturait-elle ses pensées, lesquelles se faisaient et se défaisaient au fil du temps sans qu'une ligne directrice apparaisse. Et après des heures de marmonnement, la demoiselle ne savait plus que faire, que dire, à force de s'égarer dans les dédales infinis de sa pensée.

Au supermarché Juliette fit semblant de ne pas voir sa voisine des Murelles, en se faufilant dans une allée. Mais s'apercevant du jeu, celle-ci s'ingénia à la retrouver à la caisse. Thérèse la salua d'une poignée ferme sous un regard embarrassé. Sur le coup, Thée se dit qu'il existait chez sa voisine une nette différence entre la demoiselle Valeyne qui venait la visiter jusque dans son jardin et l'autre timide et esseulée dans les rues de Marteline. Cette découverte l'intéressait au plus haut point. *Ainsi*, songea Thérèse, *lorsque Juliette fréquente mon salon ou mon jardin, elle joue un personnage ouvert au monde extérieur, plein d'empathie et de générosité, sensible à l'opinion des autres, et quand elle retourne dans sa forteresse, tout s'éteint d'un coup en elle dans une insondable froideur d'âme, un rapetissement de l'esprit centré sur son impitoyable Dieu.*

Thée la prit par le bras assez rudement, comme pour la tirer loin d'elle-même. Juliette résista à son geste en lui disant qu'elle ne comprenait pas cette brutale réaction.

— Vous me fuyez, Juliette ? Peut-être que je tombe au mauvais moment ? Mais moi, voyez-vous, j'ai grand plaisir à vous croiser.

Mlle Valeyne détourna le regard, soudain pressée de rentrer en trottinant avec son petit cabas au bras. Thée la rejoignit en trois enjambées.

— Vous ne m'avez jamais invitée chez vous !

Elle ne répondit d'abord pas.

— C'est un principe, je ne reçois personne.

— Vous vous fuyez vous-même. C'est dommage. Vous méritez d'être connue.

Juliette pouffa de rire.

— Certes, je mens lorsque je dis que personne ne vient me voir…

Elle feignit un signe de croix, comme tous les fanatiques qui veulent s'abstraire de leurs mauvaises pensées en les expédiant au Tout-Puissant.

— Ah vous avez menti ? Mais ce n'est pas grave, ma chère, moi aussi, je mens. Je mens matin et soir, je mens à tout instant, ne serait-ce que pour être sauve, préserver mes états d'âme, mes pensées honteuses, mes actes réprouvables.

Elle se mit à balancer la tête de droite à gauche vivement.

— Je ne reçois que le père Albrest. Un saint homme. Le guide de ma conscience. Il ne cesse du reste de me faire des reproches. Que je ne suis jamais une assez bonne chrétienne.

— C'est votre confesseur ?

— Souvent, oui.

— Oh, ce que j'aimerais être petite souris et pénétrer votre intime forteresse, avoua Thérèse Anglard. Mais que vous offrirais-je en échange ? J'ai bien une idée, certes, mais vous n'aimeriez pas ma proposition. Si par bonheur vous la saisissiez, ma chère mademoiselle, cela vous ferait toucher un autre univers.

Thée guetta sa réaction. Et comme celle-ci tardait à venir, elle se risqua à la formuler, d'un ton anodin.

— Passé 11 heures du soir, venez donc chez moi. Je vous présenterai mes jeunes amis. Ce sera plus sain que de les zieuter derrière vos volets clos. N'est-ce pas ?

Juliette partit soudain d'un grand pas, comme prise d'une envie pressante, sans se retourner, en trottinant vers le centre de Marteline.

Plus tard, au début de l'après-midi, elle revint voir sa voisine avec un bouquet de glaïeuls, les mêmes qui emplissaient les vases du maître-autel de l'église Saint-Maur. Ce petit geste flatta Thée, et l'inspira assez sur la nature de leurs rapports. Sa voisine mettait donc le même soin à fleurir les deux chapelles, celle dévolue aux pénitences et celle des sacrilèges.

— Ces fleurs d'août pour me faire pardonner, dit-elle, les mains tremblotantes.

Thée s'en saisit sans y porter grande attention et les déposa sur les marches de l'entrée.

Elle lui caressa la joue du plat de la main sans que sa visiteuse s'en offusquât, pour une fois. Et ajouta :

— Restons zen. Et oublions la scène du supermarché.

Colombe se tenait sur le pas de la porte, s'étirant et bâillant son aise, après une courte sieste qu'elle s'était offerte dans sa chambrette du second étage. Cette présence ne surprit guère la visiteuse. Souvent la voisine avait observé, derrière ses volets, cette jeune fille parcourant les allées du parc. Elle avait aussi observé que la jolie créature jouissait dans la maison des Murelles d'un statut particulier. Elle allait et venait librement, souvent seule, au point que Juliette en vint à s'interroger. *Ne serait-ce pas par hasard une fille ou petite-fille de William, venue passer ses vacances ?* Cependant, bien que la question lui brûlât les lèvres, elle n'osa interroger. Mais en deux mots, Thée lui ôta toutes ses affabulations en expliquant que c'était juste sa locataire. Juliette fut déçue. Car tout ce qui venait des Murelles revêtait à ses yeux un certain mystère.

Léna partit préparer le thé. Elle se trompa de boîte comme d'habitude et revint avec un thé noir Douchka.

— Non pas celui-ci, défendit Mme Anglard.

— Et pourquoi donc ? Il est trop bon pour moi ? interrogea Juliette.

— Vous ne dormiriez pas pendant trois jours.

Colombe repartit préparer une autre théière.

— Le Douchka, je le fume dans une pipe, se justifia-t-elle. Comme du tabac. C'est excellent pour la mémoire. Et ça dope le palpitant. Cent cinquante, voire deux cents pulsations minute.

Juliette écoutait sa voisine avec un air hautain, lèvres pincées. Car elle subodorait que sa chère voisine ne fumait pas seulement du thé… Et plus tard, profitant que Thérèse était dans sa cuisine, Mlle Valeyne se mit à questionner Colombe sur ce qu'elle faisait de ses journées dans la maison Murelles.

— Rien, dit-elle. Je lis, je dors, j'écoute de la musique. C'est comme si j'étais en vacances.

— Vous ne travaillez pas ?

— Pour l'instant non, fit-elle en étirant les bras.

— Et que lisez-vous ?

— Des livres que me conseille Thée. En ce moment je suis sur…

— Tu n'es pas obligée de répondre, fit Mme Anglard en émergeant soudain sur le pas de la porte. Notre chère voisine est décidément trop curieuse. J'ai même l'impression que notre manière de vivre, ici, est devenue pour elle un riche terrain d'observation.

Léna ne comprenait rien à cette réflexion, un peu acerbe.

— Vous voyez le mal partout, répliqua Juliette.

— Mais le mal est partout. Vous ne le saviez pas ? Allons, vous qui désirez tellement sauver nos âmes en péril.

Colombe éclata de rire.

Il y eut un long silence qui parut insupportable à la visiteuse. Elle gardait le regard fixe, la mine éperdue, ne sachant plus si elle devait s'enfuir ou rester. Pourtant rien ne la décidait à décoller de son siège.

— Pour moi, Thérèse, vous êtes une énigme. Vous allez bien rire. J'ai même cru que cette jeune personne, là, fit-elle en la désignant d'un geste, était votre fille. Une fille que vous auriez pu avoir avec William… Je me suis complètement trompée. Et maintenant, je m'interroge toujours.

— Il n'y a rien de mystérieux là-dedans, répliqua Thée.

— Oh si ! Vous l'hébergez comme si vous sentiez le besoin de la protéger.

Colombe s'approcha de Thée et l'entoura de ses bras.

— C'est un peu vrai, reconnut Léna. En attendant que je trouve ma voie. Et que je vole enfin de mes propres ailes.

— Je lui ai promis qu'elle pourrait rester aux Murelles tout le temps nécessaire, ajouta Thée.

— Moi, releva Juliette, je ne pourrais pas ouvrir ma porte aussi aisément que vous.

— Je le sais. Vous n'ouvrez votre porte à personne. Hormis à ce brave curé qui vient vérifier une fois par semaine si votre âme n'est pas en péril.

Pendant ce temps Léna s'était éloignée au fond du parc, à la recherche d'un peu d'ombre, avec son livre. Elle n'avait pas dépassé la cinquième page, tant son esprit était ailleurs. Et, le reprenant sans cesse, elle avait l'impression de relire toujours le même paragraphe.

Les deux femmes approchèrent leur siège pour mieux s'observer. Car la nature de leur conversation, entre chien et chat, les attirait l'une l'autre, inexorablement. Thée avait cru au début que ce n'était que pour le plaisir d'en découdre avec sa voisine sur sa piété, mais elle avait vite perçu que sous le vernis apparent de religiosité bouillonnait un enfer dans cette âme torturée.

— Vous m'avez déjà jugée, n'est-ce pas ? interrogea Thérèse Anglard.

Juliette baissa la tête.

— Je n'ai pas toujours été la femme libre que vous voyez en moi et qui vous exaspère. Bien contraire.

Elle hésitait à raconter son histoire bien qu'elle en eût un fort désir. Après tout, cette Mlle Valeyne n'était pas la pire des confidentes qui soit. Et après avoir suffisamment joué au chat et à la souris, Thée espérait enfin d'elle une oreille attentive. Ce n'était certes pas les jeunes comédiens hantant sa maison qui pourraient l'écouter et la juger à sa juste mesure.

— Je ne sais pas qui vous êtes, en vérité, reprit Juliette. Une anguille qui vous glisse des mains, comprenez-vous ?

— Prenez-moi en confession ? sourit Thérèse. Sans espérer me faire absoudre. Ça non. Je ne supporterais pas.

Elles se mirent à rire toutes deux. Puis Mlle Valeyne plaqua ses mains sur son visage. Jamais encore dans son existence on ne lui avait accordé une telle confiance. *Peut-être était-ce un piège ? Une manière de forcer une amitié à laquelle elle ne saurait répondre ?* Juliette n'était qu'une vieille fille naviguant entre deux âges, sans expérience de la vie, prisonnière d'un minuscule espace dévolu à la solitude.

— Je me suis mariée trop vite avec William, un homme imposant, bourgeoisement installé, de vingt ans mon aîné. Il avait de l'argent, trop d'argent. À ne savoir qu'en faire. Ça lui donnait une supériorité sur le monde qui l'entourait. Cette suffisance affichée était hautement détestable. Seul, sans ami, c'était une situation qui lui convenait parfaitement et dont il tirait fierté. Car personne autour de lui n'était, de son propre jugement, capable de l'égaler ou de lui apporter le moindre concours.

— Vous aviez quel âge ? demanda Juliette.

— Vingt-cinq ans. Le premier homme qui s'est véritablement intéressé à moi, ce fut lui, mon mari et maître. Et bien plus encore.

Quand Juliette voulut obtenir quelques détails sur le jour et l'heure du mariage, le lieu où celui-ci avait été célébré, Thée les écarta de la main.

– Le lendemain de nos noces, Monsieur mon mari, l'inénarrable William, a commencé son dressage. Faire de moi l'épouse parfaite dont il avait toujours rêvé. Ainsi, je dus subir une éducation rigoureuse qui mit à terre tous mes rêves de princesse, comme l'on dit. « Par mon amour, je veux faire et parfaire ton éducation, t'apprendre le sens de l'existence », m'a-t-il dit avec moult caresses, baisers et cajoleries. Voici des prétentions qui auraient dû éveiller ma méfiance. Mais j'étais trop stupide, trop admirative de ses brillants discours, flattée par ses compliments et ses caresses. Mais je ne me suis pas laissé longtemps abuser, un an ou deux pas plus. J'ai fini par comprendre que son projet, son seul projet, une fois captive, consistait à faire de moi une proie idéale, formatée à tous ses désirs. Au point, ma chère Juliette, que je ne pouvais plus penser en dehors de lui. Une fois entrée dans sa religion, soumise à ses règles, j'étais devenue sa chose intime, sa prisonnière. Car William me surveillait comme le lait sur le feu, m'interdisant de sortir de ses règles savamment édictées, d'avoir des relations extérieures à notre couple, de correspondre avec ma famille et mes amies du Quartier latin. J'étais enfermée dans une prison. « Quoi ? disait-il. Tu ne manques de rien, ma chère Thérèse, je t'apporte tout ce que tu désires. » Et la moindre opposition de ma part éveillait, en lui, les pires colères, et plus encore, des gestes violents, assortis de caprices de mari jaloux et soupçonneux. « Tu ne trouveras jamais quelqu'un qui pourra t'aimer plus que moi », clamait-il, avec ce mélange savamment dosé d'autorité brutale et de chantage affectif. À terme je me suis découverte dépossédée de moi-même, incapable de concevoir l'existence en dehors de lui, le détenteur de toutes les vérités. Il choisissait ce qui était bon pour moi et ce qui ne l'était pas, les personnes que je devais fréquenter et celles qu'il me fallait éloigner à tout prix. Ses bontés d'époux aimant, ses amabilités forcenées, ses douceurs protectrices sont devenues au fil des jours les barreaux d'une cage dorée.

— N'est-ce point là l'application rigoureuse des règles du mariage, les devoirs des époux l'un envers l'autre ? releva Juliette, les yeux papillotants.

— Peut-être était-ce un homme comme William qu'il vous aurait fallu, ma chère Juliette ? répliqua Thée. Le mariage comme une religion, avec pour Dieu unique un mari régnant sur vous. Pour moi, ni Dieu, ni maître, ni mari. Voilà mon choix.

Mlle Valeyne avoua qu'elle n'avait jamais espéré le mariage.

— Les seuls prétendants, reconnut-elle avec un sourire embarrassé, je les ai fuis avant que ne se cristallise le moindre sentiment. J'ai horreur qu'on me touche, qu'on m'embrasse, qu'on me triture les chairs. Vous-même, Thérèse, lorsque vous posez votre main sur moi, ou que vous me caressez le visage, je tremble, je sursaute. Ah quelle détestation d'être à la merci d'une personne qui s'autorise toutes ces privautés.

Alors, d'un ton amusé, Thée lui promit de ne plus manifester sur sa personne la moindre marque d'amitié.

— Mais l'amitié n'a point besoin pour se démontrer de ces attouchements scabreux, n'est-ce pas ? J'ai souvenir dans mon enfance d'une petite fille qui tenta ainsi de me réduire à son désir malsain.

— Ah ! s'exclama Mme Anglard. Nous y voilà.

Elle croisa les bras sur sa poitrine, le regard tourné vers le ciel. *Mademoiselle a subi quelque outrage d'enfance*, pensa-t-elle, *et la voici, désormais, à jamais murée dans sa peur contemplative.*

— L'âme doit rester pure, épargnée de tous désirs, insista-t-elle, l'œil furieux, comme si elle craignait encore qu'on lui manifestât le moindre sentiment qui ne fût pas autorisé par le Seigneur.

Colombe s'approcha avec son livre ouvert. Elle avait avancé dans sa lecture et s'en vanta comme d'un exploit.

Théé lui prit l'ouvrage des mains et vérifia : Meursault était encore à la morgue veillant sa mère dans la lumière crue et intense… Léna s'assit sur ses genoux et s'abandonna contre elle.

— Nous nous accordons des privautés aussi, ma chère, expliqua Thée. En toute innocence. Je crois que Léna a souffert du manque d'intérêt de sa mère. Je veux bien jouer ce rôle, n'est-ce pas, ma petite Colombe ?

Mlle Valeyne se leva aussitôt pour partir. Mais Thée la retint.

— Vous ne voulez pas connaître la suite de mes mésaventures avec cet inénarrable William ?

Elle resta debout, les bras le long du corps, indécise. *Un peu godiche*, pensa Thée. *Quand donc sortira-t-elle de sa chrysalide, cette vieille fille ?*

— Nous avons eu un fils, tout au début du mariage, poursuivit Thée. Mais l'enfant, mon enfant, m'a été retiré aussitôt. Paraît-il que je n'aurais pas su l'élever. Le père l'a donc confié à une nourrice, puis à une gouvernante lorsque mon garçon a atteint ses cinq ans. Et plus tard, forcément, ce cher William s'est ingénié à le dresser contre moi, parce qu'à ses yeux, je n'étais pas digne d'être une mère. Il m'a accusée de corrompre son éducation avec des idées pernicieuses et de le conduire sur de mauvais chemins. Car lui, et lui seul, forcément, savait ce qui était bon pour mon fils. C'était trop, beaucoup trop que je ne pouvais supporter. Alors j'ai fui, loin, le plus loin possible de William… Et depuis ma fuite, j'ai écopé jour après jour, semaine après semaine, de cette avalanche de lettres, fit-elle en désignant la collection dans l'entrée du salon. Pour me dire quoi ? J'imagine que le misérable petit mari pervers et narcissique voudrait encore de moi, que je revienne au bercail, me placer sous sa coupe. Non merci. Comment peut-il me mépriser à ce point et espérer que je retombe stupidement dans ses rets ?

Cette fois, sans un mot, Mlle Valeyne quitta les Murelles en veillant à ne point montrer son agacement. Elle referma le portail délicatement et traversa la rue d'un pas rapide, jusqu'à sa demeure, avec un seul projet : ouvrir enfin les enveloppes de William Anglard.

12

Les comédiens avaient pris possession d'une grange dans le milieu du mois de juillet, gracieusement offerte par Maître Lejournet, notaire en retraite à Marteline. L'installation ne put s'opérer qu'après un débarrassage laborieux. Il fallut en effet évacuer toutes les vieilleries que la bâtisse recélait : DS19 des années 1960, motocyclette Terrot modèle 1953, trois machines à écrire Underwood 1930, une petite montagne de dossiers et une collection complète du *Journal des notaires* de l'entre-deux-guerres… Après coup, en chef de clan autoritaire, Nino Rosetti décida la manière d'organiser les lieux en découpant l'espace en deux, l'un pour le plateau des répétitions et le second, plus modeste, réservé aux commodités, repos, cuisine et autres. Un grand rideau séparait la scène du reste. Ainsi toute la Grange – ainsi nommée par la troupe – était promise à une promiscuité pesante, celle-ci générant mille disputes, coups de gueule et autres petits drames inhérents à la vie en communauté.

Après que les comédiens s'étaient ébroués autour de la petite fontaine pour leur toilette de chat, on allait faire sa gymnastique dans la courette cernée par un enclos. Cette remise en forme sommaire était recommandée par leur chef. Il entendait surtout que les acteurs eussent autant de souplesse dans le geste que dans la diction. Tout au début, la discipline avait régné d'un commun accord, mais à la longue, celle-ci s'étiolait peu à peu au grand désespoir de Nino. Pour calmer ses ardeurs, Louise lui rappelait sans cesse que l'équipe n'était composée que de comédiens amateurs, et qu'on ne pouvait rien exiger d'eux au risque de voir les rangs s'éclaircir.

À trois claquements de mains, les acteurs se mirent en place sur l'échiquier. Assis chacun devant une minuscule table cernée de piles de dossiers envahissants, les secrétaires. Andréa et Firmine, le regard fixe, le geste mécanique. Puis le metteur en scène fit signe à Arthur d'entrer. C'était un grand gaillard à la chevelure rousse, auquel Nino avait dévolu le rôle d'Hugo Pludek. Il clama d'une voix grave, d'un ton solennel : « Bonjour. Il ne faut pas confondre l'avoine et les pois chiches… »

Nino l'interrompit aussitôt.

— Quoi donc encore ? se rebella Arthur.

— Tu es trop sérieux. On doit percevoir dans le ton une sorte d'ironie à fleur de peau. Pour le public bien sûr. Une connivence. Il s'agit de dénoncer l'absurdité d'un système qui vit ses ultimes années avant que le mur de Berlin s'écroule. Après la chute, il n'y aura rien à sauver. On jettera tout dans le musée des farces et attrapes, insista Nino.

Arthur Jamain reprit son texte jusqu'à ce que le secrétaire, Andréa Klaus, lui donnât la réplique. Pendant ce temps, Nino fit signe à Arthur de hausser le menton pour offrir au public un air méprisant. Il laissa se développer l'acte II quelques minutes encore. Puis arrêta la scène d'un geste.

— Un bon point, fit-il. Vous connaissez le texte. Enfin, enfin, soupira-t-il.

Et se tournant vers Valentin Montbrun :

— Prends-en de la graine, camarade !

Ce dernier, adossé au mur, bras croisés, dodelina de la tête. Il avait des circonstances atténuantes. À ses yeux, il n'était pas comédien dans l'âme. Il s'était laissé enrôler pour suivre Firmine Abal. De plus, il ne comprenait rien à la pièce de Václav Havel. Quant à la critique du système communiste, il s'en fichait comme de sa première chemise. Certes, ce manque de motivation le desservait grandement. Il passait pour un blaireau aux yeux des autres. Mais sa belle gueule de séducteur lui suffisait pour tenir sur ses deux jambes et affronter l'avenir. Les filles, la baise, les petites soirées en boîte. C'étaient ses seules préoccupations.

— Je t'avais prévenu, maugréa Valentin. Je servirai de bouche-trou. OK ?

Nino Rosetti revint à la scène. Le dialogue des secrétaires dans la suite de l'acte II, face à Hugo Pludek, lui paraissait laborieux. Sans effets de scène, il pensa que le public allait se lasser. Il fit signe à Louise de s'approcher.

— Il faudrait que les secrétaires se déplacent plutôt que de rester assis derrière leurs petites tables, expliqua-t-elle. Par exemple en charriant des dossiers d'une table à l'autre, sans logique aucune. Puisqu'on liquide. La liquidation, c'est disperser la paperasse, comme si celle-ci n'avait plus sa place ici, dans cette société gangrenée par la bureaucratie étatique.

Nino se caressait le menton, sceptique. Louise continua :

— Et les tampons, les gros tampons, ils doivent être utilisés à outrance, jusqu'à l'absurde. Andréa et Firmine se déplacent aussi pour tamponner et retamponner frénétiquement les dossiers. Ça donnerait du rythme à la pièce, non ?

Rosetti s'en voulait de reconnaître que Louise n'avait que de bonnes idées. *Après tout, peut-être serait-elle plus apte à diriger la troupe ?* se dit-il en s'effaçant sur la pointe des pieds, discrètement.

— Qu'est-ce qu'on fait, maintenant ? s'inquiéta Arthur.

— Pause, clama Nino.

— Déjà ? déplora Firmine.

Mme Anglard était entrée dans la Grange discrètement, s'était lovée dans un coin pour suivre le jeu des comédiens. Elle portait une robe à fleurs, rouge et bleu, et sa chevelure était en désordre. Elle avait marché jusqu'ici d'un pas rapide, avec des escarpins à talons sur les maudits cailloux du chemin. La curiosité avait été plus forte qu'elle, bien qu'elle se fût juré, plutôt mille fois qu'une, de ne point se mêler des répétitions de la pièce et de se contenter de « la première » sous la grande halle de Marteline.

Le jeu par trop emprunté du début de l'acte II l'avait immédiatement déçue. À ses yeux, tout cela frisait l'amateurisme. Elle craignait le pire pour la suite. Non point pour Nino Rosetti, qui se prenait pour un génie de la mise en scène, mais pour les autres, tous les autres, sans exception, qui l'avaient suivi dans cette aventure en lui vouant une confiance aveugle. Il manquait, dans la préparation de la pièce, cet esprit critique qu'elle avait connu en 71 à Malakoff avec les Circus Brothers. À chaque répétition, le metteur en scène chamboulait incessamment le jeu, si bien que les acteurs étaient sur des charbons ardents, soumis à une remise en cause permanente. En ce temps-là, où toutes les audaces scéniques étaient recommandées comme le signe même du génie, Jimmy Cole était un perfectionniste à l'extrême, ne supportant pas le moindre contretemps dans le jeu, s'autorisant des libertés sur l'interprétation du texte, avec une seule règle : tout devait couler à la perfection, sans anicroches, sans hésitations, ainsi qu'un rêve disait-il, un rêve qui passe…

Louise s'aperçut la première de sa présence, et elle accourut aussitôt. Quand elles n'avaient point bu l'une et l'autre, elles s'embrassaient pudiquement sur le front. Thée, qui était une tactile, lui prit la main et la retint longuement pour éviter qu'elle ne s'éloigne. Puis d'un commun accord, elles décidèrent de sortir dans la cour, jusqu'au fond de celle-ci, pour s'asseoir, jambes pendantes, sur le muret. De là, on jouissait d'une belle vue sur Marteline avec ses deux clochers et ses belles demeures aux toitures bleues et roses regroupées sur la croupe de la colline verdoyante et grisée sous un ciel pastel.

— Qu'en penses-tu ? demanda Louise, qui ajouta sans attendre la réponse : Ça avance. Mais lentement…

Thée laissa paraître un étrange sourire embarrassé. Elle ne voulait pas distribuer des avis sans qu'ils fussent sincères. Mais la jeune fille insista, comme si l'avis de sa voisine comptait tellement.

— Je ne connais pas la pièce d'Havel, mentit Thée.

— Elle a été écrite en 1964. À cette époque, ce texte était un brûlot. Il était interdit de critiquer le socialisme triomphant. L'ironie et l'absurde étaient ses seules armes.

— Les mots sont aussi des armes, en effet, ajouta Thérèse Anglard. Quand on dénonce un système totalitaire par le rire et le burlesque on touche ses points les plus sensibles. Mais aujourd'hui, le système s'est écroulé. Alors la question se pose sur la manière de la jouer, cette pièce. Faut-il juste la produire pour témoigner de ce passé ou démontrer que nulle société n'est à l'abri d'un retour de la peste totalitaire au cœur de nos États… Voilà la question.

Elles s'observèrent en souriant. Thée avait envie d'orienter la conversation sur autre chose que la pièce d'Havel.

— Tu as noué tes longs cheveux blonds, c'est bien, la complimenta-t-elle. Ça dégage ton visage. Tu as un beau visage, Louise. Tu gagnerais à le montrer plutôt que le cacher sous cette tignasse.

— C'est ce que me dit Roxie. Mais mon chéri me préfère ainsi.

— Et alors ? Tu as le droit de lui désobéir.

— Nino est tout pour moi. Bien que je ne le trouve pas sans défaut.

Thée éclata de rire. Elle songeait à sa petite cour assidue et parfois un tantinet agressive.

— Tu l'admires, alors tu l'aimes. C'est trop simple.

— Non, se défendit Louise.

— Tu es partagée en matière amoureuse. N'est-ce pas ?

Elle détourna le visage.

— Que veux-tu dire, Thée ?

— Ne fais pas semblant de ne pas comprendre.

Louise fourra les mains dans les poches de son jean étroit et élimé, en se dandinant d'un pied sur l'autre.

— Tu es aussi amoureuse de Roxane.

— Non, bien sûr que non. Tu affabules, Thée. Dangereusement. Ça pourrait fausser notre amitié.

Thée la prit par la taille pour l'obliger à se rasseoir sur le muret à côté d'elle.

— Tu es attirée par Roxane. Elle t'apporte sans doute ce que Nino te refuse. Je ne sais pas quoi. Du reste, ça ne me regarde pas. C'est juste pour converser, librement, sur le cours des choses. Entre celles qui nous affectent et celles qui nous révulsent. À la vérité, on est tout autant attirés par l'une et par l'autre. Parfois tu désires Nino et parfois Roxane.

Louise baissait la tête avec un peu de honte sur le visage. L'amitié de Mme Anglard lui paraissait supérieure en tout. Supérieure à Nino et supérieure à Roxane. L'amitié au-dessus de l'amour. Plus fiable que la course des sentiments et l'enlacement des corps. Elle tenta de s'en expliquer. Mais ce n'était pas ce que Thée voulait entendre d'elle.

— Je sais pourquoi tu me dis ça ? J'ai deviné, fit Louise, soudain amusée en fixant le bleu du ciel. Parce que nous avons pris un bain ensemble, chez toi… Et toi ? As-tu déjà aimé une femme ?

— Non, dit-elle.

— Je pensais que…

— Quoi donc ?

— Colombe. J'ai un doute.

— Oh non, se défendit Thée. Léna est comme ma fille. Je la protège parce qu'elle est aussi fragile que la mouette de Tchekhov. J'ai peur que la violence de la société finisse par détruire sa divine innocence. Sous l'horizon, il est si difficile de vivre sans se vendre ou se perdre.

— Que veux-tu dire ? Sous l'horizon…

— Quand on ne parvient pas à hausser le regard vers le plus lointain de soi où se cache la beauté des choses.

Nino accourut vers elles, embarrassé, ne sachant s'il devait interrompre ce conciliabule ou se tenir à distance. Mais Louise le prit dans ses bras et quêta un baiser. Le garçon parut gêné par la présence de Mme Anglard. Pourtant, elle avait détourné le regard, ne voyait plus que le paysage alentour, la douceur chaude du causse, ses courtes ombres sur le jaune et le gris intense de la lande. Une fourrure de lumière jetée ici, comme le dernier jalon du monde.

— Je crois que nous n'arriverons pas à la monter, cette pièce, dit Nino d'un ton attristé. Ce sera tout de même bien d'avoir essayé.

Il s'approcha de Mme Anglard, ne sachant comment amorcer sa conversation. Il désirait tellement qu'elle lui apportât quelque aide pour *La Fête en plein air*.

— Il paraît que tu as été l'assistante de Jimmy Cole dans les années 1970. Est-ce une légende ou la vérité ?

Un vague sourire se dessina sur le visage de Thérèse. La non-réponse avait valeur d'acquiescement pour lui.

— Au Circus Bazar ? N'est-ce pas ?

— Non, corrigea Thée, le Circus Brothers.

Du bout des lèvres, elle cita quelques pièces mises en scène par Cole : *Les Chaises* et *Le roi se meurt* de Ionesco, *Le Songe* de Strindberg… Et s'arrêta net avec une petite larme au coin de l'œil. Pourtant, rien ne l'écœurait plus que le spectacle de la nostalgie, que ce fût la sienne ou celle des autres. Mais Nino Rosetti subodora que la présence de Louise mettait Thérèse dans une position délicate et que, pour le coup, il manquait singulièrement de psychologie.

— Nous en reparlerons à un moment plus propice, n'est-ce pas, ma chère Thée ?

Elle hocha la tête.

— De quoi veut-il te parler ? releva Louise qui avait, décidément, une oreille fine et surtout attentive.

— De choses entre nous. Des choses qui relèvent du théâtre, précisa-t-il.

Les deux femmes se regardèrent, dubitatives, puis firent quelques pas ensemble, comme pour s'éloigner de lui. Il n'osa pas les accompagner. Il les suivit seulement des yeux, les mains au fond des poches.

Une fois seules, grillant chacune une cigarette, Louise chuchota quelques mots.

— Ne te laisse pas prendre au charme de Rosetti. Tu aurais le plus grand mal ensuite pour t'en débarrasser. C'est un collant de première. Ah oui, insista-t-elle, il aimerait bien te mettre dans sa poche.

— Comment cela ?

— T'embarquer dans sa mise en scène. Et ensuite, Monsieur Nino s'attribuerait tous les succès.

Mme Anglard se sentit enfin rassurée.

— Ah non. N'aie crainte. Je suis sur la touche. Personne ne me demandera rien.

Après un long silence sous le feu du ciel, dans le bourdonnement des abeilles que les lavandes excitaient, Louise lui murmura à l'oreille quelques mots qui occupèrent pour le coup le reste de sa journée :

— Ne lui dis rien sur notre conversation, surtout.

— Quoi donc ?

— À propos de Roxie. S'il découvrait que nous prenons de temps en temps notre bain ensemble, ça ferait un drame. Un sacré drame, même…

*

Pourtant, ce n'était pas l'heure, en pleine journée, de fumer un joint. Il existait une règle à laquelle Nino s'astreignait, n'entreprendre la fumette que minuit passé. Mais cette fois, par déconvenue, il décida de prendre un pétard.

Dans la Grange, chacun glandait dans son coin. Les plus studieux rabâchaient leur texte en buvant, par courtes goulées, une fillette de bière. Nino alla se cacher dans la remise, là où l'on avait entreposé en vrac les paperasses du notaire. Ça faisait un sacré paddock pour se prélasser. Il s'allongea sur le dos et aspira le haschich, délicatement. Une profonde bouffée savamment dégustée. Faudrait bien une dizaine de bouifs pour sentir les effets. Patience. À la longue, Nino se laissa embarquer avec de petits rires d'enfant. Ça lui faisait cet effet, au début, lorsque le cannabis lui chatouillait les neurones. À la vérité, il était entré fort déprimé dans le labyrinthe (ainsi nommait-il la remise) et maintenant se trouvait prêt à affronter *La Fête en plein air*. Pourquoi cette foi, cette hardiesse ne le possédaient-elles pas en tous lieux et tous temps ? Un rien abattait sa confiance en lui, une réflexion scélérate, une imprécision dans le jeu des acteurs, une angoisse inexpliquée… Et tout sombrait d'un coup dans sa tête.

Louise le rejoignit sur sa couche. Elle lui prit le joint et tira une bouffée.

— Pouah ! fit-elle. Dégueulasse. C'est du marocain. Ça ne vaut pas de la bonne *weed*. Ça irrite la gorge.

— Laisse donc, Louise.

— Tu ne me baises plus, Nino.

Elle l'avait enjambé et se frottait le sexe sur sa braguette dans un mouvement lancinant. En un temps assez proche, avant que l'aventure de *La Fête* ne commence, Louise le mettait en érection rien qu'en insistant un peu, en avant en arrière, assez délicatement. Cette fois, elle se risqua à glisser sa main dans le pantalon.

— Je la cherche et je ne la trouve pas, rit-elle. Tu es sûr qu'elle existe encore ?

Sur le lit de paperasses, ça faisait un tintamarre d'enfer. D'ordinaire, il y avait toujours un ou deux des gars qui s'en venaient zieuter, subodorant que quelque chose se passait enfin. Mais cette fois rien de tel. Alors elle lui baissa le pantalon et se servit de sa bouche pour parvenir à ses fins.

— Je pense à autre chose, Louise, enfin quoi !?

— Oui mon petit génie. N'aie crainte, je te laisse.

Louise s'allongea à côté de lui, les bras repliés sous la nuque, le regard au plafond.

— Tu ne penses qu'à elle, n'est-ce pas ?

— Qui donc ?

— Ne fais pas l'idiot. Tu as parfaitement compris.

Il aspira deux longues bouffées et s'abandonna, les yeux clos. Toutes ses angoisses s'étaient envolées. *Là*, pensait-il, *enfin, le vrai Nino existe. Rien ne pourra m'empêcher d'accomplir mon œuvre. Merci. Merci.*

Louise approcha ses lèvres de son oreille, rien que pour lui murmurer ce qu'elle avait sur le cœur.

— C'est encore une jolie femme. Je l'admets. Tu as vu comment elle est foutue, à travers le fin voilage de sa robe rouge et bleu. Oui, je le sais. Tu n'as pas pu faire autrement que de voir ce que j'ai vu, moi, moi qui ne suis qu'une femme. Ce sont des choses qui n'échappent pas au regard. Et d'un garçon, *a fortiori*. Avoue, mon petit salaud, que tu as envie de te la faire ? Mais si c'est le cas, alors vas-y donc. Qu'est-ce que tu veux que je te dise ? Que je te verrouille la queue dans une cage de chasteté… Connard ! Petit connard. Et moi, qu'est-ce que tu me conseilles ? De draguer Arthur ? Il est pas mal, Arthur. Qu'en penses-tu ? Ou alors Adam. Oui, Adam. Ce doit être un bon coup, ce type. Mais c'est pas mon genre. L'amour, c'est bien connu, faut pas se forcer. Sinon, on finit par douter de soi. Là, à cet instant, je suis au plus bas. Je me trouve laide, indésirable, à chier. C'est de ta faute, si je suis dans cet état de détestation de moi-même. Alors que l'amour, ça doit faire briller les yeux, réveiller la libido jusqu'à avoir des papillons dans le ventre.

Plus tard, les comédiens se remirent au travail, en l'absence de Rosetti. Et de fait, c'était mieux sans lui. Personne ne s'engueulait, ne se critiquait, ne s'envoyait des invectives. On jouait en prenant des initiatives. Firmine Abal, qui avait songé un temps prendre ses distances avec le groupe, admit qu'il resterait à la condition que Rosetti ne dirige plus. On répéta tout l'acte II en y adjoignant quelques jeux de scène non prévus au programme du commandeur, comme de s'envoyer entre acteurs les dossiers comme des ballons de rugby.

— On pourrait même en expédier quelques-uns dans le public. Ça ferait un sacré happening, dit Valentin.

On applaudit fort l'idée.

— Pour une fois que tu te réveilles…, dit Roxane.

Adam proposa qu'on revoie sérieusement « le statut de Nino ».

— Ça veut dire quoi ? questionna Arthur.

— Qu'on le vire ! s'écria Roxane. Il n'y a que l'enchanteresse qui pourrait prendre sa suite.

— Quelle enchanteresse ?

— Eh bien, vous ne comprenez pas ? Vous êtes bouchés ou quoi, les gars ? Celle qui émerveille nos nuits à Murelles…

Les comédiens sortirent de la Grange, s'éparpillèrent sur la pelouse, l'appelèrent, mais en vain. Sans un mot, discrètement, sur la pointe des pieds, Mme Anglard s'était retirée.

13

Eugénio, avec sa poignée de journaux, s'installait en terrasse, dans un endroit où le soleil ne lui faisait pas de l'œil. En consultant de temps à autre sa montre, il attendait patiemment l'arrivée de son « client » comme il disait. Mme Lévêque venait lui faire un brin de conversation, mais le hic, c'est qu'elle n'avait aucune conversation, sinon raconter ses petites histoires. Le commissaire en disponibilité faisait semblant de s'y intéresser pour ne pas paraître désobligeant. Un étranger, c'est ainsi, se sent coupable de ne point écouter les potins locaux.

— Ici, ça braconne, ça braconne partout. La nuit surtout. Il y a des chemins vers Pertuis où ces types, ces fameux types dont je tairai les noms... Je ne veux pas avoir des histoires... Dans un commerce... Rendez-vous compte... Donc, repartait-elle avec force moulinets de mains, ça traîne la nuit sur les chemins, au volant de vieux 4x4 et, à la lueur des phares, c'est comme ça, ça tue les lièvres, les lapins en pagaille vers Pertuis et même à Gavedon. Ils attachent un câble d'une roue à l'autre, et hop, ça se fiche dedans. Et aussi avec des fusils à infrarouge, la nuit, ça flingue à tout va, les sangliers, les chevreuils. Et pareil pour la poiscaille dans la Dordogne...

— Que font-ils de toute cette marchandise ?

— Ça fournit les restaurateurs au moment des fêtes, par exemple. Et même des particuliers. C'est tout un petit commerce cette affaire. Même que ça rapporte. Et sans risque, parce que les gendarmes, ils préfèrent contrôler la vitesse sur nos petites routes et faire souffler les gamins à la sortie de La Gambade.

L'arrivée de Simon Rochelin coupa court à la conversation. Valentine Lévêque n'aimait guère cet homme secret, hautain, et si fier de sa personne, lui préférant pour le coup le fringant commissaire avec sa moustache frétillante.

Les deux hommes se saluèrent d'une poignée de main, sans se regarder, sans s'enquérir de quelque nouvelle. Simon but son café en silence. Ils n'avaient rien à se dire, comme hier et avant-hier. Simon n'osait poser la moindre question de peur qu'Eugénio envoie tout promener.

Le commissaire sortit de sa poche le carnet de Margaux et lut une page d'une voix posée. Pendant ce temps, Simon fixait le pavage de la terrasse, immobile, à peine remué par l'émotion.

11 août 94 – Levée avant le jour pour monter au plus vite sur le plateau, à Pech Pern. Peu à peu, l'horizon s'incendie avec d'étranges figures de nuages. Les uns imposants. Et d'autres comme des traînées de fumée qui s'étendent et se perdent à mesure que le jour gravit le ciel.

À peine parvenue à Pech Pern, sur la fin du sentier qui s'égare en mille minuscules passages que les animaux ont tracés au hasard, je m'assois en tailleur sur une pierre plate et ferme les yeux. C'est mon instant de prière, de paix retrouvée. Je ne pense plus qu'à conquérir cette force qui me relie à la terre. Mes douleurs s'estompent, ma respiration se ralentit, les battements du cœur aussi. Cet apaisement s'interrompt, soudain, lorsque le vent se lève. C'est un signe que le ciel donne à la terre. Qui est le maître ? Le ciel ou la terre ? Car il n'y a pas de compromis possible. La nature ne demeure pas longtemps en paix. Elle a besoin de mener ses combats : orages, tempêtes, bourrasques, tremblements de terre, séismes divers. Une guerre perpétuelle. Voici qui nous rend humbles, nous, les hommes.

Le dolmen a été saccagé, il y a bien longtemps, hélas. C'est comme une profanation de tombe. Que recherchait-on sous la pierre ? Un trésor, paraît-il. J'espère que les profanateurs n'ont rien trouvé, et encore moins les restes humains qui dorment depuis si longtemps, quatre mille ans, peut-être. Contrairement à ce que croyait Auguste Rodin, les dolmens ne sont pas les premiers édifices religieux de l'humanité, mais des tombeaux vénérés, parfois reliés les uns aux autres par des couloirs dissimulés sous le tumulus…

— Ça ne m'inspire rien, dit Rochelin. Je n'y vois aucun rapport avec notre affaire.

— Sans doute, confirma Eugène Parent. C'est une mauvaise direction. Je l'écarte, en effet, résolument.

— Je te le conseille aussi, ajouta Simon. Margaux a écrit trois ou quatre notes sur son séjour à Marteline. Et ensuite elle a évoqué son projet de rallier Carennac.

Ils commandèrent une nouvelle bière, trinquèrent en silence.

— Tu n'as pas de piste, donc. Rien, bien sûr. Ça va faire douze mois dans quelques jours. Toutes les preuves ont disparu. Même celles du bord de la falaise, forcément.

Le commissaire allongea ses longues jambes jusqu'au bord du trottoir, puis, les yeux fermés, dit à son ami d'une voix chuchotée.

— Il ne faut plus qu'on nous voie ensemble.

— Comme tu voudras, ajouta Simon d'un ton las.

— L'enquête que je vais poursuivre en toute discrétion nécessite que je me fonde dans le paysage. Et surtout pas que l'on puisse voir que nous nous connaissons. Si tueur il y a dans le secteur, ce serait stupide qu'il fasse le lien entre nous deux. Alors, mon cher Simon, je vais quitter cet hôtel, prendre une location dans un coin discret et mener ma petite enquête à ma façon. On ne se voit plus, on ne se parle plus. Quand je voudrai entrer en contact avec toi, je trouverai la manière et le lieu.

Il régla sa note à Valentine Lévêque et disparut avec sa grosse valise. Sans se retourner.

*

Lorsque Françoise Bazillac vit entrer ce fort bel homme, dans la force de l'âge, avec de la prestance, l'émotion la saisit au point de lui faire perdre tous ses moyens. Elle se mit à balbutier, à tourner à droite à gauche. Cette intrusion intervenait à un moment bien particulier, après une vive algarade avec son mari.

— Dommage que vous ne soyez pas arrivé une demi-heure plus tôt… Vous auriez été édifié, monsieur… ?

Françoise le fixa d'un air interrogateur. L'homme se présenta d'un ton bourru, sans affectation. Elle se répéta le nom dans sa tête : Lorin Pierret. Ça ne lui disait rien.

— Vous voulez voir mon fils ? posa-t-elle.

Le visiteur ne répondit pas, sensible semblait-il à la musique qui envahissait le salon de Sauzert. Il paraissait fouiller sa mémoire pour nommer la pièce qui fusait des baffles de la chaîne stéréo. Était-ce du Chopin, du Liszt, du Debussy ? *Les Nocturnes* peut-être. Mais sa proposition, lancée comme un jeu, fit sourire Mme Bazillac.

— Non. Pas du tout. Vous n'y êtes pas. Loin, très loin, même.

Elle s'amusa à le faire patienter, espérant sans doute que son visiteur lui avancerait quelques autres titres. Mais voyant que ce jeu ne l'amusait plus, elle lui dit que c'était une des *Bagatelles* d'Edison Denisov. Le visiteur reconnut bien volontiers qu'il ne connaissait pas ce compositeur.

— Vous trouverez Marceau là-bas, dans les boxes. Ou dans le manège.

Elle consulta sa montre et émit un doute. C'était une heure où son fils allait voir cette Mme Prisco qui lui faisait horreur. À moins qu'il n'en eût trouvé une autre du côté de Souillac. La saison des vacances favorisait ce genre de commerce. Elle aurait voulu en tant que mère être tenue loin de ces histoires. Mais lorsque Marceau avait un coup dans le nez, il venait lui confier ses petits secrets, qu'elle écoutait avec une sorte d'effroi feint. Et si, par mégarde, Françoise s'autorisait quelques remontrances, il lui répliquait tout en douceur qu'elle était à bonne école avec papa.

Sans plus attendre, Lorin Pierret se dirigea vers les stalles désertes et de même ne trouva personne dans le manège. Il en profita pour lire les écriteaux de l'entrée où figuraient les tarifs de location à la journée ou à la semaine. C'était d'un bon bourrin dont il avait besoin, docile et affable, pour se faire porter sur les GR environnants. Son projet était de descendre à Rocamadour, suivre les rives de l'Ouysse et peut-être aussi traverser le causse de Gramat, pour y trouver les odeurs de plantes sauvages dans le vent balayant l'immensité des terres arides.

Après un bon quart d'heure d'attente, Mme Bazillac le rejoignit. Elle fumait cigarette sur cigarette, allait de droite à gauche d'un pas nerveux. Puis elle commença par faire des confidences sur son existence.

— Le mariage ! s'exclama-t-elle, savez-vous ce qu'est le mariage, c'est une solitude à deux. La force des habitudes nous rend prisonniers l'un de l'autre. Cent fois j'ai voulu rompre, mais je n'ai jamais franchi le pas.

En quelques minutes, ce pauvre Pierret en apprit tant et tant sur son couple, les petites et les grandes misères de la vie conjugale, qu'il en fut abasourdi. Néanmoins, il flaira chez cette adorable femme une dépression mal soignée ou négligée au fil du temps. Pierret lui recommanda de se faire aider par un psy. Horreur, Françoise leva les bras au ciel.

— Dans l'heure, dit-elle le feu aux joues, monsieur mon cher mari serait informé de ma démarche et, ah ah ah ! il me semble l'entendre d'ici dire : « Tu avais tellement besoin d'aller déballer ton linge sale chez ces gens. Tu le sais bien, Françoise, tout vient de toi, de ces pensées dévastatrices qui t'envahissent le cerveau… »

Enfin, Marceau montra son nez. Il paraissait enjoué, fier de ses exploits, aurait dit sa mère, et d'une singulière attention envers elle. Il aimait la cajoler, l'entourer de ses bras vigoureux, et lui dire qu'il l'aimait.

— Si je ne t'avais pas, minauda-t-elle.

Pierret avait hâte d'en venir au fait, bien que cette scène familiale fût rafraîchissante.

— Je veux vous louer un cheval pour une semaine au moins. Il va de soi que c'est juste pour rayonner dans les environs. Le soir, je le reconduirai dans son box.

On ne perdit guère de temps à discuter du prix. Le visiteur se montra généreux en traitant l'affaire à soixante francs. Puis Marceau Bazillac conduisit son client dans le bureau pour signer quelques papiers.

— Je suis là pour la semaine et peut-être plus. Je ne sais pas, dit Pierret.

Ils s'observèrent en silence, puis le propriétaire du haras lui expliqua sommairement comment conduire un cheval.

— Et le soir, que fait-on dans ce pays ? Ne me dites pas qu'il n'existe rien pour s'amuser.

— Qu'est-ce que vous entendez par « s'amuser » ?

— Eh bien, danser, boire, draguer des filles… Vous me comprenez ?

Bazillac sortit de son sous-main de bureau un flyer en faisant un clin d'œil.

— *La Gambade* ! s'exclama Pierret. Qu'est-ce donc ?

— Une boîte de nuit. Vous trouverez tout ce que vous voulez, là-bas. Même des filles assez jeunes en cette période de vacances.

— Vous y allez vous-même ?

— Bien sûr. Deux ou trois fois par semaine. Je vous le garantis, il y a à faire !

— Vous connaissez le propriétaire ? demanda Pierret.

— Pourquoi ça ? Oui, bien sûr, c'est Jeff…

— Jeff qui ?

— Klaspick.

— J'aime bien savoir où je mets les pieds. Nous allons parler entre hommes, n'est-ce pas, fit Lorin en posant une main amicale sur son bras. J'ai la cinquantaine passée. Bien passée même. Et je n'ai pas du tout envie de partager quoi que ce soit avec des femmes de mon âge. En un mot, fit-il en s'approchant de son voisin pour lui parler à voix éteinte, je cherche des filles jeunes, appétissantes, sans histoire, bien dans leur peau.

Marceau se redressa en fronçant les sourcils.

— Ça, mon ami, fit-il, c'est votre métier d'homme. Si vous leur plaisez à ces petites, pourquoi pas. Mais je n'ai pas l'intention de vous tenir par la main ou d'organiser quoi que ce soit d'un peu glauque… Vous voyez ce que je veux dire ?

— Parfaitement, répliqua Pierret. Néanmoins, ajouta-t-il d'un air mielleux, j'aimerais bien que vous en parliez à ce Jeff Klaspick. Voyez ça comme un service, dit-il en lui glissant un billet dans le creux de la main.

Lorin Pierret quitta son siège aussitôt, laissant Bazillac dans la circonspection. Au moment de sortir, il lui glissa dans l'entrebâillement de la porte :

— Comme vous le voyez, je saurai être généreux. Ne l'oubliez pas, cher monsieur.

Puis le visiteur retourna à sa solitude, assis dans sa Clio garée deux kilomètres plus loin en rase campagne. Il avait l'habitude de prendre des notes sur tout, de consigner ses conversations, ses impressions, et même dans les meilleurs jours, des infinis détails d'une qualité négligeable, mais certes pas pour le maniaque qu'il était.

La chaleur était si étouffante qu'il baissa les quatre vitres de sa voiture. Et, basculant le siège, le bonhomme amorça un petit somme. Dix minutes suffiraient à le remettre sur pied.

Soudain, il fut réveillé par un tracteur tirant une longue remorque de balles de foin, qui l'obligea à déplacer sa Clio. Et au moment de démarrer pour descendre sur Brive, il aperçut Françoise. Elle cheminait sur sa bicyclette les cheveux au vent, par petites pédalées, lentement à vrai dire, mais assez vite cependant pour ne pas perdre l'équilibre, bien que ça zigzaguât dur. Il la suivit en roulant au pas un moment, puis se porta à sa hauteur. Quand elle le reconnut, la dame de Sauzert s'arrêta. Lorin lui tendit une bouteille d'eau.

— Je ne peux pas trop m'attarder, prévint-elle, mon mari m'attend. C'est un homme qui s'inquiète facilement.

*

Pierret gara sa voiture dans un chemin de traverse et la rejoignit. Elle montrait quelques hésitations, *le propre des épouses craintives*, pensa-t-il. Néanmoins ils allèrent s'asseoir à l'ombre d'un chêne, à l'écart de la route.

— Je suis un peu folle de vous écouter. Si l'on nous voyait…

— Quoi ! s'exclama-t-il, nous ne faisons rien de mal.

— En effet, mais je n'ai pas l'habitude de parler au premier venu. Après tout, vous n'êtes qu'un client de mon fils.

Françoise voulut savoir ce que Pierret faisait dans la vie, mais ce dernier détourna le sujet. Pourtant, elle avait eu la curiosité de lire sa fiche dans le bureau de Marceau : gérant de société. C'était vague.

— J'ai cru comprendre que vous ne voyez pas votre fils souvent. Combien, une ou deux fois par an ?

Mme Bazillac haussa les épaules.

— Je ne comprends pas pourquoi vous vous intéressez à nous comme ça.

— J'éprouve beaucoup de sympathie pour vous en particulier, dit-il. Vous avez une certaine classe. Mais il me semble qu'elle est, comment dirais-je, mise en sommeil ou peut-être sous l'éteignoir.

— Cher monsieur, dit Françoise, ne vous donnez pas cette peine. Me faire la cour ne vous conduirait à rien. Je suis une femme fidèle à son mari. Même si, à notre époque, ça peut paraître ringard.

Pierret se défendit mollement de cette accusation.

— Je connais les hommes, croyez-moi. Le mien est couvert de maîtresses. Ses secrétaires… C'est un amateur de secrétaires. Il ne les choisit pas pour leurs qualités professionnelles. Vous pouvez me croire. Et mon fils est un coureur aussi. Il tient de lui. Faire comme papa. Bien sûr. Ce serait une manière de lui monter à la cheville. Car pour le reste, c'est un médiocre. Que croyez-vous, nous tenons le haras de Sauzert à bout de bras. À coups de cinquante mille francs. Sinon, il fermerait boutique.

Mme Bazillac laissait épancher ses ressentiments, tout en sachant qu'elle regretterait plus tard de s'être ainsi confiée à un étranger. Mais c'était pour elle comme un soulagement. Depuis son arrivée à Sauzert, elle s'était murée dans le silence, dans la lecture ou l'écoute de la musique, sans aucun échange d'idées ou de pensées avec l'homme qui partageait sa vie et qui allait et venait autour d'elle, mais si loin d'elle, comme une ombre qui passe.

Françoise jouait avec sa robe, ses doigts faisant et refaisant les plis de soie comme si elle voulait trouver un tombé impeccable. C'était en accord avec sa pensée, ce jeu pour atteindre une certaine perfection dans l'apparence des choses sans cesse défaite par les mouvements. Car elle ne se sentait guère à l'aise, assise à même l'herbe. Il comprit son embarras et lui proposa de marcher vers la crête de la colline, jusqu'au bouquet d'arbres. Elle le suivit sans une hésitation. Cette docilité éveilla en lui un certain désir. *En d'autres situations et en d'autres lieux, nous aurions pu vivre une belle histoire*, pensa-t-il. Car il avait deviné que cette Françoise cachait sa beauté, la tenait en sommeil, par crainte de mésaventures immaîtrisables.

— Peut-être faudrait-il que votre fils épouse une femme qui pourrait l'épauler ? Non, vous ne croyez pas ?

Elle leva les yeux au ciel.

— Vous n'y pensez pas ! Marceau ne s'intéresse qu'aux femmes mariées. C'est cela dont il a envie, presque maladivement, dirais-je. Séduire les femmes des autres lui procure un sentiment jouissif que vous ne pourriez imaginer. Non, Marceau ne s'attachera jamais à aucune femme au point de la vouloir sous son toit. Il tient ça de son père. Mon mari aussi ne se rêve pas un autre destin que cocufieur. Et vous, monsieur, où en êtes-vous dans votre vie ? Puisque nous voici engagés, l'un l'autre, dans les déballages sentimentaux, peut-être éclaireriez-vous ma lanterne ?

— Marié, divorcé, sans enfant. Une vie d'homme égoïste.

— Ah, c'est triste pour un homme de votre âge…

— Cinquante-deux ans, précisa-t-il. Voyez, je ne vous cache rien.

— C'est suffisant, coupa-t-elle. Je ne veux rien savoir de plus.

Ils redescendirent vers la voiture. Mme Bazillac reprit son vélo et disparut avec juste un petit signe de la main.

Pierret se remit à rédiger ses notes, selon son habitude, avec méthode et force détails, comme si le monde pour un homme solitaire comme lui n'était rien d'autre qu'un terrain d'observation.

14

Décidément, elle y tenait à sa petite mise en scène personnelle pour décacheter les fameuses lettres. Un bougeoir, un guéridon recouvert d'un tissu noir, et quelques grains d'encens semés sur un charbon Al Fakher au creux d'une coupelle. C'était à ce prix qu'elle s'éviterait, croyait-elle, la colère du Seigneur. Elle commença une longue prière, répétée à l'envi, en égrenant son chapelet entre le pouce et l'index. Les mots lui venaient à la suite sans qu'elle les sollicitât, tant ceux-ci faisaient partie intégrante de sa personne. Ainsi Mlle Valeyne voulait-elle se purifier pour atteindre la grâce, cette sorte de paravent contre le courroux divin. À force de persuasion, elle jugea enfin que son geste n'était empreint d'aucune faute, qu'elle pourrait ainsi entrer dans la vie de William et Thérèse sans ne jamais en répondre.

Juliette s'installa devant son guéridon, prit la première missive qui lui venait et la décacheta d'un coup de stylet. Une minute, elle hésita encore. Enfermée dans son monde clos, elle craignait que quelque chose pût se passer pour arrêter son geste. Un claquement de volets, un souffle d'air qui éteindrait les bougies, une porte fermée brutalement. Car elle savait sa demeure hantée par des forces obscures, au point que l'abbé Albrest avait été sollicité à plusieurs reprises pour en chasser les mauvais esprits. Le silence, l'épais et pesant silence, la rassura enfin. Mlle Valeyne jugea à la seconde que son geste était exaucé. Elle se frotta les mains et, avec d'infinies précautions, retira la lettre de son enveloppe.

28 novembre 1988 – Je vous l'ai dit cent fois, mais vous faites semblant de ne pas me lire, de me snober, qu'il ne se passe un jour sans que je pense furieusement à vous. C'est une étrange situation que la nôtre. Nous avons été époux, et nous nous sommes aimés, je crois en effet que nous nous sommes aimés, et au fil du temps, malgré mes incessantes attentions, vous faites mine de ne plus me connaître. Comme si vous m'aviez effacé de votre existence. Je n'en crois évidemment rien. La preuve – mais là, je me répète souvent, lettre après lettre – vous n'avez jamais demandé le divorce, ni ouvert une procédure par avocat interposé, ni émis la volonté que je ne vous écrive plus. J'en déduis donc, forcément, que le fil qui nous relie existe encore. Je viens vous visiter dans vos rêves, vous aussi quelquefois dans les miens, et je sens parfois, auprès de moi votre présence. Je me retourne : le vide. Et d'après mes enquêtes, toutes discrètes, rassurez-vous – je ne suis pas un monstre –, vous n'avez pas eu d'autres liaisons depuis notre séparation, ni éphémères, ni discrètes. Une vie de nonne. Ça ne vous ressemble pas. Je vous ai connue tout au début, attirée par la chose, obsédée par des pratiques sexuelles que je n'oserais nommer sans vous offenser. C'étaient parfois des sujets de conversation entre nous deux, dans la fausse intimité d'une boîte de nuit ou d'un restaurant. Vous me faisiez promettre de m'y adonner. Mais je n'ai jamais consenti à vous suivre sur ce chemin. C'eût été vous pervertir, vous salir, vous avilir. Non. Non.

Est-ce pour cela, cette sorte de négligence, qu'il vous a pris de me tromper ? Ah ! il me semble vous entendre à ce moment. Moi, jamais. Pourtant, j'ai amassé des preuves. Notamment contre ce petit agent de change que j'avais eu l'imprudence d'engager à mon service… Souvenez-vous ? Pierre Séjourney… Vous lui couriez après comme une chienne en chaleur. Certes, il vous réservait des attentions extrêmes, de celles que je n'ai jamais eues. Sans doute étais-je trop timoré pour mon plus grand désavantage… C'est dans la nature féminine d'exiger incessamment des marques affectives et des preuves tangibles d'amour. Sur ce plan, je n'ai jamais été à la hauteur. Je l'admets humblement. Mais vous en portez la faute. J'ai beaucoup « travaillé » à vous plaire, à conquérir votre amour et à le conserver par de petites jalousies médiocres, j'en conviens. Mais tout ça, cette comédie, n'est-ce pas le langage même de la passion dans ses œuvres quotidiennes ?

Ce minable petit agent de change est entré dans votre lit. Il m'a pris ce « bien » qui m'était le plus précieux au monde. Maintenant que le temps a fait son œuvre, je peux bien vous faire une confidence sur Séjourney. Vous n'aurez pas la petitesse de me la reprocher. Je vous ai fait espionner par mon chauffeur, mon chien fidèle, Lasterguy.

Le 30 décembre 84, il vous a vus entrer à l'hôtel Lennox *de la rue Delambre. À 5 heures de l'après-midi. Vous ne pourriez le nier, si l'intention vous en prenait. Ah ça non. Lasterguy a pris des photos. On vous voit bras dessus bras dessous. Et même en train de vous bécoter comme de jeunes tourtereaux. À pleine bouche. L'une de ses mains vous caresse les fesses, relève négligemment votre jupe Dior, que je vous avais offerte. Qu'importe, me dis-je, tout cela relève de la pure comédie et non de l'amour. Il vous a prise, et reprise, j'imagine. Ce Séjourney est un homme à femmes. Il les collectionne. Une fois conquises, il les jette comme un Kleenex. Et de même avec vous, Thérèse. Mais je n'ai hélas pas de document sur la scène de rupture. Bien que j'aie cherché activement dans votre sac à main les moindres traces de ce minable adultère. Vous aviez l'intelligence perverse de faire disparaître méthodiquement toutes les preuves. Donc, vous êtes ressortis, Séjourney et vous, à minuit de cet hôtel. Lasterguy vous a suivis le long du boulevard Montparnasse et là, vous avez appelé un taxi. Je parie que vous avez oublié cette histoire ? Séjourney aussi… Mais moi, non. Par la suite, j'ai contraint ce petit salopard à démissionner. Certes, non sans difficultés. Ça m'a coûté au bas mot cent mille francs de fabriquer des preuves accablantes…*

Notez au passage, Thérèse, que je n'ai jamais eu la petitesse de vous parler de cette affaire de drap, si mal engagée pour vous, hautement médiocre et d'une banalité sans nom. Je me suis promis d'oublier. Mais l'apprentissage de l'oubli est un exercice difficile. On y perd beaucoup de soi-même sans le moindre avantage. Alors, j'ai usé parfois, lorsque nous nous disputions, d'insinuations sur votre coucherie à l'hôtel Lennox. *Vous faisiez mine, avec un art consommé, de ne rien comprendre. À moins, ce qui serait pire, que vous ne vous en souveniez pas, ou que cette histoire en était une parmi tant d'autres. À la vérité, je crois que vous m'avez intensément trompé, rien que pour vous venger. Moi, par contre, ma chère Thérèse, j'ai été fidèle, avant la naissance de notre Sacha, et tout autant après. Je n'ai en tête aucune incartade à vous raconter, hélas, mille fois hélas, car ce serait justice. Mais je me suis donné tout entier à l'éducation de Sacha, alors que vous, ma chère, vous détestiez cet enfant. Vous ne l'avez jamais considéré comme votre fils. C'est pourquoi j'ai pris les choses en main pour qu'il jouisse d'une éducation convenable. Ça ne m'a posé aucun problème de vous l'enlever, puisque vous ne l'aimiez pas. N'est-ce pas ?*

Ah je sais que sur ce point, comme sur tous les autres, je n'obtiendrai aucune réponse. Encore une lettre que vous rangerez dans un placard. Mais qu'importe, vous ne m'empêcherez pas de vous écrire, de vous donner de mes nouvelles, parce que nous sommes encore mari et femme, jusqu'à preuve du contraire.

Je pose un baiser sur votre front. Et à bientôt.

William A.

12 janvier 1989 – Bonjour Thérèse. Je serai bref aujourd'hui car je me relève d'une affreuse pneumonie qui m'a gâché toutes les fêtes de fin d'année. Mon médecin, ce cher Dimitri Polakov, n'a pas pris mon mal au sérieux. Ses poudres de perlimpinpin n'ont fait que l'aggraver.

J'avais prévu un voyage à Corfou et dans les îles Ioniennes. La gravité du mal m'a fait ajourner le séjour à l'hôtel Angsana. *J'ai perdu la totalité de la réservation et ce gâchis n'a fait qu'amplifier le mal dont je souffre. Respiration sifflante, douleur lancinante sur le côté gauche, toux continuelle et fièvre pugnace. Je ne peux pas faire plus de dix pas sans devoir m'arrêter pour récupérer un brin de souffle.*

La nuit dernière, je me suis réveillé en nage, pris par une crise d'angoisse. La certitude de mourir assez vite, dans trois ou quatre jours tout au plus, s'est emparée de mon esprit. Alors j'ai appelé mes conseillers, mes agents, mes courtiers et Ondine, ma secrétaire particulière, pour qu'on mît mes affaires en ordre. Cette panique soudaine a beaucoup amusé mon entourage. J'ai rêvé de toi. Tu étais allongée nue dans mon lit à côté de moi, et je te labourais le dos avec mes ongles, jusqu'à laisser des stries sanguinolentes. Comme dans l'un des tableaux – acquis il y a trois ans – de Mark Tobey. Pourquoi t'ai-je associée à cette œuvre ? Je paierais une fortune pour déchiffrer mon inconscient. Serait-ce donc dans ma tête la mise à mort de notre amour, avant ma propre disparition ? Avec la volonté de ne rien laisser en jachère derrière moi. La jachère de notre histoire dévastée ne sera jamais un terrain nourricier pour qui que ce soit et quoi que ce soit. Regarde donc le bilan, s'il te plaît, les yeux grands ouverts ! Je t'en supplie. Notre mariage en capilotade a donné un enfant mort.

Le lendemain de ce terrible cauchemar, j'ai appelé un taxi pour me conduire au cimetière de Vaugirard. J'ai déposé un bouquet de fleurs sur la minuscule tombe de notre petit Sacha. Puis j'ai ordonné à l'un des gardiens, moyennant une coquette somme, qu'il entretienne régulièrement ce lieu, afin que personne ne puisse croire que sa famille l'a abandonné. Né en 1977 et mort en 1984, ça lui fait une vie courte. Non ? Voici une question soulevée qui mérite, me semble-t-il, une réponse de ta part… Mais je sais que tu as tiré un trait sur Sacha comme sur moi. Nous n'existons plus. Je parie que tu as déjà oublié l'endroit où il repose ? Division 7. À droite de l'avenue principale.

William A.

Précautionneusement, Juliette remit les deux lettres dans leur enveloppe. Entre ses doigts fins, elle avait fait un tampon de son petit mouchoir de dentelle. Un manuterge purificatoire. Elle se tamponna le visage délicatement pour absorber les larmes qui avaient coulé sur son visage. Mlle Valeyne était bouleversée par les écrits d'un homme qu'elle ne connaissait pourtant pas, mais qui était soudain devenu à ses yeux la victime d'une effroyable mécréante.

Elle se mit à tourner en rond dans son salon, agitant les flammes du bougeoir et les volutes d'encens parfumé à la myrrhe. *Non*, se disait-elle en brassant l'air confiné et surchauffé par la température extérieure, *je ne dois pas ouvrir les portes et les fenêtres.* Elle tomba à genoux sur son tapis de prière, les mains jointes sur son visage, et commença à geindre comme si toutes les larmes de son corps exsudées, elle était devenue sèche et dure comme une noix de muscade. Juliette enchaînait les prières, sans s'interrompre, avec une frénésie qui parvenait à la mettre en transe. Elle croyait que l'esprit du petit Sacha était dans la pièce, suppliant son secours. Puis elle se redressa vivement, soudain tétanisée à cause d'un craquement de meuble. Juliette allait et venait les yeux clos, à l'aveugle, jusqu'à se heurter aux murs.

Des coups insistants retentirent, à un rythme accéléré, dans la cloison, dans la porte. *Comment vais-je faire pour lui venir en aide ?* se demandait-elle, recroquevillée sur le tapis. *Un enfant mort sans baptême*..., imagina-t-elle. Car elle ne pouvait croire que monsieur William ou sa mécréante de mère aient conduit l'enfant sur les fonts baptismaux. « Les enfants non baptisés vont en enfer, telle est la parole », ânonna-t-elle, répétant les prophéties d'Augustin d'Hippone dont elle était une fervente adepte.

Soudain la porte s'ouvrit sous la poussée vigoureuse d'une main d'homme.

— Qu'est-ce qui se passe, ici ? Allons, Juliette, reprenez vos esprits. Mon Dieu, qui vous a mise dans cet état ?

L'abbé Albrest ouvrit fenêtres et volets et resta médusé devant le guéridon.

— C'est votre autel personnel ? Vous dites des messes noires ou quoi ? Seriez-vous devenue folle, ma pauvre fille ? Rendez-vous compte de ce que vous faites ! Vous vous éloignez de Dieu, vous vous parjurez. Je veux sans tarder vous entendre en confession.

Violemment, il prit la frêle demoiselle par le bras et se mit à la secouer. Tout en nage, elle le fixait sans désemparer d'un regard perdu.

Le calme revenu, Juliette lui parla d'un enfant, nommé Sacha, mort sans baptême.

— Qui est cet enfant ? Vous avez eu un enfant ? soupçonna le prêtre. Un enfant caché ? Je ne peux le croire.

Il se mit à la secouer de nouveau comme il eût fait d'une créature possédée par les forces obscures. Puis il la laissa ainsi, prostrée, dans le pesant silence du salon.

Au terme d'un long silence méditatif, le père Albrest s'apaisa à son tour, envahi par la pitié pour son ouaille. Ça faisait des années qu'il connaissait Juliette Valeyne, vieille fille bizarre, sensible à toutes les situations qui n'étaient pas conformes à sa propre vision du monde. Il espérait plus que tout la conserver dans sa cure, cette paroissienne, malgré son petit grain de folie. Ça méritait bien quelques accommodements, et une clémence pour tout ce qu'il venait de voir et d'entendre.

— Dieu, dit-il, dans son infinie miséricorde, accueille toutes les âmes dans son Paradis. Et *a fortiori* un enfant de sept ans, innocent et pur. Ôtez-vous ces craintes de l'esprit, des craintes qui vous honorent certes, insista-t-il, en lui parlant près du visage, mais nous ne sommes plus au IVe siècle de l'ère chrétienne où saint Augustin a formulé cette sentence, cet apophtegme, pour conduire le troupeau des chrétiens vers le seul Dieu, l'unique. Comprenez-vous, ma chère Juliette ?

Le curé Albrest avait hâte de sortir de ce capharnaüm. Aussi l'invita-t-il à l'accompagner dans son église. Il avait déjà en tête plusieurs missions à lui confier, afin d'occuper utilement son esprit. Auparavant, il récupéra sur le guéridon les objets qu'elle lui avait empruntés : un calice, un ciboire et quelques pièces de linge liturgique.

— Ces pièces sacrées ne peuvent sortir de notre sainte église, mademoiselle Juliette. Mais je doute que vous ayez eu conscience, à ce moment, du sacrilège que vous avez perpétré.

Il insista sur ce mot, tant et tant, avec sa grosse voix de prêcheur, que Mlle Valeyne fut envahie d'une terreur incontrôlée. Elle ne cessait de tomber à genoux devant lui tandis qu'il l'obligeait à se relever, ne supportant point cette affliction démesurée.

Plus tard, Juliette lui raconta l'histoire des Anglard. L'abbé l'écouta d'une oreille distraite.

— Je prierai pour sauver l'âme de ce petit Sacha, promit-il afin de couper court à la conversation.

Et quand elle s'enflamma de nouveau sur le comportement de Thérèse Anglard, le curé l'incita à la retenue.

— À l'époque de la Sainte Inquisition, ma chère Juliette, vous auriez expédié cette pauvre femme sur le bûcher. Prenez pitié d'elle. Voilà la seule vérité : la pitié et le pardon.

15

En les voyant entrer et sortir à toute heure, ces jeunes artistes, Thérèse se demandait chaque fois quand donc ils trouvaient un peu de sommeil. Ce n'était pas exagéré de dire qu'ils avaient tous des têtes de déterrés. De zombies. À faire peur. Et sur eux, ils étaient de plus en plus négligés, si bien que la maîtresse des Murelles leur avait proposé sa machine à laver et son fer à repasser. Mais c'était une loi du genre, plus Thée accordait de liberté, plus ils s'imposaient comme en terrain conquis. Après tout, elle n'avait aucune raison de s'en plaindre puisqu'elle avait tout fait pour qu'il en advienne ainsi.

L'affaire avait pris une sale tournure lorsque Roxane avait tenté de filer son linge sale à Colombe, d'en faire sa domestique pour quelques misérables petites pièces. Mme Anglard les réunit tous et fixa une sorte de contrat moral sur un bon usage de la vie en communauté à Murelles. Elle leur fit signer un contrat, ils s'y conformèrent tous, sauf Nino. C'était le chef donc le plus réfractaire à l'autorité, forcément… Ne représentait-il pas à lui seul, en qualité de chef de la troupe, la seule et unique autorité ?

À vrai dire, Mme Anglard se divertissait à sa manière de ces petits jeux de pouvoir. Le sien était en hausse dans la bande depuis que Nino Rosetti avait découvert, en lisant une revue, *L'Avant-Scène*, qu'elle avait été régisseuse dans la troupe du Circus Brothers dans les années 1970, et secrétaire intérimaire du célèbre metteur en scène Jimmy Cole. Mais Thée, dans son for intérieur, se moquait bien du sort de la petite troupe qu'elle hébergeait. Sur celle-ci son opinion était faite. Rien n'aurait pu la décider à se jeter dans l'aventure de *La Fête en plein air*. Elle disposait de toute une kyrielle d'arguments pour se défausser : son âge, ses pertes de mémoire, ses libertés personnelles, son aversion de l'engagement politique ou culturel, ses dégoûts de l'époque, son amour sacré de la solitude…

Puis cette nuit-là, ils rappliquèrent tous, peu avant minuit, bien qu'elle eût tenté de les décourager à venir. La Grange ne leur suffisait plus. Il leur fallait l'agrément d'un vaste salon garni de meubles vieux siècle, décadents, mais tellement confortables, des coupes de champagne circulant de main en main, des bouteilles de whisky, de cognac, d'armagnac, de chartreuse verte, et de tant d'autres liqueurs qu'on allait quérir selon l'inspiration du moment dans le bar vintage de la prêtresse. Personne ne demandait l'autorisation ni ne disait merci. La politesse, la courtoisie, c'étaient des principes ringards. On se devait de tout partager pour honorer les grands principes égalitaires d'après Mai 68.

Roxie et Louise, seules, lui montraient quelques amabilités en l'entourant, en la cajolant d'un petit geste, d'un mot de gentillesse. Quelquefois, elles lui apportaient des paquets de cigarettes, de préférence des Camel ou des Peter Stuyvesant. Mais Thée les glissait dans un des tiroirs de sa commode et les oubliait. Mme Anglard n'aimait pas les cadeaux. En souvenir de William qui, après l'avoir copieusement torturée mentalement, la couvrait de présents. Depuis, chaque générosité lui inspirait un doute, que celle-ci ne fût jamais gratuite, et qu'il faudrait en rembourser le prix au centuple.

Bien que cette situation déplût à Thérèse, la petite Léna était invariablement engagée à servir ce petit monde. Quand il n'y avait plus assez de verres propres, elle allait en chercher dans la cuisine sans que personne ne lui prêtât la main. Thée avait réalisé que si sa petite Colombe se dévouait de la sorte, c'était surtout pour payer le loyer de sa chambre, alors que Mme Anglard la logeait gracieusement. Une ou deux fois dans la soirée, Thée rappelait dans le brouhaha qu'il n'existait pas aux Murelles de domestiques.

Rosetti, ce soir-là, ne toucha guère aux boissons. Il errait, sombre et bourrelé d'inquiétude, allant de la bibliothèque au coin musique. Tantôt il feuilletait quelque ouvrage, picorait une phrase ou deux chez Wilhem Reich ou Otto Rank, puis traversait le salon pour bidouiller la platine de la chaîne stéréo et mettre *Apocalypse* ou *Ummagumma*… Louise l'accompagnait du regard en passant sans cesse une main dans sa chevelure. Roxane et Adam étaient allongés sur le tapis, le regard au plafond. Ils se tenaient la main, sans une parole, comme s'ils n'avaient plus rien à se dire. Et pourtant ! On allait de tensions en tensions dans ce petit couple. Peut-être était-ce une manière de tenir en éveil un amour courant à sa fin.

Nino alla s'asseoir aux pieds de l'enchanteresse, la tête appuyée contre la bergère.

— Je suis lucide, murmura-t-il.

Elle dut se pencher vers lui pour lui faire répéter sa réflexion.

— Toi, lucide ? Ça m'étonne, sourit-elle. La lucidité n'est pas une de tes meilleures qualités. Ce serait plutôt l'exaltation.

Ils rirent ensemble en s'observant de côté.

— La troupe veut s'émanciper, murmura-t-il.

Elle s'inclina un peu plus vers lui, en basculant légèrement de côté.

— Il y a toujours une phase critique dans l'élaboration d'une pièce. On part avec de grandes idées pour servir le maître qui l'a écrite. Autant dire que l'on pense à la place de l'auteur. Mais l'auteur, le fécond auteur, reste le maître envers et contre tout. Le reste, c'est de l'interprétation, de la supposition. Un fourre-tout de metteur en scène. Il y injecte ses phantasmes, ses phobies, ses peurs… Peu conservent la sagesse de s'effacer devant le créateur.

— Que me conseilles-tu ? Rester ou partir ? À chaque répétition, la troupe se rebelle. Chacun essaie d'imposer son point de vue. Et surtout, il en est un qui n'a plus droit de cité, c'est le mien. Alors, je laisse courir ?

Thée approcha la main de son visage et le caressa, doucement, comme pour le consoler, le petit homme. Elle le plaignait sincèrement. Car elle avait vécu pareillement, à Malakoff, lors du Strindberg, *Mademoiselle Julie*, un coup de fronde des acteurs. Cole s'était retiré sur la pointe des pieds pour laisser mourir de sa belle mort la contestation, par la colère, la révolte et le vide.

— Tu ne fais rien. Tu attends.

— J'espérais un conseil plus éclairé, dit-il dépité. Ah, comme je suis déçu. Et, ajouta-t-il, déçu à deux niveaux…

Il se redressa pour se placer à côté d'elle sur la bergère. Plus loin, Louise surveillait la scène. Mais elle n'osa pas intervenir ou plutôt s'interposer car elle se jugeait laide et stupide en comparaison. La scène du labyrinthe à la Grange l'avait convaincue qu'elle ne ferait jamais le poids face à Thérèse. Et elle éprouvait pour elle des sentiments contradictoires. C'était sa pire ennemie et sa meilleure confidente. Difficile à concilier.

Soudain, l'affaire prit une singulière tournure lorsque Nino insista pour être reçu en privé. Loin de la bande, loin de tous les regards. En toute discrétion. De prime abord, Thérèse se montra rétive, comme d'habitude.

— Nous n'avons rien à nous dire, soupira-t-elle en s'étirant. Ou du moins ce que tu as à me dire, se défendit Thée, ne mérite pas un huis clos.

Il insista. Elle hésita encore. *Où est-ce que tout ça va me conduire ?* se demandait-elle. Puis profitant que Louise s'était effacée avec Roxie dans la salle de bains, Nino l'entraîna dans le bureau du premier étage. Ce lieu était dans un désordre indescriptible. Les livres étaient en tas sur les sièges. Beaucoup de vieilleries que la maîtresse des lieux vouerait tôt ou tard aux bons soins d'Emmaüs. Nino ménagea de la place sur une banquette en déplaçant les piles. Ce jeu fébrile amusait Thée.

— Je ne peux pas t'aider, Nino. Tu entends bien ça. Je ne te suis d'aucune utilité, prévint-elle.

Il lui prit les mains et les porta à son visage. Elle goutta ses douces caresses tout en frémissement alors qu'elle eût dû s'en défendre. Mais la semi-obscurité de la pièce portait à ces audacieuses câlineries.

— Je savais que ce moment finirait par arriver, dit-il. Je l'ai tant rêvé, tant espéré…

— Quel moment ? fit-elle en rejetant la tête en arrière, laissant couler sa chevelure sur le dossier de la banquette.

— Celui où tu te donnerais à moi, dit-il d'une petite voix hésitante.

Nino approcha ses lèvres des siennes, mais celles-ci s'effacèrent.

— Je crois que ce ne sera pas possible, se défendit-elle en agrippant ses épaules pour le maintenir à distance avant que ce ne fût trop tard.

Il opposa un peu de résistance. Elle le fixa d'un œil sévère.

— Je songe à Louise. Il m'est pénible de la trahir. Pourquoi ne passes-tu pas tes émois sur elle ? Une jolie fille de ton âge. Belle et fraîche, insista-t-elle.

— Je ne l'aime plus, avoua Nino.

— Comme peux-tu dire ça ? Elle éprouve de vifs sentiments pour toi.

— Nous avons été ensemble assez longtemps. Quand nous faisons l'amour, il lui tarde que ça se termine. J'ai analysé notre relation. Je la crois plus attirée par les filles que par les hommes.

Rosetti s'assit sur la moquette et tenta par tous les moyens de plonger son regard dans celui de Thée. Mais elle se dérobait ostensiblement. Puis il posa son front sur les genoux serrés de Thérèse. Il baisait ceux-ci du bout des lèvres, jouant de sa langue comme pour l'inciter enfin à entrouvrir ses jambes. Mais elle les tenait ferme quoi qu'elle ressentît. Cette résistance ne parvenait pas à décourager Rosetti.

— Je ne supporterais pas de tromper sa confiance, avoua-t-elle. J'aime beaucoup Louise.

— Toi aussi tu as envie d'elle ?

— Non. Je t'en prie, Nino, la déconvenue ne doit pas éveiller en toi la vulgarité habituelle. Tu mérites mieux que ce petit brin de vaudeville médiocre.

Le silence se fit, pesant et épais, comme un couvercle. *Me voici face à une situation inextricable*, pensa-t-elle, *dont je ne sortirai par indemne. Si je me défile ou si je m'abandonne, dans les deux cas, ce sera à mon détriment.*

— Si nous devenons amants, murmura Nino, Louise ne t'en voudra pas. Sa rancœur, elle ne la vouera qu'à moi seul.

Thée passa une main sur sa tête, lui caressant les cheveux, délicatement. Elle imaginait que seule la douceur aimable et maternelle parviendrait à atténuer son désir. Mais au contraire, ce geste ne fit que l'amplifier. Et sentant poindre quelques gestes un peu vifs pour tenter d'écarter ses jambes, elle remonta le pan de sa robe sur sa tête comme pour cacher la scène qui se jouait en sourdine entre ses cuisses, troublante et perfide, comme toujours avec les hommes qui désirent une femme. Quand sa bouche eut atteint son but, au creux de son ventre, ses dents écartant le fin tissu de sa culotte, il lui offrit de délicats jeux de langue, sans désemparer, jusqu'à ce qu'elle n'y tînt plus. Elle poussa un cri et se renversa sur le côté.

— Petit salaud ! Tu n'as aucune pitié pour moi. Sais-tu que je suis déjà une vieille dame respectable, et tu me traites comme une gourgandine. J'imagine que tu vas colporter ton exploit partout dans la maison. Je connais les hommes. Tu diras à qui voudra l'entendre : moi, je l'ai baisée Mme Anglard, bien baisée.

Elle ressentait de la colère, de la rage, du désappointement, puis le désir aussi, tout ceci entremêlé dans un étrange sentiment qu'elle n'avait plus connu depuis si longtemps. Nino s'était reculé craignant qu'elle ne le giflât, ou pire encore qu'elle le rouât de coups. Mais Thée l'observait d'un œil noir, ne sachant plus que faire ou que dire. Puis elle se leva, le poussa jusqu'à ce qu'il s'étalât sur le tapis. D'un geste rageur elle lui arracha le pantalon. Elle l'enjamba et cacha son visage avec ses mains. *Surtout je ne veux pas voir son regard lorsque…* se dit-elle. *Le triomphe mâle, la suffisance mâle, pas pour moi. Sinon*, se persuada-t-elle, *je ne parviendrai pas à jouir de ce petit salaud convenablement.* Thée le mit en elle aussitôt, promptement, et à coups de hanches obtint ce qu'elle recherchait. Ainsi trouva-t-elle l'apaisement qui lui avait tant manqué durant toutes ses années de solitude.

Après coup, elle se renversa sur le côté, ses mains plaquées sur le visage.

— J'ai honte, murmura-t-elle.

Nino Rosetti avait envie de rire mais se l'interdisait. Il avait toujours imaginé que Mme Anglard appartenait à cette catégorie de femmes qui ne se laisse pas dominer et préfère prendre toutes les initiatives.

— Il ne faut pas, surtout pas, avoir de la honte, murmura Nino en lui prenant la main.

Elle la retira vivement.

— Ne t'avise pas de croire que tu as acquis avec ton sexe le moindre pouvoir sur moi. Rien. Ça n'est rien, le coït.

Rosetti laissa affleurer sur ses lèvres un léger sourire. Il avait vu sur son visage, dans ses yeux, le flux puissant de l'orgasme. Rien ne se peut cacher dans cet instant.

— Nous ne recommencerons pas. Ce serait me compromettre. Une fois, c'est pardonnable, mais deux fois, c'est une faute.

Rosetti se leva pour rajuster son pantalon et enjamba Thée délicatement en laissant sa main courir sur son ventre nu. Il aurait voulu déposer un baiser sur cette toison jaune qui l'obséderait désormais jour et nuit. Comme une promesse à venir au plus proche. Mais il sentait que le mieux pour lui, en cet instant, serait de se faire discret, presque effacé.

— N'aie crainte, assura-t-il, je ne dirai rien sur nous deux. Ce sera un secret entre nous. Et surtout Louise, il faut lui épargner ça.

— Laisse donc Louise de côté, petit salaud, je m'en chargerai.

— Comment ça ?

Mme Anglard ne répondit pas. Elle cherchait un mouchoir en papier pour effacer le sperme.

— J'avais oublié combien c'est dégoûtant, marmonna-t-elle.

Nino éclata de rire.

— C'est quoi ton problème, Thée ? Tous les hommes que tu as connus ?

— Je n'ai pas connu beaucoup d'hommes. Mis à part dans les années 1970. De petits éjaculateurs précoces de ton espèce. Ça venait et ça repartait aussi vite, sans merci, sans rien. Comme des voleurs.

— Tu as eu un mari, tout de même ?

— Celui-là, après la naissance de mon fils, il ne m'a pas visitée longtemps. À la vérité… Pourquoi devrais-je dire ça ? Il ne m'a jamais fait jouir. Lui, c'était l'amour vache, les gifles, les insultes, les rabaissements, les humiliations... Je l'ai trompé une dizaine de fois pour me venger, avec des cavaleurs de circonstance. Et puis plus jamais.

Pour un peu, la sentant ainsi dans la colère froide, Rosetti eût voulu s'excuser d'être venu en elle. Mais il préféra se taire.

— Nous dirons que pour nous c'était un accident. Mais ça me peine de dire ça. Car je...

— Tais-toi donc, petit salaud.

Machinalement, pour s'occuper les mains, Nino se mit à ranger les livres pour agrandir l'espace de la pièce. Il s'enhardit même à entrouvrir les volets. Mais elle l'arrêta net.

— Mon petit Nino, insista-t-elle, ne t'imagine surtout pas avoir acquis un pouvoir sur moi. Ce serait faire fausse route.

Il s'approcha d'elle, lui prit la main. Prendre les mains, pour Rosetti, c'était le premier geste qu'il s'autorisait avec les gens, tous les gens, proches ou lointains, comme si celui-ci lui octroyait quelque supériorité.

— J'éprouve des sentiments pour toi. Me croiras-tu ou préfèreras-tu en sourire ?

Thée le fixait droit dans les yeux.

— Tu es un garçon prêt à tout pour me mériter. Mais non, ne compte pas sur moi pour sauver ta mise en scène. *La Fête en plein air* ira sans doute à vau-l'eau. Mais qu'importe, on s'en fout, non ? Tout le monde s'en fout.

— Cruelle et injuste, déplora-t-il. Je n'aurais pas dû faire ça. Ce viol, se reprocha-t-il.

— Non, s'amusa-t-elle. Le mot est un peu fort. Tu m'as baisée, c'est tout. Ou plutôt, c'est moi qui t'ai baisé. Au deuxième acte.

16

Il n'y avait pas foule sur le vaste parking du night-club. Autour de trois ou quatre voitures, des gamins étaient assis sur le gravier en train de fumailler. Deux filles s'approchèrent, l'une en jupette à ras des fesses et l'autre en short en jean, toutes deux portant le même tee-shirt blanc imprimé à la gloire de *La Gambade*. Les gars se mirent à les chambrer. Ça faisait rire les visiteuses. Elles étaient jeunes, ces petites, belles et en pleine forme, la vie, l'amour, la gloire étaient à leurs pieds. Et il semblait même, de prime abord, que ces adolescentes trouvaient plutôt cons ces jeunes types, « graves, graves », disaient-elles.

Lorin Pierret passa à la hauteur du groupe d'un air indifférent. L'un dit :

— T'as remarqué, Joël, y a de plus en plus de vieux au *Night*. C'est pas une bonne pub pour Jeff.

— Ouais, mais les vieux, z'ont du pèze, rétorqua son voisin. Ça achète des bouteilles de whisky à cent balles. Et le champ', j'te dis pas…

Les filles commençaient à s'ennuyer. Elles avaient des fourmis dans les jambes. Il leur tardait de se déhancher sur la piste alors que la musique disco venait juste de repartir. Deuxième déferlante de la soirée, selon le videur.

D'autres bagnoles arrivèrent en crissant des pneus. Coups de klaxons, rires en cascade et cris de Sioux. Les jeunes se connaissaient tous. C'était leur seule occupation de fin de semaine, *La Gambade Night-Club*, ouvert jusqu'à l'aube, avec du disco entre 1 heure et 3 heures et, ensuite, musiques planantes.

Pierret avait bien lu le programme. Il entra gentiment dans l'antre inondé de sunlights en montrant patte blanche. Une jeune femme déguisée en souris avec de grandes oreilles à la Mickey lui tendit la liste des consos tout en lui souhaitant bon accueil. Il remarqua que le personnel n'avait pas les mêmes considérations pour les ados qu'on expédiait directement sur la piste.

Pour commencer, Lorin Pierret eut droit à une banquette. Se jugeant relégué au quartier des oubliettes, il déménagea aussitôt pour le bar où trois ou quatre nymphettes en robes rouge et noir lamées surveillaient les arrivages. Déjà, les hôtesses avaient repéré les types qu'on pourrait pousser à la consommation. Elles les cernaient de près avec des voix langoureuses et des gestes apprêtés.

La sono débitait à forte dose du Sabrina Salerno, du Whitney Houston et quelque autre Fatal Charm pour enflammer la piste de danse. Alentour, de jeunes petits gars trimbalaient leur verre de Coca dans le sillage des filles, les suivant, les perdant. *La danse est un jeu solitaire pratiqué en groupe*, pensa Lorin, *où l'on passe tout le temps à s'observer pour finir happés dans ce maelström.*

Pierret n'était pas un grand buveur de whisky devant l'Éternel mais dans la situation présente, il lui fallait jouer le jeu, jusqu'à la coupe de champagne offerte à sa petite voisine. Cette minuscule gentillesse partagée suffisait pour qu'elle lui trouvât du charme. À sa dégaine, l'hôtesse voyait bien qu'il n'était pas d'ici, que ce n'était pas un de ces péquenauds empruntés et dégoulinants de vulgarité. Pour meubler la situation, il lui raconta une histoire à dormir debout sur sa présence à Marteline. Elle parut s'en satisfaire et l'invita à venir se déhancher sur la piste de danse. Mais Pierret déclina l'offre gentiment. Mlle Laura – ainsi la nommait-on dans le night-club – lui promit de revenir « s'occuper » de lui lorsqu'on lui ferait signe. Le mot le fit sourire, tant l'ambiguë promesse lui paraissait hautement fallacieuse.

À ce moment, une main se posa sur son épaule. Il se retourna vivement. Marceau Bazillac venait d'apparaître, le visage grimé par un fond de teint paillettes. C'était un masque dont il usait lors de ses soirées à *La Gambade* ; un genre qu'il se donnait par provocation et qui avait l'heur de plaire aux filles.

— J'étais sûr que vous viendriez, Pierret, fit-il en lui tapotant l'épaule. Quand on a ce vice-là dans la peau, comment s'en défaire ?

Lorin Pierret l'interrogea du regard en fronçant les sourcils.

— De quoi parlez-vous ?

— Les petites jeunettes, lui chuchota-t-il au creux de l'oreille.

Et pour parfaire son jeu, il lui en désigna deux ou trois sur la scène.

Pierret détourna le regard.

— Je vais vous présenter Jeff.

Il l'agrippa par le bras, le conduisit dans l'arrière-boutique jusqu'à un petit bureau où le seigneur et maître de cet antre jouait sur une console Nintendo. L'homme poussa un grand soupir en reculant dans son fauteuil à roulettes. Jeff Klaspick toisa Pierret avec un petit sourire ironique.

— Vous êtes le type qui cherche des jeunettes ?

Pierret ne répondit pas.

— Vous me prenez pour qui ? Un tenancier de bordel ? Ce n'est pas le genre de la maison. Allez donc les draguer ! Promettez-leur de coquettes sommes, à ces filles. Si ça les intéresse, vous le saurez assez vite. Mais moi, camarade, je m'en lave les mains.

Marceau essaya d'arranger le coup. Il insista pour l'une des trois filles qu'il connaissait bien et pas très regardante.

— Zaza, pour mille cinq cents balles ça le ferait. Je peux arranger le coup.

Klaspick se dressa sur son siège, furieux.

— Marceau, tu es débile ou quoi ? Peut-être que ce monsieur est un flic…

— Quoi ? s'étonna Bazillac. Elle a dix-neuf ans. Et pour le coup, ça lui rapporterait, au moins. D'ordinaire, elle se fait sauter pour une barre de shit.

Embarrassé, Pierret prit Marceau par le bras et ils sortirent.

— Laisse tomber, mon petit. J'ai juste vérifié quelque chose.

— Vérifié quoi ?

Lorin haussa les épaules.

— Je me suis fait un roman. La réalité est plus simple que la fiction.

— Tu la veux ou tu la veux pas, Zaza ?

— Tu m'agaces avec ta Zaza.

Bazillac l'invita à s'approcher de la piste de danse et la lui désigna, sans délicatesse, au milieu des danseurs.

C'était une petite gamine à la chevelure ébouriffée, plutôt malingre avec de grosses lunettes rondes.

— Elle me fait pitié, ta Zaza. Laissons cela.

Ils allèrent s'installer à l'écart au fond de la salle. Mlle Laura vint leur servir une bouteille de champagne. L'hôtesse prit avantageusement son temps pour faire sauter le bouchon, tout en se tenant collée contre l'épaule de Pierret. Lorin lui prit la main et y déposa un baiser. Il lui fit signe d'approcher l'oreille.

— Serre-toi une coupe, trinquons et casse-toi, ordonna-t-il en lui glissant au creux de la main un généreux biffeton.

Marceau accompagna du regard son déhanchement chaloupé.

— Celle-ci, mon gars, dit-il, elle te coûtera les yeux de la tête.

Pierret éclata de rire. Ils trinquèrent et burent en silence.

*

Le lendemain était un jour de grand vent avec menace d'orage. De lourds nuages traversaient le ciel et allaient se perdre dans le Sud. L'accalmie de ciel bleu n'était qu'une promesse fugitive, tant la situation pouvait changer d'une heure à l'autre.

Marceau était assis sur une selle arrimée à un tréteau, les pieds passés dans les étriers. Il portait un chapeau de cow-boy, une chemise à gros carreaux rouge et noir et des Ray-Ban. Son père se tenait contre le mur du manège, les mains glissées au fond des poches. Il donnait l'impression de s'ennuyer. Regrettait-il ses quatre semaines de vacances à Sauzert, loin des tumultes et de l'effervescence de la rentrée prochaine ?

— Ma secrétaire m'a déjà fait la liste des emmerdes à venir. Une réunion avec le comité du personnel. Une fronde, encore une, dans le conseil d'administration. L'expertise de dossiers techniques qui tarde à venir.

— C'est tous les ans la même musique, dit Marceau. Les riches, les riches comme toi, précisa-t-il, n'ont pas le droit de se plaindre.

Paul Bazillac, dans son for intérieur, ronronnait de plaisir. Jamais il n'aurait supporté une existence de petit salarié, à compter ses sous chaque fin de mois. Il pouvait se payer tous les voyages d'affaires qu'il voulait, partir en douce avec sa secrétaire préférée sans rendre de comptes et batifoler à son aise.

Françoise sortit du bureau à ce moment. Elle avait achevé les comptes du haras de Sauzert, et ça ne lui avait pas demandé plus d'une heure. Elle s'approcha de son fils, lui ôta le chapeau d'un geste autoritaire.

— Le bilan n'est pas fameux. Heureusement que nous sommes là, Marceau. Sinon, tu pourrais mettre la clé sous la porte.

Le père fit quelques pas dans l'allée et se dirigea vers le grand chêne rien que pour entendre le bruit du vent dans les feuillages. C'était un de ses plaisirs, le vent à Sauzert, sur le causse, aux heures de tourmente, et le bruit des vagues sur les roches brunes de Cap-Martin.

— Et toi, Paul, tu ne dis rien ? insista Françoise. Tu t'en fiches. Qu'est-ce donc qui pourrait te toucher ?

Mais Bazillac n'aimait pas se répéter. Il avait déjà exprimé ses mises en garde en ouvrant son carnet de chèques. Que pouvait-il faire d'autre, sinon, d'autorité, décider la liquidation de la société du Haras ? À tout bien compter, il préférait savoir son fils ici, dans le Lot, loin des tentations des grandes villes.

— Tu fréquentes toujours cette Mme Prisco ?

Le garçon répondit par un sourire. Il y avait de la fierté dans son silence.

— Et si son mari venait à l'apprendre ? soupira Françoise.

Le père s'était assez éloigné pour ne pas entendre. Heureusement, car il eût fulminé une fois de plus, pour le principe.

— Ce n'est pas la seule, fit Marceau avec un sourire niais.

— Combien y en a-t-il que tu visites dans le patelin ?

— Dans le patelin, il n'y a que Romane.

— Et ailleurs ?

— Ça ne te regarde pas.

Françoise replanta le chapeau sur la tête de son fils d'un geste d'agacement.

— On n'y peut rien, soupira-t-elle. Tu tiens ça de ton père. Forniquer à droite et à gauche.

De grosses gouttes frappèrent la castine de l'allée. D'abord irrégulières. Puis l'averse, soudain, prit corps avec force. Chacun rentra dans le manège à pas pressés.

— Tu ne vas pas mettre les chevaux à l'abri ? s'inquiéta Françoise.

Marceau haussa les épaules. C'était juste un gros nuage qui passe, un petit grain d'été. Sans conséquence. « Le vent est assez fort, jugea Marceau, pour que le mauvais temps ne s'éternise pas. » L'éternel optimisme de son fils avait l'art d'agacer Françoise. « Comme les déficits de l'entreprise, persifla-t-elle, un petit grain sans conséquence. »

Ils entendirent un galop à l'extérieur. Françoise jeta un regard par l'entrebâillement de la porte. C'était Pierret qui reconduisait au bercail le frison de location. Marceau sortit pour conduire le bourrin dans son box et lui remplir sa mangeoire. Les deux hommes se croisèrent sans s'adresser la parole. L'histoire du night-club lui était restée sur le jabot. Puis le cavalier s'approcha de Mme Bazillac, lui prit la main et la baisa, sous le regard estomaqué de Paul.

— Vous vous connaissez ? dit-il.

Françoise ne savait plus où se mettre. Elle bredouilla d'une voix défaite quelques mots incompréhensibles où il était question d'une promenade à vélo à la sortie de Sauzert. C'était là, fort inopinément, qu'on avait fait connaissance. Aussitôt, Lorin vola à son secours.

— J'ai conversé un brin avec votre épouse sur la beauté de cette région…

— Nous n'avons pas l'honneur de nous connaître. Le fait que vous soyez un client de mon fils ne fait pas de vous un homme de qualité. Je dirais même que payer la location d'un bourrin à ce prix est une preuve de bêtise.

Françoise baissait la tête. Elle ne savait pas comment excuser son mari, homme bourru, cultivant la supériorité hautaine des riches. Pierret s'approcha de lui en hochant la tête, tout sourire.

— J'avais envie de faire des balades à dos de cheval. Croyez-vous que je sois du genre à marchander ? D'autant que votre fils est un garçon sympathique. Il ne vous ressemble pas, d'ailleurs.

Contre toute attente, Bazillac éclata de rire en lui tapotant l'épaule.

— J'aime bien me rendre compte par moi-même de quel bois sont faits les hommes. Entre ceux qui plient comme une tige de bambou, ceux qui se cassent comme du noisetier, et ceux qui résistent comme du bon chêne pubescent, il y a là toute la variété humaine. Je vous range dans la dernière catégorie.

Tout en l'écoutant, Pierret comprenait pourquoi Françoise était si rétive au contact humain, tant l'honorable mari avait fait d'elle une sorte d'esclave maritale. Et soudain, l'observant avec insistance, le feu aux joues et le regard éperdument lointain, comme si elle ne désirait rien de plus, présentement, que de s'abstraire de cette situation, Pierret lui décela un charme fou. Cette découverte était l'heureuse surprise de la journée.

Paul invita l'étranger à le suivre dans sa maison. Sur l'instant, Pierret parut se défiler alors qu'il n'attendait que ça, cet instant d'intimité au cœur des Bazillac. Françoise les devança d'un pas hâté, comme il sied à une maîtresse de maison qui doit préparer les rituels de l'apéritif.

Dans le grand salon, Bazillac fit étalage de ses talents de grand capitaine d'industrie dans un domaine aussi essentiel que les semi-conducteurs. Pierret se laissait balader dans ce récit tout en observant Françoise. Elle se tenait à distance sur un siège bas, croisant et décroisant les jambes, le regard triste, lointain. Lorin tenta à deux ou trois reprises de l'impliquer dans la conversation, mais l'horrible mari l'en éloignait avec de petites boutades. Il aimait la vexer, la torturer, révéler par petites piques ses insuffisances intellectuelles. Autrefois, il lui avait fait l'honneur de l'épouser, de la faire entrer dans la bonne société lyonnaise, au cœur du quartier d'Ainay, c'était sa seule preuve d'amour.

Bazillac voulut enfin lui montrer son bureau du premier étage où il se réfugiait, jadis, durant son enfance à Sauzert, pour échapper à son horrible famille. C'étaient des paysans caussenards qui avaient connu une certaine prospérité dans le commerce de la noix. Bazillac n'aimait parler que de lui. Il évoqua ses choix difficiles et les nécessaires ruptures par lesquelles un jeune homme s'affranchit de la médiocrité sociale.

— J'ai hérité de ces terres pauvres et de ces bâtiments lorsque le dernier des vieux Bazillac a été au cimetière. J'ai voulu vendre ça, pour une bouchée de pain. Sans regret. Et pour cause, durant mon enfance, je n'y ai jamais été heureux. La servitude, l'ennui, voici qui plombe un jeune homme porteur de tant de rêves secrets. Alors, mon cher, j'ai pris le large. Et plus tard, lorsque mon fils a été en âge de travailler, et qu'il ne savait rien faire de ses dix doigts, je lui ai refilé ces bicoques et ces terres pauvres.

À ce moment, Paul Bazillac alla à la porte du bureau et tourna la clé à double tour. Et revint aussitôt à sa place, le dos à la fenêtre, dans la pénombre grise.

— Une question me brûle les lèvres, cher monsieur. Qu'êtes-vous venu faire dans ce trou perdu ? Un homme comme vous ? Sans doute un brillant gestionnaire de société… Est-ce le lieu qui vous attire ? Ici, me dis-je souvent, pour apprécier ce causse aride et pauvre, il faut être motivé, intérieurement s'entend. Par exemple, soigner une défaite amoureuse. Ou se cacher…

Pierret reprit tous les arguments de son hôte à rebrousse-poil. Il aimait la solitude, le silence, les couleurs fauves des collines embrasées au soleil levant… Certes, il n'y avait rien de convaincant dans son propos.

Et Bazillac eût tellement voulu que son invité se montrât plus coopératif. Rien ne le ravissait plus que mettre ses subordonnés à nu, comme il le faisait quotidiennement dans l'existence, chez les siens ou parmi ceux qui gravitaient autour de lui.

— Vous avez rencontré ma femme, je crois ? repartit-il.

— En effet, confirma Lorin, amusé.

Il avait perçu que ce Bazillac était d'une effroyable jalousie, bien que, d'un certain point de vue, peu épris de son épouse.

— Quand je dis « rencontrer », je veux dire, plus qu'un bonjour-bonsoir. Qu'en pensez-vous ?

Le visiteur haussa les épaules.

— Vous ne dites rien ? Avez-vous noté la vacuité qui l'occupe jour après jour ?

— Je n'ai pas réfléchi à la question, soupira Pierret.

— Cher monsieur, c'est un drame, l'argent, quand on n'a pas à le gagner, et qu'il vous tombe tout cuit dans le bec. Ça crée de la culpabilité.

Bazillac soupira profondément en bombant le torse.

— C'est une belle femme que la mienne. Si belle que je me dis parfois que je ne la mérite pas. Mais c'est ainsi. Notre vie ressemble à un désert, chacun de son côté, chacun regardant dans sa direction. Autrefois, nous nous retrouvions pour quelques plaisirs. Mais ceux-ci ont fini par diverger aussi.

Pierret parut s'agacer de ce monologue. Il se refusait à prendre part à ces examens de conscience. Cependant, il n'avait pas non plus envie de le contredire, de le rassurer, de lui raconter quelque fadaise du genre : « Mais non, mais non, vous formez un couple ravissant. »

Bazillac tripotait du bout des doigts le nœud de sa cravate. Il portait beau, costume et chemise blanche, quels que soient le lieu, le temps, ou les circonstances, sa tenue de manager. Par peur sans doute qu'on le prît pour ce qu'il n'était pas.

— Et mon fils ? Que pensez-vous de mon fils ?

Le regard de Pierret s'alluma. Il se redressa sur son siège. Aucune question ne l'intéressait plus que celle-ci. À croire qu'il n'était venu que pour entendre l'avis d'un père sur ce jeune Marceau…

— Votre fils est le contraire de vous, dit Pierret. Peut-être tient-il du caractère de sa mère… Je ne sais pas.

Paul gloussa doucement.

— Un imbécile heureux avec dans le dos un élastique qui le tire perpétuellement vers sa médiocrité. Il s'observe vivre, se trouve parfait, toujours à la recherche d'une lumière chimérique. Comme ces papillons de nuit qui s'étourdissent en tournant autour d'une lampe allumée. Il s'y cogne, s'y brûle un peu, mais jamais ne s'en éloigne.

— Dur. Vous êtes dur avec lui, fit Pierret. Vous ne l'aimez pas. Ne vous vient-il jamais à l'esprit que ce jeune homme a besoin qu'on l'aime ?

— Pour quoi faire ? Il passe son temps à courir les femmes mariées. C'est son seul plaisir. Aller copuler dans le lit des autres.

Bazillac joignit les mains, les porta à son visage, le regard fixant le plafond.

— Sa mère a essayé de changer les choses autour de lui. L'inciter peut-être au mariage. Mais, me dis-je souvent, un homme qui n'aime que lui ne peut rendre une femme heureuse. Oh, certes, c'est un doux, un tendre. Il n'a pas d'opinions arrêtées. Sinon celles des autres qu'il fait siennes, faute d'imagination.

Se levant soudain de son siège, Pierret mit un terme à l'étrange conversation. Il attendit devant la porte du bureau que le maître de maison le délivrât en tournant la clé dans la serrure. Étrange façon.

Dans le salon, Françoise paraissait sur le gril. L'angoisse se lisait sur son visage. Il lui adressa un sourire, un petit geste. Elle l'accompagna dans le parc tandis que la pluie tombait à verse. Pierret sentit qu'elle voulait lui parler, après le mari, comme pour faire obstacle aux contre-vérités si douloureuses qui eussent pu germer du huis clos. Mais c'était une épreuve dont il voulait se dispenser pour l'instant. Il courut à sa voiture, glissa une cassette enregistrée dans son lecteur et écouta religieusement, les yeux fermés, la nuque bien calée contre l'appuie-tête, *Stardust* de Dave Brubeck.

17

Sans nouvelles du commissaire en disponibilité, Simon Rochelin s'était accoutumé à la solitude. Sans douleur, ni souffrance, ni regret, ni remords, sans rien. Il se laissait porter par le temps avec quelques petits plaisirs à la clé, repas fins à Brive, virées nocturnes au *Tacot* pour y boire les derniers verres et discuter avec la jeunesse oisive. Parfois, il lui arrivait de songer que la routine l'avait peu à peu déchargé de ses angoisses. Il ne songeait à Margaux que le matin très tôt dans son lit, avec de violentes crises d'angoisse. Dans ses cauchemars, elle n'en finissait pas de chuter de la falaise, son corps rebondissant d'un roc à l'autre. Elle l'appelait avec la voix rauque de sa mère, fumeuse de cigarettes devant l'Éternel. Il ne se souvenait plus de sa voix, ni de ses sourires, ni des mots qu'elle employait habituellement. *Peu à peu*, se disait-il, *tout s'estompe de ma mémoire, malgré mes efforts, tout se noie et se disloque.*

Parfois, il adressait un petit mot à son vieil ami Eugénio, en poste restante au bureau central de Brive, histoire de lui faire savoir qu'il attendait de lui des nouvelles. « Où en es-tu de l'enquête ? » ou « Peut-être à la longue, me ferai-je à l'idée que nous nous sommes fabriqué un délire pour rien… ». Mais chaque fois que

Simon incitait Eugénio à lâcher le morceau, il le regrettait aussitôt. Et un nouveau message venait contredire le précédent. De son côté, le commissaire en disponibilité restait muré dans son silence. Ni emballement, ni faux espoir. Ce statu quo était pour lui un véritable supplice. Car Rochelin craignait tout autant le mensonge que la vérité. Il voulait croire pour en sortir que sa fille avait chuté de la falaise, et que l'idée d'un assassinat relevait de la divagation.

Un matin, Simon se rendit au fameux dolmen de Pech Pern par le sentier pédestre. Il eût pu s'en approcher en voiture jusqu'au hameau des Tuilleries distant de deux kilomètres seulement, mais l'idée de refaire le trajet de sa fille, pas à pas, en traversant le petit bois de Rageix lui paraissait une nécessité impérieuse. Simon atteignit le fameux Pech au plus fort de l'après-midi. Il avait dédaigné emporter une petite bouteille d'eau pour s'abreuver, si bien qu'il comprit que sur cette butte sèche et aride où la roche jaune et gris affleure un sol calciné par le soleil, il ne tarderait pas à essuyer un malaise vagal. Néanmoins, pour la mémoire de Margaux, il s'imposa un petit quart d'heure de silence et de concentration à l'ombre du dolmen, en mâchonnant des brins d'herbe sèche pour tromper sa soif.

À la vérité, bien que cette idée, soudain, lui parût insupportable, Simon avait dormi une bonne demi-heure au pied du cromlech. C'était un comble pour lui qui s'était promis, avant toute chose, de tirer profit de cette visite pour méditer intensément sur la brève existence de sa fille. Aussitôt, Rochelin se remit en marche en coupant au plus pressé par la lande sauvage pour atteindre la route des Tuilleries.

Le hameau était composé d'une douzaine de maisons : une belle ferme avec bergerie et enclos, deux ou trois maisons de campagne fort bien rénovées et entretenues portant des dénominations de citadins un brin prétentieuses : *La Fée Mélusine, Le Temple des Druides*, ou *Hôtel du Farniente*. Et tout au bout de la rue, légèrement à l'écart, une bicoque délabrée sous deux gros chênes aux troncs et ramures basses noueux. À l'un d'eux, on avait accroché des rectangles métalliques cliquetant au vent, sans doute pour effaroucher les oiseaux. Simon s'arrêta par curiosité. Au bout d'un chemin qui longeait le mur, en contrebas, il reconnut le 4x4 Toyota gris de Léo Vassel. Il hésita à pousser le portail, simplement tenu par une ficelle enroulée autour d'un clou. *Après tout, je n'ai rien à lui dire*, se dit-il. *Pourquoi irais-je le déranger, ce type ? Je ne le connais pas. On ne se doit rien. Passe donc ton chemin, mon pauvre Simon*. Et comme il repartait d'un bon pas vers Marteline, par la petite route départementale, un coup de sifflet l'arrêta net.

— Alors, monsieur Rochelin, on passait de par chez moi sans me saluer ? Ça ne se fait pas, ça. Ah, ces Parisiens ! Un peu fiers. C'est comme mes voisins, là-bas…

D'un geste, il désigna les belles chaumières rénovées.

— Jamais un bonjour. Rien. Sauf quand ça a besoin d'un petit coup de main. Déboucher les fosses à merde ou remettre quelques tuiles sur le toit après l'hiver…

En trois enjambées, Léo le rejoignit. Ils se serrèrent la main d'un geste énergique.

— Je croyais que vous étiez parti. J'ai posé la question à la maquerelle, sur vous, oui, sur vous, mais elle ne m'a pas répondu, comme si j'étais rien de moins qu'une mouche à merde.

— Quelle maquerelle ? demanda Simon.

— Valentine Lévêque.

Rochelin haussa les épaules. Il avait cru que l'hôtelière faisait partie de ses proches amies.

— Vous avez la dent dure, camarade, dit Rochelin en lui tapotant l'épaule.

— Ici, tout le monde se connaît trop. Rien ne passe inaperçu. La moindre paille en croix et ça nous fait des romans. Sur les uns et sur les autres.

Comme Simon s'apprêtait à poursuivre son chemin, le bonhomme insista pour le faire entrer dans sa maison. Cette invite ennuyait Simon. Il n'avait aucune envie de perdre son temps sur des chemins de traverse.

— Non, au contraire, vous ne m'ennuyez pas, cher monsieur le Parisien. Je vous apprécie beaucoup. Notre virée sur la Dordogne… Et tant d'émotions partagées, mon cher, voici qui crée des liens. J'y songe souvent. Allez ! Je compatis à votre malheur. Que croyez-vous ? J'ai un cœur sensible. Comme tout le monde.

Simon se sentait piégé par ses bons sentiments, pour une fois encore, et ça le contrariait de n'être pas aussi libre de ses gestes qu'il l'aurait désiré. Libre et seul. Et pourtant, n'était-ce pas dans son caractère de céder à ces multitudes de petites obligations inutiles qui pourrissent une existence ?

En traînant le pas, il l'accompagna jusqu'à sa porte. Puis hésita encore, se retournant une ou deux fois vers la route.

— Je ne resterai pas longtemps, prévint-il.

Mais Vassel était fier de recevoir Rochelin dans son antre. Au bout d'un couloir encombré d'outils de jardinier, il s'arrêta devant une montagne de livres amassés en vrac. C'était tous des OSS 117 et des SAS et autres Paul Kenny.

— Vous lisez ça, monsieur Vassel, des romans d'espionnage ?

— Ah, pas de monsieur, appelez-moi Léo. Oui, en effet. Surtout pas les Maigret. C'est trop compliqué pour moi. J'aime pas la description des personnages. Il n'y a que l'action qui compte, avec plein de détails.

— L'action avec des détails ?

— Oui, c'est ça. Et pas de sentiments. Du brut de décoffrage.

Il se mit à rire.

— La vie sans complication, résuma-t-il. C'est ma vue des choses. Par exemple, moi, je travaille juste pour gagner de quoi vivre. Et à la condition que ça me laisse du temps libre. Parce qu'il n'y a que deux choses qui m'intéressent dans la vie : la pêche et la chasse, comme vous le savez. Et je pratique en hors-la-loi. Comme on le faisait jadis, avant qu'on ne veuille domestiquer l'individu, en faire un esclave, avec des lois et des règlements.

Simon écoutait Vassel distraitement, qui tournait en rond dans sa cuisine en désordre. L'évier était empli de vaisselle sale, et sur le sol en ciment gris traînaient de-ci de-là des épluchures de carottes et de pommes de terre. Au fond d'un faitout, sur un réchaud à gaz, stagnaient les restes d'un civet baignant dans une sauce au vin fleurant l'aigre.

Le maître des lieux sortit un verre Duralex qu'il essuya machinalement pour l'emplir de vin. On trinqua et on but cérémonieusement. Vassel attendait sans doute un compliment du visiteur sur son pinard, mais rien. Il n'y avait rien à dire sur ce mauvais vin tournant au vinaigre. Ils s'observèrent longuement dans le silence seulement troublé par les mouches voletant dans la pièce, de grosses mouches à viande au vol lourd et bruyant. D'autres, moins chanceuses, s'étaient prises sur un ruban encollé.

— Alors, monsieur Rochelin, où en êtes-vous de votre enquête ?

— Quelle enquête ? Je ne fais pas d'enquête.

— La maquerelle m'a parlé d'un de vos amis, descendu de Paris.

— Oui, ajouta Simon, en effet, un ancien collègue est venu me rendre visite. Et alors ?

— Je me disais que peut-être...

Léo Vassel tourna la tête de côté pour échapper au regard persistant de son visiteur, et continua :

— Ne me prenez pas pour un imbécile. Je vois clair dans les choses, moi. M'est avis que vous ne vous contentez pas d'une conclusion trop rapide sur votre fille... C'est peut-être une chute, ou autre chose ?

Rochelin prit un cigare et l'alluma, puis soudain, en proposa un à Vassel.

— Non, je fume pas les barreaux de chaise, déclina-t-il en se resservant un coup de picrate.

Simon posa la main sur son verre pour qu'on ne le resservît pas.

— M'est avis, reprit-il, que vous soupçonnez ce petit Bazillac d'avoir fait un mauvais coup à votre fille, non ?

— Je ne soupçonne personne.

— Vous ne croyez pas à l'accident, insista Vassel.

— Et vous ?

— J'en sais rien. Je crois que vous lisez trop de romans policiers.

Le bonhomme alla dans la pièce voisine, et à ce moment, on entendit distinctement des geignements. Puis un petit cri strident. Léo Vassel revint dans la cuisine.

— C'est ma mère, fit-il. Elle a perdu la carte il y a deux ans. Depuis je l'ai sur les bras. Je pourrais la placer dans une maison de retraite. Mais je ne veux pas, pour elle, d'un mouroir. C'est contraire à mes principes. Si on m'y obligeait, mieux vaudrait, la pauvre, que je lui donne un bouillon de onze heures... Vous me comprenez ?

Rochelin se prit la tête dans les mains. Il avait envie de prendre le large, au plus vite. *Pourquoi ai-je accepté cette invitation ?* se reprochait-il.

— Vous êtes bien venu me voir, n'est-ce pas ? Un type comme vous n'est pas dans ma maison par hasard ?

— Non. Je vous assure. Je ne savais pas que vous habitiez ici.

Le bonhomme parut surpris. À sa réaction, Simon comprit que Vassel ne le croyait pas.

— Tout le monde sait où j'habite, insista-t-il. Et vous aussi, cher monsieur Simon. Mais j'ai hélas rien à vous dire.

— Je suis monté à Pech Pern pour voir...

— Les pierres levées, c'est bien ça ?

— Oui. Ma fille s'y est rendue la veille de sa disparition. Je voulais me rendre compte à quoi il ressemblait, ce dolmen.

Le type se mit à ricaner, tant et tant que son visiteur lui en demanda la raison. Mais il refusa de répondre en croisant les bras pour se donner de l'importance.

— C'est un dolmen, comme celui de Miers, dit Simon d'une voix éteinte comme s'il se parlait à lui-même, et vieux de quatre ou cinq mille ans.

— Le vieux Gussy, un savant du patelin qui s'intéressait à toutes ces choses du passé, disait que celui de Pern était *lou presintoir*.

— Qu'est-ce donc, *lou presintoir*?

— Une pierre à sacrifice. À ce qu'en disait ce pauvre Gussy, on y attachait une vierge nue pendant quatorze jours. Autant dire que la jeune fille finissait par être bouffée par les bêtes sauvages. Personne n'avait le droit de venir la délivrer. C'était comme qui dirait une offrande au dieu lumière pour obtenir le pardon de toutes les fautes commises. À l'époque, c'était comme ça, chez les ancêtres druides et sorciers.

Léo Vassel se proposa de le reconduire à Marteline pour poursuivre la conversation sur la disparition de sa fille.

— Mon idée, insista-t-il une fois installés dans le Toyota, c'est que le rejeton des Bazillac a abusé de votre petite. Et qu'il l'a supprimée. Voilà, c'est dur à entendre, mais c'est dans le style du personnage. Vous devriez faire rouvrir une enquête pour qu'on lui demande des comptes. Faut pas se laisser impressionner par le vieux Paul. C'est un bourgeois plein aux as. Ici, tout le monde le déteste. Et son fils aussi. C'est un coureur de première. On ne compte plus les ménages qu'il a démontés, ce p'tit salopard.

Mais au lieu de le conduire à Marteline, Vassel fit un détour pour lui montrer le bois des Arques. Ce changement de dernière minute, inopinément, ne fut pas sans surprendre Simon. Les Arques n'était qu'à deux ou trois kilomètres à vol d'oiseau de Roc-de-Port où Margaux avait été retrouvée morte.

— Pourquoi m'emmenez-vous là-bas?

Le bonhomme resta silencieux. Il n'en revenait pas d'avoir osé dénoncer à l'étranger le jeune Marceau. Il était surpris de son absence de réaction. *Mais qu'importe*, se disait Vassel, *mes accusations finiront par lui ouvrir les yeux.*

La voiture prit un chemin de terre et de pierrailles qui serpentait dans les profondeurs de la forêt. Il s'arrêta sur un môle. On distinguait à travers les arbres la vallée de la Dordogne, tout en bas.

Léo descendit le premier. Simon resta d'abord sur son siège. Il n'était pas décidé à le suivre.

— Vassel ! Votre accusation est gratuite. Vous n'avez pas de preuve. N'est-ce pas, insista-t-il, vous n'avez rien ? Rien du tout. Sinon votre haine pour ce petit-bourgeois. Cette aversion, je peux la comprendre. C'est une haine purement sociale : lui est un enfant de bonne famille et vous un pauvre type.

Vassel grimpa sur le talus, escalada la pente en s'accrochant aux arbrisseaux. Puis il invita Rochelin à le suivre en l'aidant d'une rude poigne.

— Je ne voulais pas vous suivre, se défendit-il, à moins que vous ayez quelque chose d'intéressant à me montrer…

Ils marchèrent en silence une bonne centaine de mètres et prirent un petit sentier envahi de genêts et de buissons noirs.

— C'est ici que je viens capturer les lièvres et les lapins de garenne.

Il lui montra la position de ses collets.

— Je les fabrique en faisant brûler les gaines de petits fils électriques en laiton et je les enduis de saindoux pour enlever l'odeur humaine.

Simon l'observait en souriant. *Ce bonhomme*, pensait-il, *appartient à l'ancien monde. Plus proche des sacrificateurs du Pech Pern que des inventeurs du Macintosh.*

Plus loin, il lui montra son abri pour la chasse à l'affût, assez rudimentaire pour s'intégrer dans un fouillis d'arbres. Il expliqua que sa position importait le plus.

— Situé en mauvais vent, fit-il, c'est une cause essentielle d'échec. Ici, j'ai tiré nombre de sangliers et de chevreuils avec une carabine à lunette de visée. Les grosses pétoires sont à éviter à cause du bruit d'enfer. Le matin très tôt ou le soir, précisa-t-il. Et avec un appeau on attire les chevreuils. Fiou fiou, fit-il. J'utilise une feuille de hêtre, de bouleau ou même de lierre. On la tient à la main et on la pose là, sur la lèvre inférieure. Puis on souffle sur la tranche supérieure de la feuille. Ça fait un son qu'on amplifie ou réduit avec l'intensité du souffle. C'est le cri d'appel de la chevrette pour attirer le mâle. Une sorte de bêlement, oui, c'est ça. À pratiquer tôt le matin ou tard le soir. Ah ! fit-il, assez fier de lui au cœur de son domaine favori, je pourrais vous en apprendre…

— Ce savoir que vous maîtrisez si bien est au-delà de mes goûts personnels. Ne l'aviez-vous pas remarqué ? Je suis un homme de la ville. Un pur citadin qui passe ses soirées au cinéma, au théâtre, dans les restaurants du boulevard Montparnasse ou dans les clubs de jazz, le *New Morning* ou le *Sunset.*

Une étrange tristesse s'empara de Léo Vassel. Il ne pouvait concevoir qu'on ne soit pas attiré par ses chasses, ses pêches et ses repères disposés à cinq ou six endroits des garennes et des bois, le tout à Arques où le braconnier passait la plus grande partie de son temps, lorsqu'il ne relevait pas les compteurs chez les particuliers.

— Allez, fit-il en lui tapotant l'épaule, je vous apprécie, monsieur Simon. Je voudrais tant vous aider dans vos recherches. Mais voilà. Vous ne me croyez pas. Vous pensez que je raconte des bobards, pour amuser la galerie. Non, non. Je sais ce que je dis. Marceau, cet enfant de putain, est aussi un braconnier dans son genre. Mais lui, sa préférence va vers les filles. Et quand elles lui résistent, il les tue. Voilà.

18

7 juillet 91 – Je ne puis me résoudre à te perdre. À t'effacer de ma vie comme si tu n'avais pas existé. À savoir que tu es encore de ce monde et que tu te fiches de ce que je deviens. À réaliser que mes belles et profondes suppliques sont comme des bouteilles jetées à la mer, trimbalées au gré des courants et des tempêtes. Les ouvres-tu seulement, mes lettres ? Je m'interroge. Si c'est le cas, alors rien n'est plus horrible pour moi, de penser que je parle de nous, de ce que nous avons été et de ce que nous ne sommes plus l'un pour l'autre, comme un cri dans le désert.

Alors, oui, je continue à t'écrire, Thérèse, ma chère Thérèse, comme si mes mots pouvaient encore t'atteindre. Je me nourris de cette illusion, comme d'autres croient au surnaturel.

J'ai déménagé de la rue Saint-Jacques pour aller m'installer porte Maillot. Cet appartement était trop vaste pour moi. Lorsque nous disposons de trop de pièces, nous finissons par les emplir de choses inutiles. Il y a en chacun de nous, surtout chez ceux qui veulent capturer le temps pour le mieux maîtriser, un complexe de Diogène. J'ai voulu me prouver que je pouvais m'en défaire d'un claquement de doigts. En faisant venir des déménageurs professionnels, et profitant de mon absence, ces derniers ont opéré avec une extrême rigueur par le vide, le vide, le vide. Et lorsque je suis revenu rue Saint-Jacques, que j'ai traversé en long et en travers les huit pièces, j'ai compris que tout ça était à l'image de ma vie. Ma voix résonnant entre des murs creux. Alors je suis parti à l'hôtel. J'y ai invité une amie pour faire la fête. Une des dernières qui me restent. Finalement, nous n'avons rien fait que nous observer en parlant du temps passé. Le sien, le mien, une longue litanie de regrets. L'amour, la passion ne se convoquent pas. Parfois ils font irruption quand on ne les attend pas. Heureuse surprise. Mais voici qui ne m'arrivera plus, l'amour, la passion, pour la bonne raison que l'attente vaine en a ruiné la magie en moi.

Bref, tout cela est ma faute. Il est vrai que seule toi, ma chère Thérèse, pourrait réveiller la flamme. Mais je m'humilie à t'écrire des choses pareilles, d'une violence extrême, d'une suffisance imbécile. Je me prosterne à tes pieds. Et levant le regard, je ne vois que le sourire hautain de cette Judith I *de Gustav Klimt, si lointain, immatériel. Et qui semble me dire : Cause toujours, chante mon serin, je te méprise. De ma hauteur, je te méprise. Regarde ce pied nu que je pose sur ton épaule. Le sens-tu ? Voici qu'il te fait plier jusqu'au sol. Rampe donc à ton aise.*

Pour le nouvel appartement de la porte Maillot, j'ai fait livrer du moderne, rien que du Roset. Aucun souvenir ne viendra s'y accrocher. Tout périra avec moi, et sans laisser quelque trace d'importance. Je trouve plaisir à me réduire, me rapetisser, dans un espace inondé de lumière. Peut-être était-ce ce que je voulais obtenir de toi par mon « dressage », ce rapetissement qui flattait mon orgueil d'homme. Tu as fui. Tu as rompu tes liens. Peut-être en as-tu déniché d'autres, insoupçonnés. Ou bien te voici caracolant comme un cheval fou délivré de ses harnachements. Je ne sais pas. Je voudrais parfois que tu aies trouvé un maître digne de toi, que tu sois enserrée dans ses liens, et qu'il te faille discuter encore et toujours avec lui quelque parcelle de liberté. Mais en y réfléchissant, je crois que tu auras préféré rester seule. L'amour est un piège. Personne n'en réchappe indemne. Certains se tuent, d'autres s'enfuient pour finalement, tôt ou tard, retomber dans les mêmes travers.

Assez pour aujourd'hui. Je dépose humblement un baiser sur ton épaule nue. Je guette un frisson et ne le sens et ne le vois.

William A.

Comme les deux lettres précédentes, Juliette enflamma cette dernière, après l'avoir lue à haute et intelligible voix, sur la flamme de la bougie. Elle attendit que les cendres finissent dans une coupelle, puis les broya entre ses doigts, délicatement, jusqu'à ce qu'il ne restât plus qu'une fine poudre grise.

Décidément, le cérémonial du jeu ne l'avait pas quittée malgré les conseils insistants de l'abbé Albrest. Pourtant, il lui avait conseillé de se délivrer au plus vite de ce péché par la prière.

— Mais quel péché ? avait-elle demandé au prêtre en se signant.

— On n'a pas le droit d'entrer dans l'intimité d'une personne. Notre Seigneur réprouve cette pratique malsaine.

— Comment parviendra-t-on alors à traquer l'esprit démoniaque qui sommeille en chacun de nous ? N'est-ce pas une vigilance de tous les instants ? Ou je ne comprends plus rien à nos Saintes Écritures.

Le père s'était enfui en marmonnant, après avoir ouvert en grand fenêtres et volets. Le père Albrest jugeait que sa paroissienne avait besoin de s'aérer, la tête surtout, et de voir en pleine lumière la beauté du monde.

Aussi, Juliette s'installa sur une chaise, avec une vue imprenable sur les jardins de Mme Anglard. En se tordant le cou, elle l'aperçut en conversation avec sa protégée, celle qu'elle appelait Colombe. Depuis le début Mlle Valeyne jalousait cette relation, qu'elle flairait comme une sorte d'amitié particulière empreinte de sentiments troubles. Chaque fois, dans les mots, les gestes, elle tentait de traquer les indices qui eussent pu conforter ses soupçons.

Dans le parc des Murelles, derrière ses murs gris et ses boiseries couleur bleu charron, Thérèse sentit la première qu'elle était observée par la grenouille de bénitier d'en face. Elle poussa du coude Léna Colombier qui porta, instinctivement, son regard vers elle. Se sentant observée, Juliette s'éloigna de sa fenêtre.

— Mais c'est vrai, s'écria Colombe, ça fait longtemps qu'elle ne nous a pas rendu visite…

Thée se leva et lui fit signe, avec une certaine insistance.

— Elle a des pudeurs de pucelle.

Colombe éclata de rire.

— Vous pensez vraiment ce que vous dites, Thée ?

— Je le crois, oui. Mais je ne vois pas dans mon cercle qui pourrait prendre ça en main.

Léna se détourna en rougissant. Et voyant sa réaction, Mme Anglard lui prit la main.

— Qu'ai-je dit qui t'a offusquée ?

— Rien, dit-elle. Non ! Rien du tout.

— Ah ! fit Thée en courant chercher une théière dans la cuisine.

Lorsqu'elle revint, la jeune fille s'était réfugiée près de la tonnelle pour lire quelques pages de *L'Étranger*. Soudain, elle interrompit sa lecture pour fixer son hôte droit dans les yeux et dit d'une voix au bord de la colère.

— Je n'ai encore jamais eu personne. Vous comprenez ?

— Oui, ma petite, soupira Thérèse qui la prit dans ses bras. Il ne faut pas te mettre dans ces états pour si peu. Tu es si jeune, si jolie, fragile comme une poupée de porcelaine.

Ici, songea Thérèse, *il n'y a pas de garçons convenables pour Colombe. Ce sont tous des cyniques, des bellâtres, plutôt grossiers à leurs heures. Et tellement désinvoltes pour tout ce qui touche aux sentiments.* Elle songeait à Rosetti avec un peu de vague à l'âme. Depuis la scène du bureau, il ne lui avait pas adressé la parole, comme si ce petit imbécile, après avoir obtenu ce qu'il voulait, en tirait quelque fierté mâle.

Enfin, Juliette osa s'approcher à pas timides. Elle hésitait et se reprenait, en baissant la tête. Cette singulière réaction passa inaperçue. La propriétaire des Murelles était loin de se douter qu'elle était devenue, à ses yeux, un succube lilithien.

La visiteuse lui tendit une main molle. Et quand Mme Anglard voulut la prendre dans ses bras pour saluer son retour, elle eut un mouvement de recul. Quant à Colombe, elle feignit d'ignorer sa présence. De quel sceau maléfique était-elle frappée ? Mais qu'importe,

Léna ne la portait guère dans son cœur. Elle ne comprenait pas les trois quarts de ses discours. Ainsi n'en fut-elle pas vexée.

— Vous avez changé, nota Thée d'un regard incisif.

— Non. Bien sûr que non. Pourquoi me dites-vous cela ?

— Je vois distinctement en vous, ma chère. Vous ne m'aimez pas. Ou plutôt vous n'aimez pas mes façons de penser et de vivre. C'est bien cela ?

— Ah non. Ne croyez pas ceci. Mais j'ai beaucoup réfléchi sur vous. Je ne crois pas que votre mari était aussi maléfique que vous le dites.

Thérèse se mit à hocher la tête tout en soutenant son regard. Ni l'une ni l'autre ne baissaient la garde.

— Vous ne savez pas qui est William et ce qu'il m'a fait. Toutes ces années perdues. Je ne peux me retourner sur ce passé sans m'en vouloir, sans détester ce que j'étais durant cette époque, prisonnière de ses griffes. Mais, ajouta-t-elle, je vous pardonne volontiers, puisque vous ne savez pas de quoi vous parlez. Écrivez-lui, si vous voulez ? Il vous suffira de prendre une de ses lettres dans le tas et vous y trouverez le moyen de le joindre. Que puis-je vous dire de plus.

Léna lui apporta une tasse de thé. Elle en flaira l'arôme. Puis se décida à en prendre une gorgée.

— Que font tous ces jeunes gens chez vous ? Je m'interroge. Notez que ça ne me regarde pas.

— Ce sont des comédiens qui répètent une pièce pour la fin de ce mois. Ils la joueront place de la Halle.

— Quel ouvrage ?

Thérèse Anglard raconta dans les grandes lignes le thème de la pièce d'Havel. Juliette perçut ce sujet-là d'assez loin. En matière de théâtre moderne, elle n'était pas très instruite. Aussi cessa-t-elle de l'écouter assez vite. Seules les lettres de William Anglard l'intéressaient. Toutefois, elle n'en chiperait aucune autre. Le prêtre le lui avait fait jurer devant Dieu. Ce n'était pas une promesse facile à tenir. Sa curiosité était si forte, si captive, qu'elle agissait sur elle à la manière d'une drogue. Il lui semblait que connaître par d'infimes détails les relations de William avec Thérèse lui permettrait d'approcher une certaine vérité sur le sens de la vie.

Après le thé et les petits gâteaux, la propriétaire invita Juliette dans son salon. Pour une fois Colombe y avait mis un peu d'ordre avec l'autorisation de Thérèse. La pensionnaire des Murelles ne pouvait s'empêcher de faire du ménage, d'astiquer les cuivres, de ranger les livres dans la bibliothèque selon un ordre précis, les classiques d'un côté, les modernes de l'autre et les essais dans un endroit réservé. Contre toute attente, ce remue-ménage ne soulevait aucune réserve de Mme Anglard. Louise et Roxane ne manquèrent pas d'ironiser sur la placidité de Thée qui, d'ordinaire, recommandait de ne rien chambouler dans sa maison, comme de déplacer des tapis, des fauteuils, des banquettes… Roxie se permit même de dire que cette frêle jeune fille, timide, et un peu niaise, la tenait par le bout du nez et qu'elle se permettait de faire ce qu'on n'aurait jamais admis de ses invités. Si bien que, parfois, sans vouloir l'appeler par son surnom, on disait : « ta fille adoptive ». Cependant, Mme Anglard ne relevait pas l'allusion, à croire que finalement, elle en acceptait l'idée. Au fond, on avait deviné dans son entourage que cette petite Léna était la copie conforme d'une jeune Thérèse, jadis taillable et corvéable par des parents tyranniques et peu aimants dans la Brenne.

Juliette passa en trottinant devant la montagne de lettres sans les regarder. Elle se tenait la tête baissée, les mains jointes, empruntée de tout son corps. Elle s'assit à l'endroit que Thérèse lui désigna, en ajustant bien sa robe, les mains passant et repassant sur ses cuisses pour effacer le moindre pli à la manière d'une nonne craintive.

— C'est donc là que ça se passe, fit-elle du bout des lèvres.

Thérèse réprima une forte envie de rire. Elle devinait ce qui occupait l'esprit de Mlle Valeyne, les orgies, les stupres, les blasphèmes…

— Nous passons de longues soirées à discuter, rire et aussi travailler, quelquefois. Assez rarement, rectifia-t-elle. Mes hôtes sont des gens convenables. Certes, ils ne croient pas en votre Dieu. Vous allez me dire : *si Dieu n'existe pas alors tout est permis.* Vous connaissez cette citation de Dostoïevski ? Non, tout n'est pas permis. L'homme libre, affranchi des religions et de ses lois christiques, se doit donc d'inventer une nouvelle morale. Tout n'est donc pas permis, répéta-t-elle.

Nino Rosetti entra à ce moment en applaudissant sur les derniers mots de la conversation. Puis il alla s'incliner devant Mlle Valeyne. Il lui tendit la main, mais elle la refusa.

— Vous n'aimez pas votre prochain, lorsqu'il ne pense pas comme vous, dit-il avec un sourire espiègle.

Thérèse le présenta comme le metteur en scène de la pièce en chantier. C'était un titre flatteur, au moment même où son crédit dans la troupe s'effondrait peu à peu.

— Alors, fit-il toujours penché vers Juliette, voici notre chère voisine. Thérèse nous a beaucoup parlé de vous. En très bons termes. Nous serions heureux, pour lever quelques malentendus, de vous avoir aux répétitions.

— Oh certes non ! se défendit Mlle Valeyne. Je n'ai pas de goût pour le théâtre. Je n'y peux rien. J'ai été élevée ainsi. Dans la religion. Ma croyance en un Dieu rédempteur m'a apporté tant de satisfaction. Avec un regret, tout de même, mais je ne puis m'en prendre qu'à moi…

Juliette tout en parlant se torturait les mains, comme posées sur un gril. Et le souffle coupé, elle dut s'arrêter de parler, les yeux clos, à deux doigts de chavirer de son siège.

— J'aurais voulu prononcer mes vœux pour devenir une sœur bénédictine. Mais ma famille s'y est opposée. Mon père surtout. Ce fut, hélas, le grand malheur de ma vie. Car rien de ce monde turbulent et velléitaire ne m'intéresse… sinon la contemplation et le don de soi, total, à Jésus-Christ.

Rosetti se laissa tomber sur son séant, aux pieds de Mlle Valeyne, les mains ouvertes vers elle. Il la fixait avec une attention soutenue.

— Ici, hélas, nous n'avons rien à vous offrir qui puisse combler votre foi, chère madame. Que des pensées terriblement matérielles.

Thée prit Rosetti par l'épaule et l'incita à se relever. Ses imbécillités coutumières la dérangeaient. Puis Roxie et Louise entrèrent à leur tour. Elles paraissaient courroucées par Nino. Elles parlaient haut et fort de la pièce, des erreurs grossières de mise en scène.

— Il a même coupé une partie du texte parce que ça lui paraissait superfétatoire. Je lui ai dit qu'un metteur en scène digne de ce nom ne supprime pas un dialogue pour satisfaire sa propre incompétence. Est-ce que tu me comprends, Thée ?

Celle-ci détestait être prise à partie, chez elle, au beau milieu de l'après-midi. Après tout, elle ne s'était jamais investie dans les répétitions. *Je ne suis qu'un simple témoin*, se disait-elle. *Comme un spectateur ordinaire.*

— Qui se rendra compte que nous avons ôté deux ou trois pages ? De toute façon, les gens d'ici ne savent même pas qui est Václav Havel…

— Tu méprises ton travail, et pire encore le public, jura Louise.

Roxane l'entourait de ses bras, la retenait, tentait de calmer sa colère. Sans succès.

— Voici un exemple de nos conversations journalières, chère Juliette. Il n'y a pas de quoi faire rougir une sœur bénédictine.

*

Finalement, contre toute attente, Juliette trouva quelque intérêt à s'attarder aux Murelles. Si quelques heures plus tôt, elle s'était juré de n'y passer qu'une poignée de minutes pour entretenir l'esprit de bon voisinage, voici que la nuit était tombée et que la fine équipe la retenait à dîner. C'était comme d'ordinaire un repas froid, du saucisson, du jambon blanc et sec, des pâtés truffés du pays, quelques paquets de chips, et du pic-saint-loup pour faire passer tout ça. Il n'y avait pas de tablée. Chacun promenait son assiette dans le salon et les pièces adjacentes et son verre qu'on allait faire remplir dans la cuisine. Juliette suivait pas à pas Thérèse comme si elle avait peur de se perdre. Les oreilles aux aguets, elle ramassait tout ce qu'elle pouvait des conversations. Déjà, Mlle Valeyne savait qu'il y avait de l'eau dans le gaz entre M. Rosetti, l'insolent – du moins le jugeait-elle ainsi –, et sa petite amie, Louise – la dévergondée. Quant à Roxane, elle était sans doute très amie avec Louise. Mais c'était, selon ses observations, une amitié très compliquée. Elle subodorait que cette fameuse Roxane avait des vues sur le héros de la troupe, ce qui sans doute ne tarderait pas à aviver la jalousie de sa rivale. Certes, Juliette se trompait dans les grandes largeurs. Mais comment aurait-elle pu imaginer que Louise et Roxane étaient amoureuses l'une de l'autre, en cachette ? Quant à Nino, elle avait la dent dure contre lui, *un mécréant de la pire espèce*, pensait-elle.

Le dernier acteur qui manquait à l'appel, Adam Field, arriva vers 10 heures du soir. Juliette le trouva tellement effacé qu'il paraissait n'être qu'un figurant dans le décor, muet, secret, taciturne. Dans le fil des conversations, elle comprit qu'il était le petit ami de Roxane. Mais si distant que la visiteuse en vint à douter de ses sentiments. Tout ce qu'elle apprit de lui, c'est qu'il n'arrivait pas à retenir son texte. *Fâcheux pour un comédien*, pensa-t-elle. Et au fil des minutes, elle en vint à le plaindre, ce gentil garçon, plein de prévenance à son égard.

Servie par la main généreuse de Rosetti, Juliette chercha à qui verser la moitié de son verre. Elle ne trouva qu'Adam pour lui rendre ce service.

— J'avais entendu parler de vous, lui dit-il.

— Ah oui ! Par qui ?

— Thérèse. Elle vous aime bien dans le fond. Parfois, elle expédie des réflexions vexantes, mais c'est sa manière. Vous savez, elle a eu une vie difficile. Un mari qui l'a torturée psychiquement.

— Je n'en suis pas aussi sûre que vous.

— Pourquoi, vous le connaissez, son mari ?

— Certes non. Mais c'est l'époque qui veut ça, avec la libération des femmes, enfin, vous comprenez, les mœurs débridées… Ça conduit à ces extrémités fâcheuses : les hommes ont désormais le mauvais rôle. Et ils veulent recouvrer leur autorité masculine. Pourquoi les en blâmer ?

Adam ricana, doucement.

— Vous n'avez jamais été mariée ?

— Oh non. Le Bon Dieu m'en garde.

— Peut-être que… Pardonnez-moi de vous dire cela, mais vous avez une vision archaïque de ces choses. Je défends l'idée que Thérèse a eu raison de s'affranchir d'un mari qui ne lui apportait rien. Bien au contraire.

— Et vous, monsieur Field, êtes-vous en couple ?

— Oh si peu.

Il se mit à sourire, leva son verre et le descendit d'un coup avec rage et désespoir.

— Que voulez-vous dire ?

— J'ai une liaison avec Roxane.

— Ah bon. Je ne m'en étais pas aperçue. Ça alors !

— Ça ne m'étonne pas. Il y a parfois des amours qui sont invisibles à l'œil nu. Le mien par exemple.

Voyant qu'elle était l'objet d'une attention soutenue, Roxane s'approcha d'Adam. Elle lui jeta un regard furieux.

— Tu me négliges, lui expédia-t-elle en plein visage.

Le garçon se dressa sur ses ergots, sa fierté offusquée. Juliette recula de quelques pas pour venir buter contre Thérèse. Cette dernière la prit rudement sous son aile, jugeant sans doute qu'il fallait mettre à profit sa présence dans son salon. Elle l'entraîna vers le milieu de la pièce, écarta les rideaux de la fenêtre. Puis elle lui montra sa demeure de l'autre côté de la rue.

— C'est de là, fit-elle avec un air amusé, que vous nous observez ?

Mlle Valeyne détourna la tête. Pour rien au monde elle ne voulait montrer son désarroi.

— On se distrait comme on peut dans ces petites villes de province.

— Et vous aussi, visiblement, Thée, car vous n'en partez jamais, été comme hiver.

Celle-ci aurait voulu expliquer que sa réclusion était pour elle comme une réparation de ses blessures anciennes. Mais sans doute en avait-elle dit assez sur sa vie passée pour venir, ici, encore, ajouter des mots inutiles. Il n'y avait personne autour d'elle pour la comprendre, et surtout pour comprendre la nature véritable de son immense orgueil. La régularité et la persistance maladive des lettres de William, paradoxalement, la flattaient. Mais le silence et le mépris qu'elle entretenait envers son mari étaient un lent poison mortel. Seule Louise, dans la petite bande, percevait cette réalité et s'en amusait aussi. « C'est comme s'il comptait encore pour toi, ce vilain bonhomme. T'en rends-tu compte ? » lui avait-elle soufflé deux semaines plus tôt.

Puis elles tournèrent, toutes deux, le dos à la rue, adossées à la fenêtre. Mme Anglard lui prit la main. Juliette n'osa la retirer bien qu'elle ne comprît pas le sens de cette familiarité.

— Nous nous ressemblons, vous et moi.

Mlle Valeyne haussa les épaules. Elle ne saisissait pas le sens de ses allusions.

— Je ne crois pas, se défendit-elle.

— Nous attendons toutes deux quelque chose qui ne viendra jamais.

Elles traversèrent le salon pour prendre place sur un canapé. Nino avait légèrement augmenté le son de la chaîne stéréo diffusant *Sunday Morning* des Velvet Underground.

— Ça me rappelle des souvenirs, dit Thée. Le printemps 68.

Elle écrasa une larme. Nino la rejoignit et s'assit à ses pieds. Juliette se déplaça instinctivement sur le bord de la banquette, mains jointes et genoux serrés.

— Moi, murmura Juliette, je n'ai jamais eu de jeunesse. Je ne sais pas ce qu'est l'insouciance, la désinvolture et peut-être, aussi, la liberté. En y songeant, soudain, je me dis que mon existence n'a été qu'une longue suite de servitudes.

Elle soupira en fixant le plafond. Elle s'accorda un moment de silence dans l'espoir, peut-être, d'une réaction.

— Mais, repartit-elle, ce furent mes choix. Personne ne me les a imposés. La contrainte m'a élevée à certaines hauteurs. Et dans le fond, j'en éprouve de la fierté. Ici, compléta-t-elle d'un ton pincé, je ne vois que de l'avachissement.

Rosetti éclata de rire en tournant la tête vers elle.

— Il y a du regret en vous, mademoiselle Valeyne. Le temps perdu ne revient pas. Il nous laisse un goût amer. C'est tout.

— Peut-être devrais-je partir ? fit-elle dans un sursaut. Avant de me parjurer.

— Comment pourriez-vous violer un serment que vous n'avez pas prononcé ? dit Thée.

— J'ai conservé intact le désir de prononcer mes vœux. C'est ce qui compte à mes yeux. Et je maudis mon père d'avoir contrarié mon destin. Mais là ! s'exclama-t-elle, je me répète. Je radote.

Louise et Roxane s'étaient rapprochées de Juliette. Voici un langage qu'elles ne comprenaient guère, qu'on pût s'enfermer, ainsi, volontairement, dans une prison mentale. Pour Dieu, pour un homme, pour une idée… C'était égal.

Soudain, Adam se mit à déclamer, à l'autre bout du salon, l'une des répliques de la pièce qu'il ne parvenait jamais à dire sans buter sur les mots. On l'écouta religieusement.

— *Comprenez-vous, ma femme n'a pas voulu dire qu'il ne faudrait pas liquider le Service de l'inauguration et maintenir l'Office de la liquidation ou liquider l'Office de la liquidation et maintenir le Service de l'inauguration, si c'était stratégiquement nécessaire…*

Rosetti l'applaudit avec force. C'était un exploit. Un pas en avant considérable pour Adam qui n'avait jamais réussi à articuler convenablement cette petite tirade de l'acte IV.

— Mais, ajouta Nino, tu devras y mettre un ton de grande lassitude, comme si cette réflexion de Pludek résumait toute l'absurdité d'un système. Faut-il en rire ou en pleurer. Voilà la nuance. Rire ou pleurer. Entre les deux.

Adam parut soudain rassuré.

— Mériterai-je de jouer quand même ? Moi qui prise mieux *La Mouette*. Je me serais bien vu dans le rôle du vieux Sorine : *Moi, mon ami, j'aime les littérateurs*, fit-il en valsant dans le milieu de la pièce, l'index en l'air. *Dans le temps, je voulais passionnément deux choses : je voulais me marier et je voulais devenir littérateur, mais je n'ai réussi ni l'un ni l'autre. Oui. N'être qu'un petit littérateur, c'est agréable à la fin des fins...*

Il goûta bien les applaudissements, même ceux de Roxane qui avaient été si rares depuis leur arrivée à Marteline. Elle ajouta :

— Tu y arriveras dans *La Fête en plein air*, avec un peu de ténacité.

— À condition, répéta Nino, que tu y mettes le ton juste.

Mais comme Adam insista sur le mauvais choix, plutôt Havel que Tchekhov, Rosetti piqua une sombre colère. Celle-ci, à vrai dire, parut un peu exagérée, du goût même de Thérèse.

— Ah ! s'exclama-t-il, pourquoi ne me soutiens-tu pas, Thée ? Comme ce serait simple, plutôt que m'affronter. Et surtout m'apporter ton expérience, celle que tu as acquise auprès de James Cole.

Après le départ de Juliette, que cette soirée avait décontenancée, Nino alla s'enfermer avec Thée dans le bureau. Cette autorité amusait et intriguait fort la maîtresse des lieux, car elle eût pu tout aussi bien lui opposer un non ferme et clore ainsi la séquence amoureuse.

Une fois la porte fermée, elle se plaça à distance, le bureau entre eux deux.

— Je n'aurais jamais dû te reconduire ici, Nino. Ce n'est pas pour autant que tu profiteras de ma faiblesse…

Il se vautra dans le fauteuil en cuir, les jambes écartées, la tête légèrement inclinée de côté, sans la quitter des yeux.

— Je ne crois pas qu'on puisse tirer un trait sur ce qui s'est passé entre nous, dit-il.

— Il ne s'est rien passé, se défendit-elle.

Elle était blême et ses lèvres tremblaient de colère.

— Tu m'as violée, comme un petit salaud. Ça, je ne le voulais pas.

— Mais je te désirais. Je te voulais. Tout de toi, ton corps, ton âme…

— On n'est pas au théâtre, ici. Mauvais rôle, mauvais texte.

Elle le considéra d'un air ironique, la chevelure rejetée en arrière.

— Je n'ai pas aimé ta façon. Ça me rappelle trop les fins de soirée de la rue Gay-Lussac en 1968.

Rosetti se rapprocha d'elle et, d'un air grave, dit :

— Donc, je ne peux plus rien espérer de toi ? J'aurais tellement aimé que nous restions complices.

Il prit un livre sur une pile branlante, se mit à le feuilleter pour se donner une contenance. Elle ne cessait de l'observer, attentivement. À voir son embarras, cette gaucherie qui ne lui était pas coutumière, elle en vint à regretter ce qu'elle avait dit quelques minutes auparavant.

— Faisons la paix, proposa-t-elle.

Et du dos de la main, elle lui caressa une joue. Il voulut ajouter à ce geste le sien, mais elle s'éloigna prudemment.

19

— Sauzert n'est pas un paradis sur terre. Pourquoi devrions-nous consentir des sacrifices pour ce lieu ? Moi, ces terres et ces bâtisses ne m'intéressent pas, fit Paul Bazillac en remontant ses manches.

Dans l'excitation du geste, ses boutons de manchettes tombèrent sous la table de jardin. Il attendit que Françoise les ramasse, mais en vain. C'était par ces petites réactions qu'elle lui montrait sa désobéissance. Celle-ci, certes, était à géométrie variable, sans pour autant être graduée à l'événement qui l'avait légitimée. Ce pouvait être une bouderie de trois jours pour un infime détail domestique, et d'une heure pour une raison plus grave, tel un petit mot doux d'une maîtresse oublié dans la poche d'un costume.

— Tu ne peux pas me les ramasser s'il te plaît ? J'ai un mal de reins d'enfer.

Elle le fixa sans désemparer, immobile.

— Ces boutons valent au moins dix mille francs. Ce sont des Cartier.

— Je ne veux pas que tu vendes Sauzert. Si tu insistes, je te quitterai.

— Ah ! s'exclama-t-il en levant les bras au ciel. Avec quoi vivras-tu ?

— Je te mettrai sur la paille. J'ai accumulé assez de preuves pour dénoncer tous tes trafics. Moi, je serai libre et je profiterai de tes biens, si mal acquis pour une certaine partie, et toi, tu croupiras en prison dans l'opprobre et le désespoir.

Bazillac leva son chapeau de paille, un panama, comme pour saluer la perfidie faite femme, et le reposa aussitôt sur sa tête, à ras des yeux. Ceux-ci avaient la couleur sombre des mauvais jours. Puis, au bout d'un long silence, il voulut regagner son autorité en rappelant ses largesses pécuniaires apportées au fil du temps à leur couple. Il reconnut de bonne grâce n'être pas un mari modèle, certes, mais pas non plus un tyran domestique.

Françoise écouta cette plaidoirie avec amusement, une cigarette au bout des lèvres, expulsant la fumée dans sa direction.

— Je viens de prendre la décision de te faire des infidélités, dit-elle soudain sans détour, d'une voix terriblement calme et posée.

Il se mit à hocher la tête. Ce n'était pas la première fois qu'elle agitait cette menace. Mais jusqu'ici, autant qu'il en savait, elle ne l'avait jamais mise à exécution.

— Ce n'est pas dans ton tempérament. Je te connais. Et en plus, ajouta-t-il fort imprudemment, tu n'es pas portée là-dessus.

— Bien entendu, reprit-elle, nous, les femmes, on ne fonctionne pas comme vous. On ne se jette pas sur le premier type qui passe. Il nous faut un homme doux, délicat, intelligent, bien de sa personne, attentif et amoureux. C'est le désir qui appelle le désir. Vous, messieurs, ça vous importe peu que la femme vous désire ou pas. Qu'importe. Une fois votre petite affaire terminée, vous disparaissez. Ne me dis pas que ta belle pouliche avec ses jupes étroites et fendues et ses déhanchements chaloupés jusqu'au vulgaire, tu lui trouves de l'esprit ? Seuls ses fesses et ses seins t'intéressent, et peut-être aussi sa disponibilité pour toutes les fantaisies que tu lui demandes…

— De qui parles-tu ?

— Ta secrétaire préférée que tu emmènes en voyage dans ta valise.

Il énuméra le nom de trois ou quatre de ses employées, histoire de l'égarer un peu. Mais chaque fois, Françoise faisait non de la tête, un non plein d'assurance, avec une forte envie de rire.

— Je ne vois pas. Je ne vois pas de qui tu veux parler. Parce qu'elle n'existe pas, cette fille. Elle sort tout juste de ton imagination. Mais ça me flatte, un peu, tout de même, car ça prouve que tu éprouves pour moi de la jalousie. C'est bon, ça, la jalousie. C'est une preuve d'amour.

Françoise le laissait parler avec délectation. Elle s'était reculée dans son fauteuil en rotin tressé, les jambes croisées, l'une d'elles animée d'un mouvement de balancier. Le visage légèrement penché, elle ne cessait de l'observer de haut avec un air de moquerie. C'était ce qu'il détestait le plus chez elle, lorsqu'elle paraissait prendre le dessus sur lui, se railler de son hypocrisie. Elle semblait lui dire : mais pourquoi donc t'ai-je épousé, et surtout suis-je restée tant d'années avec toi à essuyer tant d'humiliations ?

Il se donna enfin la peine de ramasser ses boutons de manchette et de les glisser dans sa poche en gesticulant d'une fesse sur l'autre, avec une grimace de douleur.

— Alors, donne-moi donc le nom de cette maîtresse fantôme ? insista-t-il.

— Sylvia Dash, dit-elle.

Bazillac fronda alors devant sa chère épouse avec un petit rire nerveux.

— C'est ma collaboratrice. Rien que ça. Et rien de plus.

— Tu veux des preuves ?

— Je te mets au défi, lança-t-il.

Car Bazillac était un menteur professionnel. C'était une de ses qualités premières. Il mentait du matin au soir, à sa femme, à ses proches collaborateurs, à ses secrétaires, à son conseil d'administration, à ses banquiers. Il se mentait même à lui-même, jusqu'à finir par croire à ses mensonges.

Françoise disparut soudainement. Bazillac, pour ne pas rester seul face à lui-même et à quelques doutes, se mit à arpenter le parc, jusqu'à l'ombre des chênes, et poussa un peu plus loin, comme si soudain il éprouvait une forte envie de s'évader de Sauzert, de prendre le volant de sa Porsche 911 et filer au hasard.

À peine revenue à la table de la terrasse, sa femme lui fit signe. Paul se fit prier pour la rejoindre. C'était encore un sale moment à passer. Et sur ce coup, le grand manager se trouvait un peu minable.

— Voilà, lui dit-elle, ce que j'ai trouvé dans une poche de ton costume. Ça date du mois de mai dernier, mais il n'y a pas prescription. Je doute que depuis tu aies tiré les choses au clair. Suis-je bête, marmonna-t-elle en rallumant encore une cigarette, tu poursuis le jeu avec celle-ci ou une autre. Sans vergogne. Sans te départir.

Françoise lui tendit le bristol. Il prit à peine le temps de regarder.

Mon petit Ours adoré,
Tu me rejoindras à 22 heures chambre 94. Je serai sur le lit, voluptueusement allongée dans nos draps de soie. Moi plus nue que nue, en parure Chantal Thomass. Celle que tu préfères…
Ta Sylvia D, comme Désir

Puis il le chiffonna d'un geste d'agacement.

— Certes, dit-elle encore, tu as du goût. C'est un beau brin de femme. Elle a vingt ou vingt-cinq ans de moins que toi. Ce pourrait être ta fille. Mais les hommes ne songent jamais à ces choses. C'est leur pénis qui parle à leur place.

— Oh, je t'en prie, s'agaça-t-il. Les leçons de morale… J'ai passé l'âge.

Ils demeurèrent face à face, sans se regarder, dans un long silence. Françoise observait le ciel et les arbres alentour, goûtait le fond de l'air qui, comme chaque jour, commençait à fraîchir, passé 5 heures. Paul ne savait quelle attitude adopter. C'eût été plutôt étrange qu'il se mît à lui demander pardon, encore plus qu'il s'approchât d'elle pour recoller la vaisselle brisée. Quant à plaider coupable et s'accabler de reproches, il ne savait pas faire. Du reste, dans son existence, il n'avait jamais admis l'idée qu'un homme puisse s'humilier. Qu'importe. Dans dix minutes il aurait récupéré sa fierté et l'on n'en parlerait plus.

Ils se levèrent ensemble, montèrent sur la terrasse. Un moment d'arrêt. Paul se tourna vers elle, mais Françoise fixait l'intérieur du salon avec les portes-fenêtres grandes ouvertes, immobile, comme si elle hésitait à entrer. Ce moment d'hésitation fut terrible pour Paul. Il craignit dès cet instant que rien ne fût plus comme avant. Une rupture silencieuse ou violente. Peut-être n'avait-elle pas encore choisi. Cependant, il trouvait cela injuste, ce petit mot de Sylvia Dash qui avait pris tant de place dans sa vie. Il avait toujours cru, confusément, que Françoise était au parfum de ses fredaines, avec Sylvia ou d'autres, et que ces tromperies l'indifféraient au plus haut point. Souvent elle aimait en plaisanter comme d'une fatalité. Les hommes actifs, comme lui, ont des maîtresses, et les femmes inactives, comme elle, sont fidèles par nécessité.

Soudain, d'un mouvement vif, elle lui fit face.

— Que comptes-tu faire ?

La question, si brutale, le désarçonna.

— Quoi ?

— Tu veux continuer à baiser cette fille ? Si tu l'as dans la peau, pourquoi t'en priverais-tu ? J'imagine que tu l'entretiens aussi. Les femmes de ce genre, quelquefois, peut-être pas toujours, ça s'entretient, non ?

Paul rétorqua que le propos à ce moment commençait à fleurer la vulgarité. Et jugea que leur mariage méritait mieux que des invectives ou des insultes. Elle fut à peu près d'accord. Il s'approcha d'elle, elle recula ostensiblement.

— Quant à moi, mon cher Paul, je ne vais pas te prendre en traître. Je vais être infidèle. En somme, rattraper mon retard. Il me faudra prendre un peu plus soin de moi, trouver des dessous affriolants.

— Tu as trouvé quelqu'un ?

— C'est tout comme.

Paul entra dans le salon et partit se servir un whisky. Il revint vers sa femme. Elle paraissait apaisée, tout sourire. Peut-être que quelque chose de singulier s'était déclenché en elle, de libérateur. Les vieux principes rigoristes qui avaient guidé sa vie jusqu'alors s'étaient soudainement effondrés. D'un coup. Comme un château de cartes.

— Nous voilà quittes. Chacun de son côté. L'Ours adoré prend sa liberté. Plus besoin de se cacher. N'est-ce pas plus intelligent ainsi ? Mais oui.

Françoise se retira aussitôt dans son coin lecture. C'était une pièce assez confortable où tous ses livres étaient rassemblés ; ceux en particulier qui ne la suivaient pas à Lyon. Elle s'allongea sur une méridienne et reprit sa lecture qu'elle avait abandonnée au milieu de la nuit précédente. Blixen, Mishima, Zweig, tels étaient ses auteurs préférés, qu'elle lisait et relisait. Pour l'heure, elle avait repris *La Pitié dangereuse*. Et y avait trouvé, singulièrement, quelque correspondance avec ses états d'âme présents.

Du moins, ici, Paul ne se risquerait-il pas, comme elle ne se risquait pas dans son bureau à l'étage. C'était un accord entre eux de respecter leur jardin secret.

Une heure plus tard, à la montée du soir, elle en émergea. Paul chercha sur son visage, en vain, quelque trace de larmes qui eussent pu lui laisser les paupières rouges et le teint blafard. Mais rien. Elle paraissait tranquillisée. Aussi en profita-t-il pour l'interroger, comme si les rôles venaient de s'inverser.

— Qui est cet homme ? C'est quelqu'un de Marteline ?

Il pouffa d'un rire sec. Sans obtenir une réponse. C'était ce qu'il redoutait le plus, un mur d'indifférence.

— Je le connais ?

Elle ne répondit pas. Alors il se mit à débiter des noms dans leur entourage à Lyon, entre la place des Terreaux et la place de la Bourse… Après avoir fait le tour de chacune de leurs connaissances assez sexy pour offrir quelque intérêt à Madame, il perdit courage.

Plus tard, il revint à la charge, en douceur, essayant de lui faire comprendre que, tout ouvert qu'il était face à certaines expériences conjugales, il tenait cependant à connaître le nom de son rival.

Soudain, elle se montra plus précise, en le décrivant comme un homme grand, bien mis de sa personne et âgé de cinquante-trois ans, ce qui lui convenait parfaitement. Elle l'assura néanmoins qu'il ne s'était rien passé entre eux deux. Mais que cette retenue n'avait tenu qu'à elle. Et que tout, désormais – après la découverte du bristol – restait en suspens.

Cette conversation avec son mari la tint en éveil tard dans la chambre voisine où elle s'était réfugiée pour éviter le lit marital. Toute la soirée, Paul lui avait montré sa volonté de reconquérir le territoire perdu. Et de cela, elle voulait se prémunir à tout prix. Françoise jugeait déjà que Lorin Pierret ferait un amant tout à fait convenable. Déjà, entre eux deux, sur le fameux chemin de traverse, tant d'émotions communes s'étaient manifestées, à mots couverts, même si elle avait cru utile de préciser qu'elle était plutôt fidèle à son mari.

En y songeant après coup, dans la solitude de sa chambre, elle se traita d'idiote, de triple idiote. *On ne doit jamais dire cela à un homme qui vous fait la cour et qui, de surcroît, ne vous laisse pas indifférente*, se reprocha-t-elle. De rage, ses jambes agitaient fiévreusement le drap qui la recouvrait. Et de plus, n'était-ce pas elle qui avait assassiné d'un coup l'enchantement en disant : « C'est assez ! Je ne veux rien savoir de plus », alors qu'à la même seconde elle ne désirait rien d'autre que Pierret la prît dans ses bras. *Le métier d'homme est compliqué*, pensa-t-elle, en allant à la fenêtre grande ouverte sur la nuit. *Lorsqu'ils veulent vous aimer, on les repousse, tout en espérant au fond de soi qu'ils vous désobéiront.*

En descendant prendre son petit déjeuner sur la terrasse selon l'habitude à Sauzert, Françoise trouva son mari en proie à une agitation peu coutumière. Elle se fit discrète pour ne pas exciter plus avant l'Ours ronchon.

— Je vais vendre tout ça. En finir avec le Lot. En vérité, je déteste ce pays, c'est pauvre, arriéré, sans attrait. Avec l'argent, nous ferions mieux d'acheter une longère en Normandie. J'adore la Normandie. Surtout en bord de mer et, précisa-t-il, avec vue sur l'océan. J'ai besoin de cette sorte de solitude. Toi, non ? Non, bien sûr. Par esprit de contrariété…

Françoise rappela qu'elle n'accepterait jamais de signer le moindre contrat de vente.

— Pourtant, je ne suis pas une fille d'ici. Je n'ai aucun lien avec Marteline. Mais notre fils a besoin de cet endroit pour gagner sa vie. Il a trouvé sa voie. Ne vois-tu pas qu'il est heureux à sa manière ? Pourquoi irions-nous tout chambouler ? Tout ça parce que monsieur traverse une crise. Ta contrariété passagère ne saurait bouleverser nos destins.

Elle avala d'un coup une grande tasse de thé, poussa un large soupir. Étendit ses jambes sur le fauteuil voisin, laissant les pans de son peignoir de bain découvrir ses cuisses. Il voulut les caresser du plat de la main, mais elle le repoussa. Sa réaction le surprit. Car d'ordinaire, Françoise s'abandonnait aisément, même sans désir. Son corps se laissait prendre par routine, juste pour satisfaire son petit mari. Mais là, non. Bas les pattes.

— À ce point, fulmina-t-il. C'est grave, très grave. Je te rebute ? Je ne croyais pas que ça soit possible entre nous deux.

Il s'écarta de quelques pas.

— Nous ne vendrons pas. Après tout, je m'en fous de Sauzert. Je vais le donner à ton fils. Mais en contrepartie, pas d'argent régulier pour renflouer la caisse. Bien entendu ?

Françoise soupira d'agacement. C'était une plaie : l'argent, le pouvoir, les accommodements de façade, les conciliations accordées et reprises une heure plus tard. Sa vie se résumait à ces chantages permanents.

Marceau arriva à ce moment. Il flaira d'entrée de jeu la discorde et voulut repartir. Mais sa mère le retint d'une poigne ferme.

— Ton père veut bazarder Sauzert, dit-elle.

— Encore ! s'exclama-t-il. Mon pauvre papa, tu n'as rien d'autre à penser ? C'est une obsession.

— Ça nous coûte et ça ne rapporte rien.

Paul s'effaça soudain, comme s'il était à bout d'argument. Car cette volonté destructrice qui le possédait n'était guidée que par sa rancœur de mari floué.

— Si tu détestes autant Sauzert, alors pourquoi y reviens-tu chaque été ? Pour me voir ? Ce serait trop adorable.

Bazillac père s'éloigna d'un pas rapide vers le haras et au-delà, vers les pistes d'entraînement des chevaux.

Le fils s'assit à côté de sa mère et la cajola un peu.

— Vous vous êtes disputés ?

— Sans plus. As-tu revu M. Pierret ?

— Pourquoi ? demanda Marceau. Étrange question.

— J'apprécie fort cet homme.

— Moi, je le trouve trop curieux. Je ne crois pas que mes chevaux l'intéressent, ni les balades dans le pays. On dirait qu'il cherche à découvrir quelque chose. Mais quoi ?

Marceau hésita à lui raconter la petite anecdote de *La Gambade*, de son désir de trouver une escorte pour agrémenter son séjour. Après tout, c'était une affaire entre eux deux, entre hommes.

— Il m'a loué un frison pour une semaine et me l'a rendu au bout de quatre jours, en disant qu'un bourrin sur un GR, ça importunait les randonneurs. Puis plus rien. Certes, il a été généreux au passage. C'est un point pour lui, non ? Depuis, même s'il n'a rien à faire de son temps de mon point de vue, il traîne toujours dans le coin, comme un fouineur. Je ne comprends pas...

Françoise le rassura en lui disant qu'il n'y avait rien à comprendre. Puis elle retourna dans la maison. Marceau resta seul, en pleine lumière, avec une barre au front, résultat d'une cure d'Aberlour, la nuit passée, chez Klaspick.

20

Deux jours après sa visite chez Léo Vassel, Rochelin reprit son bâton de pèlerin et monta de nouveau au dolmen, cette fois avec un appareil photo, son Leica M7. Une fois installé, il se mit à mitrailler, avec fébrilité, les mille et un détails du monument, sans fin, sans repos, comme s'il voulait s'approprier ce minuscule territoire de pierre et de rocaille qui revêtait pour lui tellement d'importance. C'était le dernier endroit où Margaux avait pris le temps de rêvasser, d'écrire, de réfléchir. C'était une de ses obsessions : entrer en communion avec les forces telluriques, s'imprégner de l'esprit des lieux où l'homme au fil du temps avait laissé son empreinte, ses rêves, ses peurs, ses folies. Sans doute était-elle prédisposée à ce genre de communion avec la terre, le ciel et les forces maléfiques. Sur son carnet, elle avait noté qu'après Marteline elle se rendrait à Carennac afin d'y séjourner trois jours à l'*Hostellerie Fénelon*. Ensuite, reprendre le chemin de randonnée jusqu'à Miers. Elle y projetait de visiter un nouveau dolmen, celui de Pech Ligure datant de la première époque, cinq mille ans… Sur son carnet, du reste, Margaux en avait fait une description minutieuse : *longueur 4 m 50, largeur 2 m 80, hauteur 1 m 80,* et sous un croquis sommaire avait pris soin de noter *Peyro Mortino (Pierre de la Mort).*

Après avoir pris ses clichés et noté quelques observations personnelles, Simon repartit vers Marteline en prenant soin, cette fois, d'éviter Les Tuilleries. Il en avait assez soupé de Vassel et de ses délires de chasseur à la petite semaine. Il avait besoin d'être seul, de méditer sur la pauvreté de son existence, de maudire au passage son égoïsme d'homme qui l'avait éloigné de Mila et de Margaux. Il avait fallu que cet accident arrive, ce malheur imprévisible, pour qu'il réalise enfin tout ce qu'il avait raté dans sa vie, l'essentiel en somme, l'amour de sa femme saccagé par orgueil, et le soin de sa propre fille. Peut-être était-ce ce dernier point qui lui faisait le plus mal. À mesure qu'il reconstruisait dans sa tête le fil des années passées, Simon pouvait compter les jours et les week-ends passés avec Margaux. C'était infiniment négligeable. Et tant de fois, il s'était obstiné à ne pas répondre à ses coups de téléphone. Y compris aux petits mots qu'elle lui adressait, chacun se terminant par un « Mon petit papa que j'aime… ». Sur l'instant, ça l'émouvait. Puis un quart d'heure plus tard, il n'y songeait déjà plus. Le tourbillon de l'existence l'emportait vers ses futilités, les repas à *La Rotonde* ou à *La Coupole*, les soirées dansantes aux *Bains Douches* ou au *Rex Club*. Simon collectionnait les maîtresses, parfois aussi jeunes que sa fille, et sans doute redoutait-il que Margaux les croisât. Un homme qui refuse obstinément de vieillir fuit toute attache familiale, craignant que celle-ci le rappelle à l'ordre.

Chaque fois qu'il retrouvait Mila, par devoir conjugal, elle ne manquait pas de lui rappeler ses devoirs de père.

Simon préférait, chaque fois, plaider coupable. Il reconnaissait bien volontiers ses travers, ses torts, ses manquements, ses lâchetés. Mila disait en lui caressant les mains avec d'infinies douceurs : « Tu ne changeras jamais. J'ai épousé une ombre. Un homme sans cesse en fuite. Mais après quoi cours-tu ? Me le diras-tu enfin ? » Il ne savait quoi répondre. Parfois, quand elle l'avait pris sur le fait avec une de ses petites maîtresses, Mila feignait de ne se sentir aucunement contrariée. Mais il devinait, confusément, qu'elle souffrait dans son for intérieur. Cette souffrance, qu'elle ne parvenait pas toujours à dissimuler par orgueil, singulièrement ne faisait que renforcer son désir de se répandre dans l'adultère effréné, comme si ces tromperies successives ne faisaient que stimuler sa libido.

À Marteline, Rochelin alla s'asseoir sur l'un des murs de la halle couverte. La chaleur exhumait une forte odeur d'urine. Il s'alluma un cigare, écoutant les battements précipités de son cœur. Il lui semblait déjà entendre les conseils pessimistes du Dr Baliste. « À ce train, vous finirez vite votre existence. Je ne vous donne pas plus de dix ans. » Ce cher homme avait l'art de briser les appétits de vivre des plus endurcis. Il tira trois bouffées successives comme pour le défier. Et songea alors, avec tristesse, qu'il lui importerait peu de mourir. *Moi*, se dit-il, *qui n'ai plus rien pour m'accrocher à la vie. Mila me portera en terre sans verser une larme. Elle dira à ses fidèles amies, Claudette, Dominique et Fabienne : surtout ne le plaignons pas. Il a bien vécu, le petit salaud. Qu'était-il au juste en y réfléchissant ? Un instable, un coureur, un homme sans parole… Je n'ai vécu que quatre années de bonheur avec lui. Et j'ai déjà oublié ce temps. Tout ce qui est venu après m'en a dégoûté, de mes beaux souvenirs.*

Sur les dalles de la halle, un jeune homme et une jeune fille additionnaient des repères à la craie jaune. Il les observa avec curiosité. Puis il finit par les interroger, avec mille précautions. Sans doute, redoutait-il de se faire rabrouer.

— Nous préparons un spectacle ici même… répondit le jeune homme, qui lissait obstinément de la main ses longs cheveux sans cesse retombant sur le visage.

— Quelle sorte de spectacle ?

— Du théâtre, précisa la jeune fille.

Simon enjamba le muret et s'avança vers eux.

— Vous êtes des comédiens alors ?

La jeune fille s'approcha pour lui serrer la main. Rochelin fut surpris qu'on lui accordât soudain de l'intérêt. Il se présenta comme un étranger, un Parisien de surcroît, égaré ici pour quelques jours. Le garçon se tenait à l'écart, poursuivant son travail avec méthode. Ce qui arrivait là, l'afflux des premiers curieux, à vrai dire un seul pour l'instant, c'était peu. Mais c'était tout ce qu'il avait craint, Adam Field, que leurs manigances finissent par attiser la curiosité. Pour lui, forcément, toute curiosité ne pouvait être que malsaine.

Roxane lui expliqua l'argument de la pièce, en deux mots.

— Vous connaissez l'auteur ?

— Oui, fit Simon, c'est le président de la République tchèque. Par contre, la pièce, non. Je ne la connais pas.

Roxane indiqua que la troupe la présenterait le dimanche 27 août, ici même, sous la halle. Simon prévint qu'il serait probablement reparti à cette date. Puis il se dirigea vers le café *Lévêque* et revint avec deux bières. Rochelin trinqua avec sa flasque de whisky. Elle ne le quittait pas. « Je soigne ainsi mon âme », expliqua-t-il. Roxane voulut savoir pourquoi il traînait ainsi à Marteline son ennui et son vague à l'âme. C'était l'impression qu'il donnait, d'un déraciné qui attend quelque chose qui ne vient pas.

— Par hasard, concéda-t-il. Tout à fait par hasard. J'ai rendez-vous avec un ami qui m'a peut-être déjà oublié. Ça n'aurait rien d'étonnant, je suis le genre de type qu'on oublie facilement. J'ai passé ma vie ainsi, entre deux chaises. Et maintenant, il me semble que ça s'aggrave un peu, ma déréliction.

Il se reprit, s'excusa pour ce mot un peu trop compliqué, et dit simplement qu'il était sans famille, non point abandonné par les siens, mais l'inverse, c'était lui qui les avait négligés, les siens…

— À force d'attendre quelque chose qui ne vient pas, la personne qui vous aime passe à autre chose, dit-il en accompagnant son propos d'un geste vague.

Simon ralluma son cigare et s'accorda une gorgée d'Ardbeg. Puis se retira sur la pointe des pieds. Il ne voulait pas déranger plus. De temps à autre, intriguée, Roxane lui adressait un regard. Un sourire, mais pas trop. Méfiance quand même. Il alla s'asseoir à la terrasse. La petite Alice vint le saluer, profitant du fait que la méchante tenancière de l'hôtel fût occupée à autre chose.

— Avez-vous trouvé ce que vous cherchez ? lui demanda-t-elle.

— Non, fit-il. Mon cas s'obscurcit. Ce n'est pas important. Un ami cher m'a abandonné. Je ne comprends pas la raison. Peut-être ai-je été trop exigeant envers lui.

— Ça se voit au premier coup d'œil, monsieur Rochelin, vous êtes un homme bon.

— Ah, s'esclaffa-t-il. Ne prononcez pas ce mot-là. Je suis tout ce qu'on veut, sauf bon.

Elle lui apporta un café, parce qu'il ne savait pas quoi boire en dehors du meilleur single malt écossais qu'il connaissait.

Plus tard, la petite comédienne coiffée à la garçonne, qui lui rappelait Jean Seberg, s'approcha de lui. Elle était hésitante, un peu apeurée par l'étrangeté du regard de Simon, triste et grave.

— J'aimerais bien vous présenter quelqu'un. Mais je ne voudrais pas vous importuner.

Elle se recula, prête à tourner les talons. Il la retint d'un geste.

— Qui donc voulez-vous me présenter ?

Roxie lui parla de Thérèse Anglard, dont on distinguait la maison en se tordant un peu le cou, vers le boulevard de ceinture.

— Pourquoi aurait-elle envie de me voir, cette bonne dame ? Je suis un étranger, de passage, préoccupé par des problèmes qui doivent lui passer à des kilomètres au-dessus de la tête.

Mais Roxane lui en brossa un portrait tellement élogieux qu'il fut intrigué. *Si tous ces comédiens sont ses protégés, ça traduit une haute qualité d'âme, pensa-t-il. Ici, on n'aime guère les jeunes, surtout ceux qui font du théâtre, les saltimbanques…* Et sans comprendre pourquoi, la figure de Léo Vassel lui vint à l'esprit. Rochelin avait la fâcheuse tendance à identifier la mentalité générale à celle du braconnier de Tuilleries.

— Je ne peux vous apporter aucune aide, prévint Simon.

— Au moins, une personne étrangère à notre groupe s'intéressera à notre projet.

Simon promit de se rendre en soirée aux Murelles, à la condition que la propriétaire soit d'accord et l'accueille convenablement. Puis il se retira en saluant le garçon. Et après qu'il fut entré dans son hôtel, Adam jugea cette invitation inutile.

— Tu as l'art d'aller te fourrer dans des situations impossibles.

Ce reproche était de trop aux yeux de Roxane. Elle se mit à réfléchir un moment en marchant en équilibre sur le muret, jusqu'au bout de la halle, et sauta sur la place. Elle alla retrouver Louise dans le jardin de Mme Anglard, se dorant au soleil sur une chaise longue. Elle était nue. Soudainement, elle se recouvrit d'une serviette.

— Pourquoi fais-tu ça ? J'aime te regarder. Tu ne vas pas m'en priver, tout de même ?

Louise se releva sans ôter la serviette.

— Il y a un temps pour tout. Et notre histoire dans la salle de bains doit rester sans lendemain…

Elle s'interrompit, le regard fixant le massif d'iris. Il s'étalait au plus près du mur, protégé par des lauzes de schiste.

— Que veux-tu dire ? l'interrogea Roxane.

— Ce n'était qu'un jeu. Un petit jeu sans importance entre filles. Comme cela arrive souvent.

Roxane offrit alors un visage décomposé par la soudaine violence des mots.

— Pour moi, ce n'était pas un jeu. Je t'aime, Louise. Si tu ne peux pas comprendre ça, alors pourquoi avons-nous partagé ce moment de plaisir ? Je me sens trahie et méprisée.

La réaction de Roxie avait rendu Louise nerveuse. Elle s'entortillait les cheveux, les défaisait, recommençait. Alors son amie se jeta sur elle, toutes griffes dehors, pour lui arracher la serviette qu'elle avait nouée au-dessus de ses seins.

— Tu vas te calmer, protesta Louise.

Roxane s'enfuit dans la maison. Elle ne voulait pas montrer son désarroi, ses larmes, cet ébranlement si fort qui la possédait et dont elle avait honte. Louise alla la rejoindre après avoir passé une robe.

— Ce n'était pas sérieux entre nous deux.

— Menteuse, répliqua Roxane. Tu as joui avec moi comme jamais avec ton pauvre Nino. Tu n'aimes pas les garçons. C'est l'idée d'être ça, ça, insista-t-elle, qui te dérange.

— Quoi ça ?

— Il te faut un dessin ?

Louise éclata de rire. Elle trouvait son amie pathétique, si pathétique, qu'elle avait envie de la consoler un peu. Mais se retint. C'était une tentation dangereuse, bien que ça la chiffonnât de l'abandonner dans cet état. Alors, elle ne fit rien d'autre que la prendre dans ses bras et essuyer ses petites larmes.

Roxane alla chercher une glace dans le frigo et la mangea goulûment. Elle allait et venait dans le salon. Son amie restait immobile, pensive.

— Tu dois me promettre de ne rien tenter de plus, insista Louise.

— Pourquoi ? Je suis prête à te partager avec Nino.

— Si nous nous affichons ensemble comme des chattes excitées, ça va foutre le bordel dans le groupe.

— Personne ne le saura.

— Nino ne me le pardonnera pas, fit-elle en poursuivant son idée. C'est un macho, quelque part, comme tous les mecs. Il n'acceptera pas ce genre d'arrangement entre nous.

— Alors, quitte-le !

— Et toi ? Tu serais prête à te séparer d'Adam ?

— Oui, affirma Roxane. Il n'y a déjà plus rien entre nous.

Colombe et Thérèse entrèrent dans la cuisine avec chacune un sac de courses. On déversa le tout sur la table. Roxane profita de la situation pour évoquer sa dernière rencontre avec l'étranger. Un Parisien, décrivit-elle, plutôt bien mis de sa personne, entre deux âges, tournant en rond dans cette bourgade, sans but véritable.

Thérèse soupira, les bras ballants, submergée par des situations étranges qu'elle ne maîtrisait plus.

— Cette maison, s'agaça-t-elle, est devenue à mon corps défendant une auberge espagnole.

Aucune des filles ne croyait à ce qu'elle disait, tant la propriétaire des Murelles avait désiré que son logis devienne le salon le mieux tenu et fréquenté de Marteline. Certes, ce n'était pas un exploit en soi, car dans la bourgade, entre les habitants menant une petite vie tranquille de retraités ou de rentiers, d'autres qui travaillaient à Brive ou à Gourdon, et quelques résidences secondaires la plupart du temps désertées, la vie se résumait à l'essentiel.

— Tu t'ennuierais, clama Louise qui préparait une salade dans l'évier de la cuisine. Avoue-le, tu as besoin que la vie s'active autour de toi.

— Sauf l'hiver, où je vis seule et cloîtrée, passant tout mon temps à lire. Je ferme tout, précisa-t-elle. Ainsi croit-on, à Marteline, que ma maison est vide et que je suis partie en voyage. Mais je ne pars jamais en voyage. C'est une passion qui m'a quittée peu à peu.

Roxane s'autorisa alors à critiquer sa façon de vivre, loin des murmures du monde. Mais Thée ne répondit pas. C'était une question sensible chez elle, sur laquelle elle avait beaucoup médité. Qu'est le plus important ? Vivre librement, sans partage, le temps qui passe, ou négocier incessamment avec un être, fût-il cher, sa moindre seconde de liberté ?

— Cet hiver, si elle le veut bien, j'aurai Colombe avec moi, dit Thérèse avec un petit sourire d'ennui, car rien au fond ne l'obligeait à répondre à de telles questions qui ne regardaient personne.

— Je crois, jugea Roxane, que Colombe t'apportera bien plus que tu ne lui donneras toi-même. Et ce déséquilibre finira par devenir un enfer pour elle.

— Colombe sera libre de s'envoler quand elle le désirera.

— Et si elle t'amène un petit ami ? avança Louise. Et si ce garçon ne te plaît pas, et pire encore, s'il s'oppose à toi ? Que feras-tu ? Tu les chasseras tous deux ou tu supporteras tout ça en silence.

— Oui, dit Roxane, je crois qu'elle se satisfera de cette situation, comme avec nous, avec nos bonshommes. Tu les supportes bien nos petits génies du théâtre ?

— Parce que dans un mois, tout sera fini. Chacun partira de son côté, ajouta Louise.

Mme Anglard écoutait les filles pérorer distraitement.

— Vous deux ?

— Quoi, nous deux ?

— Qu'allez-vous devenir après Marteline ?

— Je ne sais pas, dit Louise.

— Moi non plus, ajouta Roxane.

— Vivrez-vous avec vos copains ? Je ne le crois pas, reprit Thérèse. Nino Rosetti trouvera une autre égérie pour l'admirer. Et Adam sera éconduit pour toutes ses lâchetés quotidiennes. Voilà ce qui va advenir.

— Et nous deux ? fit Roxie que ce jeu amusait fort, car elle aimait croire que rien n'était écrit d'avance dans sa vie, que chaque seconde nouvelle ouvrait mille perspectives.

— Alors, insista Louise, comment vois-tu mon avenir, une fois que Nino m'aura plaquée ?

Thée se détourna des deux filles ostensiblement, mesurant que ce jeu finalement présentait quelques risques.

— Dans mon existence, tout ce que j'ai espéré ne s'est pas réalisé, avoua Thée. Moralité, il faut être humble devant la page blanche d'une vie qui reste incessamment à écrire.

— Non, non, protesta Louise. Tu ne dois pas te défiler. Ce serait trop facile. C'est toi, après tout, qui as voulu nous mettre sur le gril.

Elles la suivirent dans le salon, puis dans le bureau où Thée désirait se retrouver seule.

— Que voulez-vous de moi, au juste ?

Mme Anglard s'était assise sur la bergère où le petit Rosetti l'avait forcée à faire l'amour.

— Toutes les deux, mes petites, dit-elle d'un ton hautain, vous finirez par vivre ensemble une histoire.

Louise et Roxane se regardèrent en rougissant.

— Tu as vu ça, toi ? fit Roxane. Décidément, tu es redoutable.

— Quoi ? s'exclama Thérèse, ça n'a rien de scandaleux.

— Non, bien sûr, admit Roxane.

Louise se rongeait les ongles.

— Alors, tu nous vois en couple, s'exclama-t-elle. Comme c'est étrange. Ça te plairait plutôt bien, cette perspective, n'est-ce pas ?

Thée haussa des épaules.

— Tu n'éprouves plus rien pour Rosetti. Et lui non plus, sans doute. J'en ai fait l'expérience…

Mme Anglard plaqua les mains sur son visage. Elle en avait trop dit. C'était cruel en diable, ce sous-entendu.

— Je le sais depuis qu'il est entré dans ta maison, Thérèse, que Nino est amoureux de toi. Il a toujours été attiré par les femmes plus âgées. Mais je ne lui en veux pas. D'ailleurs il aurait pu plus mal choisir.

— Ça alors ! s'exclama Roxane. C'est un salaud ce type.

Et se tournant vers Louise, elle ajouta :

— Il faut que tu le quittes. N'est-ce pas ? Tu me le promets ?

Louise sortit du bureau d'un pas las, en s'entortillant les cheveux, sans fin, faisant et défaisant sa coiffure, comme si l'image qu'elle offrait d'elle désormais ne lui correspondait plus.

— Pourquoi m'as-tu tendu la perche ? demanda Roxane. Je n'y suis pour rien.

— J'avais un compte à régler avec Rosetti. C'est fait. Maintenant, je me sens soulagée.

21

Désormais, il ne se passait plus une journée sans que Françoise descende à Marteline. Ce n'était qu'une toute petite balade journalière, dix kilomètres en traversant le plateau, avec beaucoup plus de plat que de montée. Ça lui convenait à merveille, ces escapades à vélo. Il lui semblait retourner quelques années en arrière sur les berges du Rhône, à Lyon, entre le parc Saint-Clair et Chassagne, où elle faisait de la bicyclette avec son jeune garçon. Mais désormais, elle était seule et libre comme l'air. Du reste, Françoise ne comprenait pas pourquoi elle n'avait pas pris cette liberté plus tôt, d'aller et venir sans rendre de comptes à un mari. C'eût été aisé pour elle de s'enfoncer dans la colère et le ressentiment, d'en vouloir à la terre entière, non, certes pas… Elle s'était décidée à voler de ses propres ailes et à ne plus rendre de comptes à qui que ce fût. Un petit bristol oublié dans une poche de costume avait donc suffi à tout changer dans son existence, en la forçant avec une singulière facilité à prendre des décisions radicales.

Ses heures d'escapade se situaient entre 15 et 18 heures. C'était le moment le mieux adapté à l'éclosion de désirs secrets que, pour l'heure, elle osait à peine caresser. Sa phrase favorite se résumait à quelques mots : « Advienne que pourra»… *Et si rien n'advient, nous n'en ferons pas pour autant un drame intérieur*, se promettait-elle. Certes, ce serait toujours une petite déception, un pincement à l'âme.

Françoise Bazillac allait se mettre à l'ombre des platanes sur la place des Cordiers, à deux pas des remparts. Le décor, ça la changeait de son boudoir clos où les bruits de l'extérieur lui parvenaient étouffés, souvent menaçants lorsque Paul s'en venait toquer à sa porte avec insistance. Ici, troquant l'atmosphère feutrée de son boudoir avec la douceur des après-midi baignées de lumière, ses lectures prenaient singulièrement une autre dimension. Souvent la rêverie l'envahissait au point d'abandonner les péripéties de ses héros favoris. Cette douce liberté conquise par elle-même, elle l'appréciait si fort, même si elle lui paraissait encore empreinte de reproches sous-jacents.

Par instants, Françoise se jugeait ridiculement romantique, comme une bourgeoise gâtée par des caprices qui n'étaient déjà plus de son âge. Pourquoi avoir attendu quarante-cinq ans pour espérer un amant ? Elle se rassurait en se disant que les circonstances de la vie ne lui avaient encore jamais inspiré l'adultère. Jusqu'alors elle s'était contentée d'une vie simple d'épouse. Sans histoire. Fidèle par nécessité. Et si peu encline à dénicher chez un amant de circonstance tout ce qu'elle n'avait pas obtenu d'un homme. Qu'est-ce donc qui avait soudain déclenché ce désir tardif, par-delà le petit mot de Sylvia Dash ? Un lancinant sentiment d'avoir été trahie ? Comme si elle n'avait pas toujours su qu'il avait été ainsi depuis des années, le défilé des petites gourgandines autour de son mari.

Deux après-midi de suite, Françoise descendit dans le parc de Marteline à bicyclette sans que le miracle ne se produisît. Il eût été trop simple de renoncer en se disant que M. Pierret n'était décidément pas un homme de parole, qu'il passait son temps à se déclarer à toutes les femmes dignes d'intérêt passant dans son périmètre. Pourtant, pour une fois, elle se fiait à son intuition. Elle avait flairé dans son jeu, le premier jour, sur le petit chemin de Sauzert, qu'il était intrigué par elle, plus encore sans doute après sa rencontre avec Paul. Aussi, après mûre réflexion, s'autorisa-t-elle à lui déposer un petit mot, bien en évidence, sur le tableau de bord de sa voiture.

Cher monsieur,

Je souhaiterais converser avec vous. Je suis restée sur ma faim lors de notre rencontre sur le chemin de traverse de Sauzert. Je vous avouerais même que nos derniers mots avant de se quitter m'ont contrariée… Aujourd'hui, je regrette de vous avoir rabroué. Nous pourrions, si vous en éprouvez le désir, reprendre cette conversation où nous l'avons laissée l'un l'autre, au parc de Marteline vers 15 heures. J'y passe une partie de l'après-midi sous les ombrages, à lire et à méditer…

Françoise Bazillac

Au troisième jour, le poisson mordit à l'hameçon. Comme Françoise l'avait soupçonné, Lorin Pierret fit deux ou trois fois le tour de l'esplanade des Remparts, hésitant encore au bord de la nationale, s'il devait ou non accélérer pour prendre la RN de Gramat. Il s'arrêta une ou deux minutes, puis fit marche arrière jusqu'à trouver une place sous les platanes.

À ce moment, Françoise hésita à se lever et faire mouvement vers lui, comme si elle craignait que Pierret ne l'eût point aperçue. Mais elle n'en fit rien. Elle se disait dans son for intérieur : *c'est à lui de faire le premier pas... Après tout, mon message est assez explicite. Une honnête femme ne peut pas s'abaisser à ce point.* Mme Bazillac reprit son livre, sans comprendre un traître mot de ce qu'elle lisait, l'esprit entièrement capté par la manœuvre de son visiteur. D'un regard en coin, elle vit qu'il observait la place, avançant avec quelques hésitations. *À croire*, se dit-elle, *que les hommes sont aussi bêtes que nous.* Car elle ne doutait pas un seul instant que Lorin Pierret l'avait vue, là, sur son banc, dans l'attente.

Il se disait : *elle est venue pour moi. Qu'attend-elle au juste ?* Il haussa les épaules. Il le savait ce qu'elle espérait, la jolie épouse de Bazillac, prisonnière d'un odieux mari, arrogant et infatué... C'était une minute de vérité qu'il redoutait, car il avait encore dans l'oreille la fameuse réflexion de Madame : « Ne vous donnez pas cette peine ! Je suis une femme fidèle à mon mari... » De quoi décourager le séducteur le plus endurci. Mais il avait lu et relu, plutôt cent fois qu'une, le message de Françoise. Et celui-ci était une invitation claire. Sans promesse, certes. Une invite en demi-teinte, entre chien et loup, les contours gommés par l'incertitude.

D'un pas hésitant, Pierret se porta à sa hauteur. Il lui toucha la main pour la saluer. À vrai dire, Françoise l'avait tendue singulièrement à plat vers lui comme pour un baisemain. Son livre tomba à ses pieds, et elle ne se pencha pas pour le ramasser. Il la fixait dans les yeux sans qu'elle les abaissât. Ce jeu parut tellement désuet, soudain, que Lorin Pierret fut saisi d'une envie de rire. Mais comme Françoise s'impatientait devant la situation tournant au ridicule, il prit la liberté de venir s'asseoir à côté d'elle.

— J'apprécie beaucoup votre visite. À croire que je ne compte pas pour rien, fit-elle, la tête baissée pour fuir son regard.

— N'inversons pas les rôles, reprit-il. La dernière fois que nous nous sommes vus, vous m'avez fermé toutes les portes au nez.

— Comment ça ?

— En m'interdisant de vous complimenter.

— Ah oui, je l'admets. Je suis une femme bizarre par moments. Il ne faut pas m'en vouloir.

Pierret haussa des épaules.

— Vous étiez dans votre rôle. À repousser mes…

Il hésita à prononcer le mot par crainte de réveiller quelque susceptibilité féminine.

— Vos avances, compléta-t-elle. C'est ce que vous vouliez dire ?

— Tout à fait.

Il lui prit la main. Elle se refusa au début, un peu rétive, mais Lorin insista. Après tout, c'est elle qui lui avait demandé de venir. Et pas seulement pour rejouer la scène de la dernière fois. Il la porta à ses lèvres.

— Permettez-moi cette familiarité.

Elle hocha la tête.

— Je ne sais jamais comment me comporter avec les hommes, avoua-t-elle sur un ton un peu désespéré.

— Et vous, ma chère Françoise, croyez-vous que ce soit simple aussi ?

Elle se pencha vers lui jusqu'à ce que leurs épaules se touchent.

— Je me sens comme une adolescente devant son premier amour.

Elle crut qu'il allait rire. Mais il resta silencieux, profondément troublé.

— Je suis restée fidèle à Bazillac autant que possible, avoua-t-elle.

— Pas même une petite aventure par-ci par-là ?

— Quelques amorces de sentimentalité avec des hommes proches de mon mari. Mais rien n'a abouti. Ç'aurait été déshonorant pour moi et pour lui.

— Et là, à cet instant, dit Pierret, qu'est-ce qui vous incite à sauter le pas ? À supposer que votre désir soit plus fort que votre peur…

Françoise posa la tête sur l'épaule de Lorin. Il se mit à lui caresser les cheveux du bout des doigts, délicatement.

— J'ai envie d'une belle histoire d'amour, avoua-t-elle, la voix tremblante. Peut-être avec vous ? Je sens, assez confusément, qu'il se passe quelque chose entre nous deux.

Pierret se tut, étrangement, alors qu'il eût dû prendre ses lèvres et la serrer contre lui. Et cette si tenace hésitation l'intriguait. Ça ne lui ressemblait pas. Peut-être était-ce dû à sa propre peur, celle de s'engager avec Françoise Bazillac et de ne pouvoir lui apporter ce qu'elle demanderait de lui. Car il avait senti, au fond de lui-même, qu'elle avait une forte envie de cette relation, une envie peut-être plus forte et vaste que tout ce qu'elle avait éprouvé jusqu'à maintenant avec un homme. Il essaya de lui faire comprendre ses craintes, à demi-mot. Mais Françoise, à cette seconde, était prête à tout donner d'elle-même, à s'abandonner à lui sans réserve. Il tenta de lui faire admettre qu'un peu de recul n'abîmerait en rien la force de ce sentiment qui les possédait tous deux – si tant est que Lorin fût à l'unisson de cet amour naissant. Tout allait trop vite à ses yeux. Sur l'instant, il songea que, dans une situation de pure romance sexuelle entre adultes consentants, la place au jeu avec ses duplicités et ses ambiguïtés était de nature courante. Il l'avait, lui-même, pratiqué maintes fois, pour ensuite se dédire, peu à peu, de tous ses vœux énoncés sous le feu de la passion brève.

— Je ne voudrais pas vous faire souffrir. Vous ne craignez pas que notre histoire finisse par s'anéantir comme, hélas, il arrive si souvent ? insista Pierret.

Mais elle était si éloignée de cette crainte qu'elle la repoussa d'un geste.

— Je vous demande juste de nous satisfaire du moment présent. Même si notre histoire doit s'éteindre dans un mois, dans un an, ça vaut la peine de la vivre. Ne croyez-vous pas, Lorin ?

Il soupira et reconnut, du bout des lèvres, que ça en vaudrait la peine, en définitive. Cette sagesse apaisa son inquiétude. Alors ils firent quelques pas sur l'esplanade. Elle avait glissé son bras dans celui de Pierret. Leurs hanches se frôlaient, bien plus à l'initiative de Françoise. Et enfin, il la prit dans ses bras, la serra fort.

— Vous finirez par avoir un petit sentiment pour moi.

Il hésitait encore à l'embrasser.

— Croyez-vous, Françoise ?

— Je saurai me montrer amoureuse pour deux, lui jura-t-elle.

— Nous avons tous deux une histoire, la mienne, la vôtre. Tout ça peut contrarier notre aventure.

— Je m'en fiche. Je me donnerai à vous lorsque vous le désirerez. Et si vous n'avez pas d'attirance sexuelle pour moi, qu'importe.

Jamais encore une femme ne lui avait fait ce genre d'aveu. Et il en éprouva de grands frissons. Il lui prit le visage entre les mains et posa ses lèvres sur les siennes. Elle s'abandonna, bien plus qu'il ne l'avait espéré.

— Et votre Paul, votre monsieur Paul Bazillac, qu'en ferons-nous ? Nous le jetterons aux orties ? S'il vient à se mettre en travers, que comptez-vous faire ? À mon avis, c'est un homme autoritaire, fier et orgueilleux. Je ne le vois pas renoncer à sa femme sans se battre. Voici qui promet des heures épuisantes.

— Ne me dites pas que vous avez peur de lui ? fit-elle.

— Certes, non.

— Paul sait parfaitement qu'il va me perdre. Du reste, ça fait des années déjà qu'il me perd, petit morceau par petit morceau.

— Si vous divorcez, chère Françoise, je ne vous épouserai pas.

Elle l'entoura de ses bras frêles et le serra contre elle. Puis lui murmura contre sa poitrine, en se repaissant de son odeur :

— Saurai-je encore faire l'amour ?

— Il ne vous le fait plus, ce Paul, amateur de femmes ? Non, ce n'est pas possible.

Françoise se détacha de lui, le tenant toujours par une main, avançant à côté de lui d'un pas chaloupé.

— C'est moi qui ne veux plus.

Et ils se mirent à rire ensemble.

*

Le lendemain, Lorin et Françoise se retrouvèrent sur le fameux chemin de traverse, à cinq cents mètres de la maison des Bazillac. L'homme avait hésité à cause de Paul et de Marceau qui eussent pu les voir ensemble et imaginer tant de choses. Mais ce détail n'embarrassait guère Françoise. Elle se sentait libre comme l'air, prête à affronter toutes les tempêtes. Au contraire, elle semblait prendre plaisir à tenter le destin. Jamais elle ne lui avouerait son adultère, par grandeur d'âme, préférant qu'il le découvrît lui-même, alors qu'elle l'avait assuré de lui rendre la monnaie de sa pièce après la découverte du petit mot doux de Sylvia Dash. *Non*, pensait-elle, *il ne m'en croit pas capable, tant il baigne dans la douce illusion que je ne saurais attirer un homme dans mon lit.*

Lorin lui ouvrit la portière de sa voiture. Elle s'y engouffra sans hésitation. C'était comme si déjà elle entrait dans son lit.

— Où allons-nous, Lorin ?

— À Brive.

— Vous me désirez un peu ? Ou préférez-vous différer ce moment ? C'est assez grave tout de même. Il s'agit de ne pas se rater.

Lorin ne savait pas encore si Françoise le désirait autant qu'elle se l'imaginait. Peut-être le charme puissant de l'interdit s'amenuiserait au premier contact des corps nus. Ce serait alors une besogne fastidieuse, sans flamboiements.

Il la contempla dans les yeux d'un air grave. Il découvrit qu'elle aussi était pétrie d'émotions. À peine, par de fugitives caresses, lui frôlait-il le visage qu'elle sursautait tout entière, désormais sous sa coupe, sans résistance aucune.

Il éteignit le moteur, rejeta la tête en arrière en poussant un grand soupir.

— Votre mari ne flaire-t-il pas déjà quelque chose ? Rien qu'à vous observer, on devine aisément que vous êtes déjà dans les bras d'un rival.

Françoise croisa les jambes sur son siège, pencha son visage contre la vitre de la portière, et ferma les yeux. Elle parvenait ainsi à s'abstraire des immanquables écueils de la réalité.

— Et alors ? J'ai besoin de vous, Lorin. Quoi qu'il arrive, ce désir restera profond en moi. Même si nous devions nous séparer pour ne plus nous revoir, je resterais tout aussi éprise de vous.

— Paul se battra comme un lion pour vous conserver. Tous les coups seront permis, le chantage, la violence, les larmoiements…

— Non, affirma-t-elle en plantant ses griffes dans son bras.

— Tant d'insouciance me subjugue, dit-il.

— Mais non, mon mari ne me regarde plus. Que croyez-vous, Lorin ? Les marques de vos ongles sur mes hanches et quelques suçons dans le cou passeront inaperçus. D'ailleurs, comment pourrait-il croire que sa femme le trompe ? À force de n'être qu'un objet humain tous les jours à disposition pour les petites affaires domestiques, j'ai fini par devenir transparente. Je suis devenue pour lui une chose. Une simple chose. Ce qu'on n'a point besoin de conquérir perd toute valeur, n'est-ce pas ?

— En effet.

— Nos conversations tournent autour de l'argent et de Marceau. Marceau, surtout, le désespoir de sa vie. Un fils qu'il méprise. Je ne l'ai jamais connu exprimer à son encontre le moindre sentiment.

Pierret s'engagea sur la route à petite vitesse. Rien ne pressait désormais. La journée était à eux seuls, sans restrictions.

— Mon mari, poursuivit Françoise, voudrait vendre Sauzert, maison, dépendances, haras, chevaux, et vingt hectares de landes… Pour presque rien. Au plus offrant. Seulement pour écraser les ambitions de mon fils. Ne vous en ai-je pas déjà parlé, Lorin ?

Il ne répondit pas. C'était un choix délibéré de ne point se mêler des affaires Bazillac.

— Sa femme aussi a perdu toute valeur. Sinon le prix de son orgueil mâle, ce qui représente peu de choses.

Après un long silence, elle ajouta en posant son front sur le tableau de bord de la Clio :

— Si je venais à partir, peut-être se sentirait-il dépossédé d'un petit bien, difficile à évaluer sur le marché des épouses soumises. Mais sans nul doute aurait-il plus de chagrin, me dis-je souvent, si d'aventure on lui volait sa Porsche 911.

À l'hôtel *Mercure* de Brive, Pierret loua une chambre. Il la souhaita assez spacieuse et confortable. Françoise se tenait derrière lui, légèrement en retrait. Elle ressentait une certaine gêne, baissant les yeux pour ne pas croiser ceux de la réceptionniste.

Une fois dans la chambre, Françoise tarda à le rejoindre. Le passage dans la salle de bains s'éternisait, et ce souci-là, des corps apprêtés avant la fête de l'amour, était des plus féminins. Nettoyant de peau, brumisateur, exfoliant et illuminateur de teint, masque gommant clarifiant, lait corporel hydratant, Mme Bazillac avait pensé à tout dans son petit sac de voyage. Et encore plus pour ce jour-là.

Avant d'entrer en scène, elle se dandina devant le miroir. Quelques bourrelets de hanche à peine disgracieux, nota-t-elle, comme si elle ne se connaissait pas. Un peu de cellulite sur les cuisses, des fesses rondes sans être pour autant généreuses, et les seins, enfin, qu'elle jugeait un peu lourds. Mais elle se dit, au passage, que certains hommes prisent ces attributs. Avec un peu de chance, Lorin finira par les apprivoiser. N'est-ce pas ainsi, se persuada-t-elle, avec les vraies femmes d'un naturel épanoui, sans complexes, disposées à s'offrir généreusement, sans se recroqueviller sur elles-mêmes en lamentations répétées ?

Néanmoins, Françoise garda une nuisette. Cela lui paraissait d'un mauvais goût, pour la première fois, de paraître nue devant son amant. À la vérité, ce fin tissu dentelé avec une encolure en cœur et de fines bretelles de satin de soie sur sa peau blanche la rendait encore plus excitante.

Plus tard, ils se firent monter une bouteille de champagne. En trinquant Françoise s'amusait de la situation par de brèves réflexions sur elle-même, ses craintes et ses désirs. Elle en parlait librement comme une jeune fille qui aurait soudain découvert l'amour et la liberté.

L'homme en souriait un peu mais s'il feignait de croire qu'une nouvelle vie s'ouvrait devant eux, c'était pour ne pas gâter la fête. Françoise, intarissable, disait encore et toujours qu'elle le rejoindrait à Paris, aussi souvent qu'il le désirerait et que, lui aussi, pourrait venir la voir à Lyon, à la *Cour des Loges*. Devant autant de projets, Lorin prenait peur. Il subodorait en toute lucidité que leur relation, peu à peu, s'étiolerait. Mais pour l'instant, il gardait le silence, se limitant à quelques baisers, caresses, pour contenir ce jeu dans les limites raisonnables.

22

— Pourquoi vous ai-je suivi ? Vous êtes parfaitement capable de diriger Lily. Aussi bien que moi. C'est une jument docile et intelligente, insista Bazillac. Alors qu'est-ce que je fais ici ? J'avoue que je n'arrive pas à comprendre. Un temps vous ne voulez plus de mes montures et, le lendemain, patatras, vous changez d'avis.

— Que vous importe, Marceau. Puisque je paye. Non ?

— Vous êtes comme mon père, s'exclama-t-il, vous croyez qu'on peut imposer ses mille caprices avec de l'argent. C'est fou, ça.

Lorin éclata de rire en secouant la tête. Il le trouvait un peu débile, ce petit Marceau. À vingt-deux ou vingt-trois ans, on doit avoir compris la règle du jeu dans la vie… Ou alors, on n'arrivera jamais à y faire sa place. Il l'observa longuement en train de se chercher une meilleure assise sur sa selle, en se tordant du cul comme un danseur de funk.

Un groupe de randonneurs, une petite douzaine, arrivait en face d'eux, Bazillac et Pierret arrêtèrent les chevaux pour leur laisser le passage. D'ordinaire, ceux-ci expédiaient quelques méchantes réflexions. Les bourrins, c'était pour les paresseux, les promeneurs du dimanche, les fainéants. Ils passèrent sagement devant eux, en file indienne, bâtons de marche à la main, avec chapeaux et casquettes, et petits sacs à dos. Ça parlotait, par petites phrases entrecoupées de silences. Au-delà du petit bois de pins et de chênes qui coiffait la crête de la colline, il y avait une pente raide. Celle-ci avait passablement entamé les forces des marcheurs.

Marceau et Lorin attendirent patiemment que le sentier fût dégagé devant eux, puis ils repartirent au trot jusqu'à Saint-Georges. Dans la plaine, ils abandonnèrent le GR pour rejoindre la berge de la Dordogne en contrebas, à deux cents mètres. Les chevaux allèrent se désaltérer dans la rivière. Le courant était paisible et les bords praticables en cette saison avec abondamment de gravier et de sable. Puis les deux cavaliers se mirent en quête d'un peu d'ombrage pour leur commodité. Ils le trouvèrent sous un pommier et s'allongèrent à même la prairie verdoyante, au milieu des fleurs des champs et dans le bourdonnement des abeilles.

— Peut-être que nous n'irons pas plus loin pour aujourd'hui, prédit Pierret en fixant le bleu du ciel.

— Vous m'aviez parlé de Montvalent, de Rocamadour…

Lorin haussa les épaules, comme si tous ces projets lui importaient peu. Ces soudains désintérêts, un de plus, intriguaient chaque fois Marceau.

— Vous allez passer toute votre vie, ici, au haras ?

— Assurément. Je m'y sens bien. C'est ma vie. Au-delà de mes petites frontières, que j'ai tracées moi-même, je ne me sens pas à l'aise. Seule ma mère me comprend.

— Oui, dit Pierret. Françoise m'a parlé de vous. Elle vous aime fort, Marceau.

— Je sais, dit-il en baissant la tête.

Ses doigts jouaient avec un brin d'herbe, à l'enrouler autour de son index. C'était une conversation qui le mettait mal à l'aise.

— Et vous, que pensez-vous de ma mère ?

Il attendit une réponse qui ne vint pas. Ce silence parut le rassurer. Car dans son for intérieur il ne supportait pas qu'un étranger vienne fouiner dans les affaires de la famille Bazillac.

— Elle est tout pour moi. Tout, insista Marceau avec de l'émotion dans la voix. Sans elle, je serais à la rue, abandonné à mon sort, sans un sou. Vous l'avez sans doute noté, mon père ne m'aime pas. Pire encore, il me désirerait aux cent diables. Mort, peut-être.

— Croyez-vous ?

— Oh oui. Je ne suis pas l'enfant dont il avait rêvé. À sa mesure. Pour lui, je suis un raté.

— Mon cher Marceau, vous ne pouvez compter que sur vous-même. On est seul, dans la vie. Avec ou sans famille aimante, on reste seul, envers et contre tout. Et une fois qu'on a réglé cette question, tout est permis. On fait un grand pas en avant. Il faudra vous y faire si, un jour, vous voulez vivre sous un ciel plus clément, trancher tous les liens, anéantir le passé…

Marceau se leva d'un bond et alla sur la berge. Au passage, il caressa son cheval, celui qu'il appelait Odin. La jument, il s'en fichait. Elle n'était pas intéressante pour lui. Une bonne bête, comme il y en a des tas. Dans cinq ans, il l'enverrait à l'abattoir sans état d'âme. Du moins, c'était ce qu'il avait déjà expliqué à Pierret. Peut-être exagérait-il, mais Lorin était fondé à le croire, qu'il avait une dent contre les femelles en général, animaux ou femmes. Et ça, c'était un mauvais point pour lui. Ce garçon portait une certaine violence en lui. Ses maîtresses de Marteline, de Brive ou de Gourdon, il les visitait à dates régulières, puis s'en allait sans leur accorder plus d'importance. Aucune d'elles ne méritait qu'il s'y intéressât autrement que par le sexe. Du reste, celles-ci, apparemment, ne désiraient rien d'autre de lui. Elles avaient compris quelle sorte de garçon il était, et s'en satisfaisaient sans état d'âme.

Lorsque Bazillac revint s'asseoir, Pierret lui demanda s'il avait été amoureux, une fois, une seule fois dans sa vie.

Bazillac se renfrogna. Il n'avait pas envie de répondre. Après tout, c'était une affaire intime, et cet étranger n'avait pas à s'immiscer dans sa vie.

— Peut-être ai-je hérité ça de mon père ? Je m'interroge parfois. Cette absence de passion. Lui non plus n'a jamais aimé personne.

— Votre mère, tout de même, répliqua Pierret.

— Ah ! c'est vrai que vous la connaissez bien, ma mère...

— Comment ça ?

Lorin redoutait qu'elle lui eût parlé de lui en des termes qui eussent pu, pour le coup, instiller un soupçon.

— Elle se livre assez facilement, poursuivit Marceau. Et pour cause, elle n'est pas heureuse avec mon père. Si elle reste avec lui c'est purement par intérêt. Je me dis parfois que ma famille ne me sert à rien.

— On vous aide, tout de même...

Lorin n'insista pas sur ce point.

— L'argent, vous voulez dire ? On me renfloue un peu. C'est la moindre des choses.

— En effet, reconnut Pierret.

— Mais je dois ces petites largesses à ma mère. Uniquement à ma mère.

Ils se levèrent pour ramasser sur la rive quelques gros galets qu'ils assemblèrent de façon à constituer un foyer. On alla de même récupérer du bois sec pour allumer un feu. Marceau en apporta en telle quantité que Pierret s'en amusa.

— Nous avons juste à cuire quelques saucisses. Un petit lit de braises suffira.

Lorin alla chercher dans un sac accroché à sa selle une bouteille de bordeaux. C'était un moulis 1989. « Un bon millésime », assura Pierret. Il le déboucha et le servit dans un gobelet en plastique. Marceau admit qu'il n'y connaissait rien et que pour lui tous les vins se ressemblaient.

— Mais qu'importe, ajouta-t-il. Il n'y a que mon père pour me faire ce genre de reproche, que j'appartiens à la génération des zombies, ignorante et sans culture.

On attendit que les saucisses fussent cuites à point pour les servir. C'était Lorin qui menait l'opération, l'agencement des braises pour éviter les flammes sur la viande. Ils trinquèrent et burent en silence, alors que plus haut sur la colline, les randonneurs allaient et venaient par groupes. On entendait juste quelques éclats de voix. Parfois, deux ou trois promeneurs se détachaient du troupeau, quittaient le sentier balisé pour venir les observer. Lorin leur faisait signe de s'éloigner avec de grands gestes.

— Je ne veux pas partager mon moulis, dit Pierret en plaisantant. Je suis comme vous, mon cher Marceau, je me méfie de l'humanité bienveillante.

— Et les femmes ? posa Bazillac. En dehors de celles que vous payez pour satisfaire vos besoins, en avez-vous aimé ? Êtes-vous en couple ?

— Seul, fit Lorin, comme vous. Je ne m'attache pas.

— Jamais ?

Il hésita un court instant. Ce n'était pas dans ses plans de faire des confidences sur lui-même. Mais il reconnut, néanmoins, qu'il avait vécu une dizaine d'années à Paris avec une femme médecin. Une histoire en pointillé. Des rencontres épisodiques pour les plaisirs de la vie, les voyages, les soirées à l'opéra, les visites d'expositions…

Marceau l'écoutait d'un air attendri. Cette vie, que son voisin lui décrivait, n'était pas faite pour lui.

— Je ne saurais pas faire un projet avec une fille, reconnut-il. Partir avec elle, quel ennui ! Que lui dire au bout du voyage ? Moi qui n'ai aucune envie de rien. Sinon faire l'amour, le faire et le refaire. Et m'épuiser à ce jeu. Pour découvrir ensuite que ça ne compte pas. Ce sont la plupart du temps des femmes mariées. Comprenez-vous ce que je veux dire ?

— Parfaitement.

— La dernière, elle s'appelle Romane. Elle habite à Marteline avec son gentil mari qui est un fondé de pouvoir d'une banque. Entre nous, il n'y a que le sexe. Lorsque j'essaie de dériver un peu du sujet, dirais-je, elle me recadre aussitôt pour me faire comprendre que je ne compte pour rien dans sa vie. Un accident de parcours. Un jour, elle me demandera de ne plus revenir. Je sortirai de sa vie comme j'y suis entré, par effraction. Elle culpabilise chaque fois de me recevoir entre 5 et 7, redoute que son mari apprenne notre liaison.

— Pourquoi séduire, oui, séduire, ce genre de femmes ? Qu'est-ce que vous cherchez chez elles ? questionna Lorin.

Il avait compris que Marceau avait beaucoup gambergé sur son état d'étalon pour dames en demande. Mais celui-ci hésitait à se confier plus. Il en avait trop dit sur lui, surtout à un étranger. Ça l'apeura soudain. Il se leva pour entraver ses chevaux, ceux-ci s'éloignant trop à ses yeux. Mais Pierret insista en reposant sa question car elle n'était pas étrangère à sa propre vie intime. Lui aussi avait été le serviteur zélé de quelques gentilles bourgeoises dévergondées…

— Je ne veux pas m'engager dans une aventure sentimentale avoua-t-il. Il n'y a que la romance sexuelle qui m'intéresse. Après tout, en y réfléchissant, je ne mérite rien d'autre. Une petite âme insignifiante comme la mienne ne peut rien espérer de la vie.

Ils vidèrent la bouteille tout en fumant un bon cigare. Puis ils s'allongèrent dans l'herbe, les yeux tournés vers le ciel.

— Je pressens, murmura Marceau, qu'après ce grand voyage à cheval vers Montvalent, nous ne nous reverrons plus.

— En effet, dit Pierret d'un ton énigmatique, je troquerai ma peau de randonneur du GR 46 pour une autre, encore plus singulière.

Marceau se redressa sur un coude, se tournant vers Pierret le regard interrogateur.

— Vous en avez trop dit ou pas assez.

Lorin s'assit, le regard tourné vers la rivière.

— Vous ne savez rien de moi, dit Pierret. Rien de rien. Ma vie est plus compliquée qu'il n'y paraît. Je me fiche en vérité des randonnées dans le Lot, de vos chevaux, et de tout le reste.

— Alors quoi ? Qui êtes-vous, monsieur Pierret ? Un gérant de société ? C'est ce que vous avez inscrit sur mon registre.

Lorin se mit à rire.

— Non. Je suis là sous une fausse identité. À la vérité, je suis un auteur de romans policiers.

— Sérieux ?

— Je m'intéresse à un fait divers qui a défrayé la chronique il y a un an, jour pour jour. Avez-vous entendu parler d'une jeune fille qui s'appelait Margaux Rochelin ? Elle avait vingt et un ans, je crois. Elle a passé plusieurs jours à Marteline. Puis on l'a retrouvée au pied d'une falaise à Roc-de-Port, non loin d'ici, son cadavre fracassé baignant dans la Dordogne. L'enquête a conclu à une chute malheureuse. Mais moi, j'ai toutes les raisons de penser qu'elle a été assassinée. Par qui ? Pour quoi ?

— Oui, je me souviens de cette histoire, dit Marceau.

— Et d'elle ? Vous vous en souvenez ? Vous l'avez croisée, je crois, la veille de sa mort ?

— En effet, reconnut Bazillac. J'ai fait plus que la croiser. Son image m'a hantée des jours et des nuits durant.

— Comment cela ? interrogea Pierret. « Vous avez fait plus que la croiser ? » Ce sont vos propres mots.

Marceau se leva, pris d'une vive agitation, marchant de droite et de gauche.

— J'ai fait sa connaissance au *Grillon Vert*, le soir du 15 août vers 20 heures je crois. Nous avons discuté à la sortie du restaurant, sous la halle de Marteline.

— Et ensuite ? Elle est rentrée à son hôtel ?

— Assurément non. Puisque nous avons été tous les deux à *La Gambade* pour s'amuser un peu… Elle voulait danser le rock, pour se distraire. Nous sommes restés jusqu'à 1 heure ou 1 h 30. Je ne saurais me souvenir.

— Ensuite ?

— Margaux m'a suivi à Sauzert où nous avons passé la nuit ensemble.

— Vous voulez dire que…

— Nous avons eu une relation, voilà tout. Et le lendemain aux aurores, nous nous sommes quittés en nous jurant de nous revoir. Je l'ai reconduite à Marteline en voiture. C'est tout.

Ils s'approchèrent de la rivière pour s'y laver les mains, puis le visage. L'eau était tiède, à température pour faire une trempette. Mais Pierret n'aimait pas se baigner dans les eaux de rivière aux fonds vaseux, alors que Marceau eût bien voulu plonger pour se changer les idées. « Des idées tristes et moroses », expliqua-t-il. Puis ils restèrent un long moment, allongés en plein soleil, Bazillac un chapeau sur le visage et Lorin sur le dos, le nez enfoui dans l'herbe.

— C'est vous, Marceau, qui lui avez proposé de coucher ? Peut-être l'avez-vous forcée un peu ? On sait comment cela se passe quand on a bu…

— Nous avions envie l'un de l'autre, c'est assez simple à comprendre. Je l'ai embrassée une fois, deux fois. Puis c'est elle, ensuite, qui a pris l'initiative pour me faire comprendre qu'elle avait envie de moi.

— Vous êtes un sacré séducteur, Marceau. Avec toutes ces femmes mariées qui vous tombent dans les bras.

— Oh, se défendit le jeune homme. Ça suffit.

Pierret arrêta net, jugeant que ses réflexions étaient déplacées.

— Margaux n'avait pas fait l'amour depuis deux mois au moins, dit Marceau d'une voix empreinte d'émotion et de tristesse.

— C'est ce qu'elle vous a dit ?

Il hocha la tête.

— Vous avez une sacrée mémoire. Un an après…

— C'était une belle fille, intelligente et passionnée. Mais pas faite pour moi, si c'est ce que vous avez envie d'entendre. Je savais, malgré ses promesses, que je ne la reverrais pas. Elle, par contre, avait l'air de croire que nous nous reverrions, à Paris ou ailleurs. Margaux, fit-il d'une voix étranglée, m'avait même laissé son adresse, son numéro de téléphone… Lorsque je l'ai reconduite à Marteline au petit matin, j'ai ressenti un petit pincement au cœur en la voyant s'éloigner dans son petit short blanc et sa chemise hawaïenne. Elle s'est retournée, m'a fait un signe de la main, et plus rien.

— Merci, Bazillac, vous m'aidez bien.

— Vous mettrez tout ça dans votre roman ?

— Assurément.

Il se mit à rire. Marceau se leva d'un bond.

— Vous savez ce qui lui est arrivé ? demanda Lorin en le fixant droit dans les yeux.

Ni l'un ni l'autre ne baissèrent le regard.

— L'article du journal que j'ai lu une semaine plus tard, parlait d'un corps de jeune fille retrouvé au pied de la falaise de Roc-de-Port. Une chute, disait-on. Mais votre version est autre ? Elle aurait été assassinée… Mais par qui, pour quoi ? Je ne comprends pas.

— Ce sera le sujet de mon récit. Une fiction qui vient se greffer sur un fait divers. Parfois la fiction dépasse la réalité, n'est-ce pas ?

Marceau hocha la tête. Il fixait la rivière tristement. Tout en l'observant, Pierret sentit que ce jeune homme était sincère, que la mort de cette fille lui avait laissé un souvenir douloureux, si douloureux qu'il n'en avait jamais parlé à qui que ce fût.

23

C'est Roxane, contre l'avis même de Louise, qui introduisit en début de soirée Simon Rochelin aux Murelles. Son allure désœuvrée lui avait inspiré cette bonne action. Pourtant, avant de passer la porte, il insista encore pour ne pas entrer. Mais la jeune fille le poussa dans le couloir d'un geste énergique, lui jurant qu'il ne le regretterait pas, que le salon de Thérèse Anglard était le seul endroit fréquentable dans le patelin.

Une fois la porte franchie, Simon serra toutes les mains en se présentant comme un touriste de passage. Mais devant Thée, il resta sans voix. C'était tout à fait ainsi qu'il avait imaginé la fameuse « enchanteresse » (selon le qualificatif employé par Roxane), distribuant les compliments, les bons mots, veillant à ce que chacun fût traité à égalité, parfois éteignant d'un geste les querelles ou malaises à venir.

— Cher monsieur, tous ces jeunes sont un peu turbulents, excessifs, même parfois insolents, mais ils me distraient. Et peut-être aussi me tiennent-ils en éveil sur le monde tel qu'il va. Comprenez-vous ?

Simon approuva d'un hochement de tête.

— Vous êtes parisien ?

— Un homme seul du boulevard Montparnasse dans un appartement trop vaste. Ainsi me définirais-je si j'avais à le faire, chère madame.

— Mais vous n'avez pas à le faire…, se reprit Thée. Pardonnez ma curiosité.

À la seconde, elle flaira dans la posture de son visiteur une immense détresse. Elle expliqua qu'elle aussi avait vécu à Paris dans les années 1970. Mais ce détail ne parut guère intéresser ce Rochelin. Elle se demanda ensuite ce qu'on allait bien pouvoir en faire, dans son salon, de cet étrange bonhomme, s'il se bornait à éteindre par avance tous les sujets de conversation.

Elle l'abandonna à son sort avec sa coupe et partit rejoindre Nino, engoncé dans un fauteuil. Depuis trois jours et la fameuse scène dans le bureau du premier étage, ce jeune fou ne cessait de lui adresser des petits mots doux. Parfois des poèmes de sa propre composition sur le désir, le chagrin et les élans du cœur. Certains autres écrits, hélas, étaient plus explicites… « Cette fois, promettait-il, nous irons à l'hôtel, pour accomplir ce que nous avons bâclé… » Thée avait décidé de faire la sourde oreille. Ce refus implicite n'était pas, comme elle le laissait croire, par délicatesse pour Louise, mais la simple perspective de refaire l'amour avec Nino lui déplaisait fort.

Le jeune homme releva à peine la tête en apercevant Thée. Il n'aimait guère son pas décidé. Celle-ci s'arrêta à sa hauteur, légèrement en retrait, face à ses jambes écartées, son buste avachi, et son œil torve à cause des pétards de l'après-midi à la Grange. Avec la pointe de sa godasse, il tenta de l'atteindre comme pour l'attirer à lui.

— Tu ne comprends rien, princesse. J'ai besoin de toi, sinon je meurs.

Il lui fit encore signe d'approcher, mais Thérèse resta immobile.

— Qu'est-ce qui t'intéresse dans la vie ? L'amour contemplatif ? Jouer avec les hommes ? Les torturer à plaisir ? Je veux bien essayer de jouer avec toi. Si tant est que tu fixes les règles. Quelles sont tes règles ?

— Je te prie de m'ignorer, Rosetti, dit Thérèse. Dorénavant. Ici, tu peux aller et venir à volonté, mais à la condition que tu te tiennes convenablement.

— Entendu. Je suis prêt pour ce jeu-là. Le premier qui craque a perdu. Tu perdras. J'ai un avantage sur toi…

Nino attendit qu'elle lui demandât quelle sorte d'avantage. Il fut déçu de voir qu'elle s'en fichait.

— J'ai vingt ans de moins que toi.

Elle haussa les épaules.

— Tu crois, Nino, que je suis dans cette sorte d'attente ? Bien sûr que non. Le sexe ne m'intéresse pas. D'autant plus le tien…

— Comment ça ?

— Tu en fais un enjeu de puissance. C'est ridicule. Occupe-toi donc de Louise, dit-elle. Au train où vont les choses, elle va t'échapper. Il te restera tes yeux pour pleurer.

Ce genre de réflexion avait l'art de mettre les nerfs de Rosetti en pelote, et lui rappelait confusément, malgré ses grands airs, qu'il n'était encore qu'un petit garçon gâté, infatué. Il avait tellement espéré que la maîtresse des Murelles lui apporterait en définitive, malgré ses regimbements, une aide décisive dans la mise en scène de la pièce.

À trois pas, près des saladiers de chips et des bouteilles de Coca disposés sur une table basse, Louise ne perdait rien de la scène. Même si elle ne savait pas lire sur les lèvres, elle devinait point par point la conversation. Une sorte de colère revancharde la tenait au corps. Elle était toutes griffes dehors, prête à voler dans les plumes de son amant. Jamais, sans doute, elle ne lui pardonnerait d'avoir fait l'amour avec Thée. Et si elle avait très envie de se consoler avec Roxane, ce ne serait jamais une compensation suffisante. Ce genre de plaisir ne la satisfaisait que partiellement. Tôt ou tard, elle aurait besoin d'un homme pour la combler véritablement.

Et tandis que Louise se rongeait les ongles, Roxane ne cessait de l'observer. Elle avait compris qu'un enjeu capital se jouait à cette seconde. Passant près d'elle, la frôlant des hanches, une main courant sur sa taille, Roxie lui glissa à l'oreille : « J'ai envie de toi. » Puis disparut vers la bibliothèque pour retrouver un Anaïs Nin qu'elle lisait en diagonale, c'est-à-dire en picorant au hasard des phrases qui excitaient son imagination.

Soudain, à l'appel d'Adam Field, tout le monde se précipita à la petite fenêtre de l'alcôve qui donnait sur la ruelle des Trois-Sœurs.

— C'est l'heure du *lancequineur* ! s'écria Nino.

On se pressa pour zieuter Chadoulot en train d'asperger le mur. *Les bourgeois, c'est comme les cochons…* Puis ils reprirent la chanson en chœur, au milieu des rires. Le vieux bonhomme leva la tête pour voir ses admirateurs. Il leur tendit un poing rageur. *Vieux ou jeunes, ça devient con…*, entonna-t-il en poussant un grand rire qui se perdit entre les murs étroits de la ruelle.

Simon Rochelin s'était tenu à l'écart, les mains fourrées au fond des poches. Il s'ennuyait un peu, tant l'agitation de ces jeunes gens tournoyant autour de leur maîtresse de conscience comme des papillons de nuit autour d'une lampe avait déjà cessé de l'intriguer. Il se disait que sa place n'était pas ici mais à l'hôtel, à attendre enfin un nouveau message d'Eugénio, un de plus qui lui annoncerait en style laconique qu'il n'y avait rien de nouveau pour cette fois, mais que ça ne tarderait pas à venir, les révélations…

Mme Anglard n'avait pas, pour autant, perdu de vue son dernier invité. Certes, son genre bourgeois suffisant lui déplaisait de prime abord, mais elle soupçonnait tout de même qu'il y avait autre chose derrière cette façade. Elle avait appris de la vie qu'il ne faut jamais s'effacer devant une première impression. Aussi le rejoignit-elle dans un coin du salon.

— Peut-être trouverez-vous ma curiosité mal placée, mais qu'est-ce qui vous a conduit ici ?

— Dans ce trou perdu ! s'exclama-t-il. Vous vous dites que j'aurais mieux à faire pour occuper mon temps ? À vrai dire, glissa-t-il d'un ton confidentiel, je déteste Marteline. Et j'ai mes raisons.

Thée fronça les sourcils.

— Quelles sont ces raisons ?

Elle se reprit :

— Si vous jugez que je suis trop curieuse, dites-le-moi. Il n'y a rien de malsain dans ma curiosité.

Simon hocha la tête.

— Ma fille, glissa-t-il, rien que ma fille.

— Votre fille ? Elle vit ici ?

— Voici un an…

Il s'arrêta net, la gorge nouée, puis tenta de se reprendre mais ne le put. À cause d'une émotion que rien ne parvenait à atténuer. Il sentit monter en lui un torrent de larmes. Il se détourna pour reprendre sa respiration. *Ce serait ridicule de verser des larmes*, se dit-il, *devant cette petite société joyeuse, si éloignée de mon drame personnel.*

Mme Anglard posa instinctivement la main sur son épaule.

— Si vous n'avez pas envie de donner les raisons de votre venue à Marteline, ne le faites pas. Après tout, nous sommes bien trop curieux.

Simon lui adressa un sourire navré. Thée fit signe à Colombe de s'approcher avec son grand plateau tenu au plus près d'elle pour le protéger des agitations dans le salon.

— Préférez-vous du champagne ou du whisky ?

L'invité accepta une coupe. Ce n'était pourtant pas dans ses habitudes, le champagne, mais il avait envie de faire plaisir à la maîtresse des lieux, si accueillante et si attentive, alors qu'il n'offrait, en échange, qu'une tristesse désolante.

— Vous avez évoqué votre fille, insista Thérèse Anglard. Les enfants posent souvent des problèmes aux parents, dit-elle machinalement.

— La mienne ne me posera plus jamais de problème dans le sens où vous l'entendez.

— Oh, s'exclama-t-elle. Il est arrivé quelque chose... Je sens qu'il est arrivé quelque chose, répéta-t-elle en plaquant les mains sur son visage.

Thérèse l'invita, à cause du vacarme, dans son bureau. Rochelin hésita à la suivre. Il craignait que cette entrevue le conduise au-delà de ce qu'il aurait voulu. Jusqu'alors, Simon avait tout fait, dans son comportement, dans ses propos, dans ses allées et venues, pour passer le plus inaperçu possible. C'était du reste l'un des conseils d'Eugénio Parent : raser les murs, n'être qu'une ombre à peine visible dans le décor… Tout habitant de Marteline pouvait être l'assassin potentiel de Margaux, avait indiqué le commissaire en disponibilité. Ça laissait peu de place pour les mondanités dans cette bourgade à l'écart du monde, cernée par la steppe quercynoise.

Au milieu du désordre de la pièce, ils s'accordèrent un peu de place. Un long instant, face à face, un silence s'imposa.

— Voici un an, presque jour pour jour, on a retrouvé le corps de ma fille Margaux au pied de la falaise, celle de Roc-de-Port qui domine la Dordogne. Elle était venue ici pour randonner, entre Brive et Rocamadour, je crois. Étudiante en archéologie, elle s'intéressait aux sites mégalithiques, en Bretagne, dans le Berry, le Larzac… Elle s'est arrêtée quelques jours à Marteline pour visiter Pech Pern. Et là, fin du voyage. L'enquête a conclu à une chute malencontreuse. Un ami a repris récemment le rapport d'autopsie, bâclé comme de juste, et il en a déduit que Margaux a probablement été assassinée dans les environs et le corps jeté par-dessus la falaise. Je ne sais rien de plus. Peut-être, en fin de compte, est-elle morte aussi bêtement qu'on peut l'imaginer. Un faux pas sur un sentier. Qui sait ?

Thérèse Anglard prit la main de Simon et la serra fortement. Il se laissa faire. Ce n'était pas son genre, les effusions sentimentales, mais venant d'une étrangère ça le touchait profondément jusqu'à verser de petites larmes.

Elle lui tendit un Kleenex. Mais il préféra les effacer du plat de la main et, redressant fièrement la tête, dit d'une voix éteinte :

— Vous n'auriez pas dû voir ça. Peut-être pourrais-je vous haïr pour avoir été témoin d'une telle débâcle. Je suis si fier, si stupide, parfois si étranger à moi-même. Qu'est-ce qui pourrait me reconduire à moi-même ?

Théé détourna les yeux pour ne pas le regarder souffrir, cet homme. C'était un spectacle désolant, humiliant. Elle avait éprouvé, jadis, le même sentiment à la mort de Sacha. La disparition de ce fils l'avait soulagée, libérée de toutes ses obligations envers William. Puis avec le temps, elle avait mesuré l'horreur de son comportement. À force, Thérèse s'était absoute elle-même en se persuadant qu'elle ne l'avait pas désiré, cet enfant, que William le lui avait imposé pour la tenir sous sa coupe, prisonnière à vie.

Quelques minutes plus tard, dans le petit bureau, Thée lui raconta aussi son histoire. Ça ne servait à rien, sinon à ajouter de la confusion dans les sentiments de l'un et de l'autre. Mais c'était heureux, tristement heureux, de pouvoir partager cette douleur commune. Enfin, ils surent que ces confidences croisées finiraient par les rendre amis. Pourtant, ce n'était pas ce dont Simon avait envie. Il ne tenait pas à rester dans le cercle de cette Mme Anglard. Il la trouvait pathétique avec ses artistes du dimanche, à distiller de bonnes paroles qui la flattaient plus, elle, que tous les autres.

— Vous êtes une étrange personne, dit soudain Simon, à amasser les lettres d'un mari que vous n'ouvrez jamais. Ainsi, vous ignorez ce qu'elles contiennent ?

— Oui. Mais je crois le savoir. Et cela est hautement jouissif.

— Je comprends, fit Rochelin en hochant la tête. Ce sont des suppliques. Ce William voudrait que vous lui accordiez votre pardon et vous le lui refusez.

— Je souhaite que mon mépris l'étouffe peu à peu. L'amour, c'est aussi de la souffrance lorsqu'on le voue à la repentance, non ?

— En effet. Le mien pour ma fille a existé. Bien sûr que je l'aimais, Margaux, mais je n'ai jamais su le lui dire. Et quand il est trop tard, ce n'est plus qu'un cri lancé dans une antichambre vide.

— Vous et moi, nous sommes trop orgueilleux pour exprimer des sentiments. Nous croyons que ceux-ci nous diminuent, mais nous ne faisons que nous diminuer nous-mêmes, jusqu'à n'être plus que des ombres.

Dans une petite armoire, proche de la bibliothèque, Thée dénicha une fiole de chartreuse verte. Elle lui servit un verre, et s'en servit un pour elle, plus généreusement. On hésita à trinquer. Car ils se trouvaient pathétiques à ce moment.

— À qui, à quoi trinquons-nous ? s'inquiéta Rochelin.

— À rien. Sûrement pas à William, ni à votre pauvre petite qui n'a jamais su que vous l'aimiez.

Ils demeurèrent immobiles de longues minutes avec juste la pâle lumière d'une lampe champignon pâte de verre. Ça leur prêtait un visage cireux, comme si un siècle leur était tombé sur la tête. Ils en sourirent tous deux.

— La mémoire des choses et des vies ne nous laisse jamais en paix. Même si nous feignons de nous en défaire.

Car le passé nous juge sans cesse. C'est imparable, insista Mme Anglard.

— Et rien ne se peut reprendre. À moins d'atteindre la folie et d'inventer des tranches de vie qui nous rendraient le beau rôle. Parfois il m'arrive de me raconter des dialogues avec Margaux qui n'ont jamais existé.

— Moi non, dit Théée. Ça ne risque pas. La haine m'en protège.

Rochelin éclata de rire en s'enfonçant dans le fauteuil jusqu'à disparaître. Thérèse vint lui prendre la main. Elle était un peu ivre à force de se resservir de la liqueur verte à l'arôme de génépi.

— Vous n'avez jamais songé à vous remarier, après William ?

— Non, fit-elle. Non. J'ai eu quelques amants. Mais avec des pincettes. La crainte de me retrouver prisonnière dans une cage dorée. Les hommes, c'est mon triste avis, veulent de nous toujours plus que l'amour. Alors que nous savons, mon cher Simon, que ce sentiment n'est qu'éphémère. Il meurt du silence et de l'ennui. Et il ne faut rien tenter pour le ressusciter.

Rochelin reconnut que sa voisine avait raison.

— Quand j'ai besoin de caresser le corps d'une femme, je le trouve au magasin des farces et attrapes.

— Moi, j'ai assez de soupirants autour de moi.

Il hocha la tête.

— L'enchanteresse et les soupirants. L'enchanteresse, ce titre vous irait bien. Vous le portez avec grâce.

— À la condition que cela ne me confine pas à de l'éducation sentimentale. Rude épreuve.

— Ce n'est plus à la mode. Nous sommes à l'époque de la romance sexuelle. Tout est donné et tout est repris.

— Oh mon Dieu ! s'exclama Thérèse. Vous êtes dans le vrai. Les corps s'expriment et les âmes s'évadent.

Elle se pencha vers lui pour l'embrasser sur le front, cet homme qui lui avait rendu en un rien de temps tout ce qui lui avait manqué ces dernières années.

Soudain, le désir les prit, l'un et l'autre, d'écouter un peu de musique. En quelques mots, ils comprirent que leurs goûts étaient similaires. Elle posa sur sa platine Bang & Olufsen *Verklärte Nacht*[1]. Ça leur convenait tellement qu'ils furent saisis, tous deux, d'une intense mélancolie.

*

Nino Rosetti s'impatientait de l'absence de Thée dans le salon. Il ne supportait plus l'idée qu'elle se fût enfermée dans le bureau avec l'étranger. Aussi obligea-t-il Adam à lui parler de ce fameux Rochelin.

— D'où il sort ce pékin ? De nulle part…

Colombe, qui passait par là, s'enhardit à lui dire qu'il se mêlait de quelque chose qui ne le regardait pas. Instinctivement il leva la main sur elle, mais Louise l'arrêta net.

— Tu devrais aller prendre l'air, lui conseilla-t-elle.

Nino se retourna vers elle en la fusillant du regard.

— Je ne serai pas le dindon de la farce, l'idiot de service, le cocu magnifique…

— Pauvre type ! lui lança Louise. Je crois que pour la pièce d'Havel, nous ferions mieux d'en rester là. Je n'ai plus envie de jouer Béatrice Pludek. C'est un rôle

1. *La Nuit transfigurée*, Arnold Schoenberg.

d'idiote. Même en y mettant le ton, je n'arriverais jamais à être aussi idiote que cette Mme Pludek.

Roxane reprit espoir alors que tant de vents opposés agitaient leur relation. Profitant de cette soudaine prise de bec, elle agrippa Louise au passage, lui glissa à l'oreille : « Allons à la Grange. » Louise feignit de ne pas l'entendre. À cet instant, elle ne savait plus à quel désir s'abandonner. Elle adorait se soumettre à Nino, à sa vigueur mâle, et parfois même à la violence avec laquelle il la prenait, mais aussi, elle avait besoin des langoureuses caresses et insistantes titillations de Roxane. Les deux lui semblaient complémentaires. Aussi prenait-elle plaisir à aller de l'un à l'autre en se torturant l'esprit. C'était une éternelle trahison qui la ravissait. Car lorsqu'elle était avec Roxie, celle-ci la suppliait de renoncer à son rival. Et pour la taquiner, Louise prenait un malin plaisir à la torturer en lui décrivant leurs prouesses sexuelles.

Roxane revint à la charge.

— Non, lui répondit-elle. Je ne peux pas m'éclipser comme ça, en catimini. Il se douterait de quelque chose.

— On pourrait aller dans la salle de bains ? proposa-t-elle, le feu aux joues.

— Tu es folle. Je voudrais que tu te ressaisisses.

Roxane l'attira dans l'alcôve et la plaqua contre la cloison. En moins de deux minutes, Roxie obtint ce qu'elle désirait.

— Ton odeur de cyprine me rend folle.

Elles se séparèrent aussitôt. Louise la première. Elle répugnait à ce qu'on la vît dans cet état d'excitation. Et Roxane ensuite, si enjouée, qu'Adam se douta de quelque chose.

— Que faisiez-vous là-bas ? questionna-t-il.

— Rien. Pourquoi ?

— Je te connais.

— Tu ne sais rien des femmes. De moi encore moins. Si tu pouvais être dans ma tête, tu serais horrifié. Je suis un abîme de vice et de perversion, mon pauvre amoureux.

Roxane avait l'art de le rendre malheureux. C'était aisé, tant l'amour d'Adam était fort. Il lui faisait jurer de ne jamais le quitter, mais elle se gardait bien de répondre. « Le doute est un aphrodisiaque, disait-elle. Tant que tu me désires, il y a de l'espoir. »

Thérèse sortit du bureau, traversa son salon d'un pas hésitant et s'arrêta devant Colombe. Rosetti la suivait des yeux, l'air sombre. Apercevant Rochelin, il se précipita vers lui.

— Il ne faudrait pas prendre l'habitude de revenir tous les soirs. Ici, c'est du sérieux. On prépare une pièce de théâtre. On a besoin de réfléchir à ça. Et Thérèse Anglard est notre phare. Ce serait fâcheux de l'en distraire.

Simon toisa le jeune homme de haut. *Un coquelet*, pensa-t-il, *dressé sur ses ergots*.

— Je me dispenserai de votre autorisation, répliqua-t-il.

Nino le prit au col.

— Et après, qu'allez-vous faire ? Me molester ? Ce serait comique. Je dirais même, trop théâtral.

Le garçon lâcha prise. Et se jugea alors bien stupide sous le regard des visiteurs du soir. Personne n'était surpris en vérité, chaque nuit offrait son comptant de bisbilles.

Colombe revint avec Thérèse.

— Je n'y suis pour rien si ta Louise t'échappe, dit-elle à Nino, d'un ton pincé.

Soudain, Rosetti vit rouge. La colère s'était emparée de lui et plus encore la rage de tomber malgré lui dans le ridicule. Il se jucha sur un fauteuil et lança à la cantonade :

— J'annonce la fin de partie. *La Fête en plein air* n'aura pas lieu.

Il redescendit, titubant, et alla se vautrer sur une banquette. Louise courut le consoler sous le regard amusé de Roxane. Adam s'écria :

— Chic ! Adieu Pludek ! J'attendais ce moment pour partir enfin en vacances.

Roxane lui souffla au creux de l'oreille que ce serait sans elle.

— Pourquoi ?

Elle quitta le salon sans répondre.

24

En entrant dans son appartement du boulevard du Montparnasse, deuxième étage sur cour, Simon Rochelin fut saisi d'une envie de gerber. Des grosses mouches avaient proliféré dans sa cuisine, des *Sarcophaga carnaria*, la pire des espèces, grâce à un reste de rôti de bœuf oublié sur le bord de l'évier. Il se précipita pour ouvrir en grand toutes les fenêtres, mais les insectes ne craignaient guère les courants d'air. Elles allaient se réfugier au plafond, derrière les rideaux, s'envolaient mollement, lourdes et lentes, passant de la cuisine au salon, négligeant le bureau, trop sombre sans doute. À moins que la compagnie des livres les eût dérangées. Heureusement, avant de partir à Marteline, le dernier jour de juillet, il avait pris soin de fermer les deux chambres. Dans celles-ci, outre l'odeur habituelle de renfermé, il n'y en avait pas une seule. Miracle. Il jeta négligemment sa valise sur une table de nuit proche de la fenêtre, et se laissa tomber en travers du lit.

Deux heures plus tard, Simon refit surface. Il se dépêcha de prendre une douche et de s'habiller avec des vêtements propres. Les mouches étaient encore là, attirées par la lumière des lampes, mais il s'en fichait dans le fond. Cependant au moment de quitter son appart,

Rochelin se souvint qu'il devait posséder dans un placard une bombe insecticide. Il referma toutes les fenêtres, aspergea copieusement les pièces jusqu'à épuisement du récipient. Et s'enfuit en courant, incommodé par l'odeur de pyrèthre.

À la station de métro Vavin, il appela un taxi pour se faire conduire rue Geoffroy-l'Angevin. On le déposa sur l'esplanade Beaubourg, si proche de l'appartement d'Eugène Parent. Il sonna, insista, sans succès. La boîte aux lettres de l'entrée était pleine de courrier. Tout indiquait, hélas, que son ami n'avait pas remis les pieds à Paris depuis deux semaines au moins. Alors il tempêta à son aise. Un voyage pour rien, Brive-Paris aller-retour. Dix heures de tortillard avec arrêt dans toutes les gares... Sans même un bar correct pour tuer le temps. Il s'en voulut de sa légèreté, d'avoir supputé sans raison précise que Parent s'en était revenu à Paris. Mais sans nouvelles depuis tant de jours, ne pouvait-on pas tout imaginer ? Par exemple qu'il avait déclaré forfait sur l'affaire, après l'avoir intensément asticoté avec ses fameuses « zones d'ombre » dans le rapport d'autopsie.

Cette fois, Simon prit le métro pour le quai des Orfèvres. Une intuition. À cette heure, son vieil ami Gil Pipelet devait être au bar du Palais. Peut-être obtiendrait-il de lui quelques nouvelles, avec un peu de chance. Et en effet, il entraperçut Gilot accroché au comptoir devant son verre de gin. C'était sa boisson favorite, celle qui l'emportait, passé 11 heures, à Saïgon, où il avait laissé tant de souvenirs en 1975, à l'époque où elle ne s'appelait pas encore Hô Chi Minh-Ville. Il en avait écrit un livre souvenir, intitulé *Le Dernier Voyage*, avec le portrait émouvant d'une jeune fille tant aimée, Bang Tâm, morte lors de la prise de la ville par le Vietcong. C'était cette douleur qu'il traînait depuis ces années-là, sans trêve ni repos, un chagrin d'amour chevillé à l'âme dont il parlait avec une rage contenue par de longs silences.

Simon le surprit au milieu d'un soliloque adressé au barman qui ne l'écoutait plus depuis longtemps.

— Sais-tu ce qu'est le temps qui s'arrête ? Oh, Peter ! Comme une syncope. On croit mourir. On n'arrive plus à dire ce qu'on a sur la langue. Bref, on n'a plus de langue. Mais le silence quand il s'impose n'est pas mieux non plus. Ça je te l'assure, Peter. On peut mourir plusieurs fois dans une journée…

Il tapa le cul du verre sur le zinc faisant gicler son fond de gin. Le barman s'approcha de lui en hochant la tête.

— Si je ne te connaissais pas, Pipelet, tu serais viré d'ici depuis longtemps. Mais voilà, on te doit le respect. Même à l'heure où tu remontes le Mékong et où tu fais ton cinéma. Oui, *Cœur pur*, tu l'as serrée contre toi jusqu'à la fin. Respect, mon gars. Mais quoi, la vie continue… non ?

Rochelin se tint à distance un court instant, par décence. C'était un moment par trop vulnérable pour Gil. Il le connaissait trop pour le surprendre dans sa logorrhée sentimentale. Il attendit la redescente de la marée, avec l'histoire sempiternelle de Bang Tâm expirant dans ses bras, les derniers mots d'amour étouffés par un flot de sang. Il ressortit sur le trottoir, fit quelques pas autour du bar, puis se décida enfin.

— Quelle surprise ! s'écria Gil Pipelet en le prenant dans ses bras et en le serrant fort, distribuant de petites tapes dans le dos. Qu'est-ce qui t'amène, Sim ? On ne te voit jamais dans ce quartier. Sauf avec notre Pinocchio commun. Tu vois qui je veux dire ?

Il mima le nez qui s'allonge de ce menteur professionnel qu'était le petit commissaire.

— C'est lui, justement, que je cherche, dit Rochelin.

— Pas à Paris. Pas du tout. Fausse piste.

Gilot lui commanda un whisky et se fit servir un gin.

— Le barman fait une fixation sur moi. Comme là-bas avant la chute, j'en ai connu un qui voulait me sauver… C'était rue Dang Thi Nhu. J'ai perdu le nom. Tout autour il y avait des librairies partout, près de la poste centrale. Et des bazars, des bazars. Je voudrais bien savoir ce que tout ça est devenu. Peut-être que je serais déçu. Mieux vaut consulter ses souvenirs, là, fit-il en se tapant le front avec la pointe de l'index.

— Arrête ton cirque, Gilot. Tu fatigues à force. Il y a vingt ans déjà. Tu aurais dû faire le ménage dans ta tête.

— Con que tu es, Sim. Ma vie s'est arrêtée là-bas, avec la mort de ma princesse.

Ils trinquèrent, burent, et restèrent ainsi dans un long silence à s'observer. *C'est à cause de toi*, pensa Rochelin, *si je ne viens jamais dans ce quartier. Et encore moins dans ce bistrot. Je fuis les souvenirs. Les miens et ceux des autres. Les souvenirs me désespèrent, m'effraient.*

— Ce ne serait pas correct si je ne te disais pas la vérité, Sim…

— Quelle vérité ? Toi, la vérité… Tu arranges tout à ta façon. C'est ton côté journaliste, ou plutôt correspondant de guerre, du temps où tu faisais les cent pas pour glaner des informations à l'hôtel *Rex*.

Pipelet posa la main sur l'épaule de Simon.

— J'ai vu Eugénio, ici, il y a deux jours. Deux jours, précisa-t-il en brandissant l'index et le majeur.

— Où est-il maintenant ?

— Dans ton bled. Forcément. Il m'a dit qu'il retournait à... Comment ça ? Je ne sais plus...

— Marteline, fit Simon.

— Pour finir le travail.

— Il t'a dit ça ?

— Oui. Qu'il y retournait pour clore son enquête. À ce que j'ai cru comprendre, Sim, c'est bien avancé. Sacrément même. Mais j'en sais pas plus. Et c'est pas la peine de me cuisiner pour me faire dire n'importe quoi. Tu connais le commissaire, c'est un taiseux.

Il accompagna ses mots en faisant mine de se rouler des moustaches imaginaires.

Rochelin se sentit soudain revigoré. *Je le savais bien*, se dit-il, *qu'Eugénio ne lâcherait pas le morceau. C'est un frère, un vrai frère, celui-là.* Et, se sentant soudain en joie, il invita Pipelet à dîner. Mais pour lui, c'était trop tôt, 21 heures. Plutôt boire des coups en série, accrochés au bar, à débiter des âneries sur le temps qui passe.

Finalement, ils se contentèrent d'un restaurant japonais dans le secteur Notre-Dame. Ça tombait bien, ni l'un ni l'autre n'étaient affamés.

— T'sais, fit Pipelet en jouant des baguettes sur les sushis, additionnant les sauces à discrétion, Eugénio t'aime bien, toi qui méprises tout le monde.

— C'est ma fête. Après une dizaine de gin, c'est toujours l'heure de ma fête. J'ai noté ça. Tu me détestes sans vergogne. Mais je m'en fiche. Je n'ai aucune estime de moi.

— Arrête de raconter des bêtises, Sim. Tu es l'homme le plus infatué que je connaisse. C'est pourquoi tu es si seul, parce que tu t'es ingénié, au fil du temps, à faire le vide autour de toi. Certes, tu as croisé des gens prêts à t'aider, que dis-je, te servir. Mais en retour, rien. Tu n'es pas généreux. Tu n'aimes personne. Et que crois-tu qu'il pense de toi, ton vieil ami Eugénio ? « Cette fois encore, je veux bien lui rendre service, mais c'est la dernière fois… » Et il a ajouté pour couronner le tout : « Je le fais pour Mila, pour la mémoire de Margaux. Mais sûrement pas pour Simon, ce grand con prétentieux. » Ça t'en bouche un coin, n'est-ce pas, Sim, qu'on puisse penser ça de toi ? Et pourtant. Voilà. D'ailleurs, à ce que je sais, t'as été au-dessous de tout avec ta fille. T'étais pas à l'enterrement. Tu as fait comme les autruches, tu as mis la tête sous le sable. Mila t'en a voulu.

Simon l'écoutait sans broncher, ni ciller du regard. Il s'était préparé à cette leçon, une de plus, de son vieil ami journaliste. Pourtant il ne lui en voulait pas. Mila, c'était autre chose, douloureux à entendre, mais pour l'heure, il était loin d'elle, si loin qu'il parvenait parfois à croire qu'elle n'avait pas existé, que son amour était un incident de parcours. La naissance de Margaux avait été un miracle.

Face à cette débauche de critiques, Rochelin eût pu prendre la mouche. Mais rien. Il s'en fichait que Gilot le vît ainsi, méprisant et hautain. Seule la réflexion sur Margaux le touchait au cœur. Cette indifférence supposée, sa fuite devant le malheur, sa lâcheté, tout ceci hélas ne plaidait guère en sa faveur.

Enfin, Simon sonna la fin de partie. Il se leva, lui fit un petit signe et se retira d'un pas rapide.

Le lendemain, aux aurores, après avoir balayé toutes les mouches qui jonchaient son appartement, Simon prit un taxi pour Vélizy et visita le lieu où reposait sa fille. Aux alentours, les pelouses rasées de frais, les bosquets d'arbres fournis prêtaient un air bucolique. Il s'assit au bord de la petite tombe avec des larmes dans les yeux. Puis il déposa son bouquet de roses blanches sur le gravier blanc et noir. *J'ai mis un an pour me décider*, pensa-t-il. *Quelle sorte d'homme suis-je ? Peu fréquentable. Parfois, je me méprise de n'être pas dans le commun du troupeau humain. Comme dirait mon vieil ami Eugénio, voici un excès d'orgueil tout à fait détestable.* Ses yeux se levèrent vers le ciel bleu. Quelques nuages couraient vers le nord. Il accrocha son regard à l'un d'eux, longtemps, jusqu'à ce qu'il se métamorphosât en floches sous la poussée des vents.

25

C'était plus fort qu'elle, Juliette avait volé encore une dizaine de lettres. Sans les ouvrir cependant. Elle confessa son larcin à l'abbé Albrest.

— Ma chère enfant, dit-il à travers le grillage du confessionnal, notre Seigneur ne saurait autoriser une telle violation de la vie privée. Désobéir à cette règle serait un péché mortel que je ne saurais absoudre. Ah, ma chère Juliette, vous êtes sur la mauvaise pente. La curiosité vous joue des tours. Et j'essaie de comprendre ce qui se passe au fond de vous-même. À la vérité, vous ne vivez que par procuration. Toute votre existence est assujettie à une personne, Mme Anglard, votre voisine. N'est-ce pas ?

Le prêtre n'entendit qu'un timide chuchotement. Il insista pour que Juliette s'exprimât à haute et intelligible voix.

— Pourquoi faites-vous une telle fixation sur cette personne ? Y avez-vous réfléchi ? Non, sans doute. Dieu exige que nous marchions dans la vie les yeux ouverts, la conscience en éveil, à l'écoute des autres, certes, mais sans les juger par avance.

Albrest ânonna ces mots avec lassitude, comme un office des lectures du matin devant dix malheureux fidèles. Il avait l'impression de se répéter. Sa fidèle Mlle Valeyne était incurable. Elle était attirée par le péché comme un enfant qui s'empare d'une braise dans un foyer. Il lui fallait se brûler l'âme pour se sentir honorée par les forces divines. Et pour ces raisons, seulement, il la trouvait attendrissante, cette petite dame se desséchant sur place.

Avant d'absoudre ses péchés, Albrest lui recommanda, plutôt fermement, de reprendre au plus vite contact avec Thérèse Anglard pour lui rendre les lettres volées. Et ce geste de repentance devrait être accompagné surtout par une promesse, celle de ne jamais plus toucher au fruit défendu. Sinon, l'enfer direct, lui assura-t-il d'une voix ténébreuse.

Un rien terrorisait Mlle Valeyne, aussi ressentit-elle ces paroles dans le confessionnal comme un avertissement du divin. Puis il l'invita à sortir de sa loge et à réciter à la suite trois Actes de contrition. Enfin, il la fit venir dans la sacristie, la pria de s'asseoir dans son grand fauteuil voltaire en velours grenat et galons dorés. Elle accueillit ce suprême privilège en jubilant sur place. Peu de fidèles à Marteline avaient eu droit au trône sacré.

Il se mit à tourner autour d'elle, hésitant, indécis. C'était un supplice pour elle de ne savoir ce que son confesseur désirait d'elle au juste, maintenant que son âme était purifiée.

— Pourrais-je me retirer, mon père ?

— Chère mademoiselle Valeyne, vous vivez dans une effroyable solitude. Qu'est-ce donc la signification de cet isolement pour vous ? Une punition que vous vous imposez ? Une mortification ? Je m'interroge. Pourquoi, me direz-vous ? Parce que j'ai grand souci de votre personne.

Mlle Valeyne tremblait de terreur. Cet homme lui avait toujours fait l'impression d'être insaisissable, bien que dévoué à ses vœux, mais les débordant parfois. Avec sa rudesse de cœur et la rigueur de ses principes, il ressemblait à son père, jadis, lorsqu'il prenait plaisir à la flageller pour des fautes imaginaires. Elle porta ses mains au visage et attendit patiemment qu'on la laissât enfin en paix.

— Vous avez quel âge, mademoiselle ?

— Quarante-trois ans. (Elle prenait un malin plaisir à en effacer d'office trois ou quatre.)

Le curé s'interrogeait. Il la voyait nettement plus âgée. Après coup, il se reprocha cette mauvaise pensée.

— Un homme, enfin, un homme oui, bredouilla le prêtre, ne s'est jamais intéressé à vous ?

Elle ne répondit pas en prenant une posture offusquée. C'était inconvenant à ses yeux et, pour la première fois, elle jugea que le père Albrest outrepassait sa mission. Elle aurait voulu lui dire d'un ton sans réplique : Ah ! mais je ne vous permets pas, monsieur ! Le « monsieur » employé à dessein, rien que pour le renvoyer à son état d'homme, habité par des pensées, voire des intentions lubriques. Mais elle ne le put en se souvenant qu'on lui avait appris la soumission face aux hommes d'autorité, les maires, les prêtres, les médecins, les notaires, les juges… Ça ne manquait pas, les hommes d'autorité, face auxquels il lui fallait se soumettre tous les jours, platement. Par exemple, chaque fois qu'elle se rendait au tribunal de Cahors pour remettre ses dossiers d'expertise. Elle en entendait des lazzis de toute sorte sur ses tenues vestimentaires, ses airs offusqués, ses principes étriqués. Et plus elle s'en hérissait, plus on la raillait.

— Juliette, mon enfant, vous devriez vous inscrire à l'Association œcuménique de Marteline. Vous y rencontreriez de fort bons chrétiens aux qualités morales irréprochables. Sans doute trouveriez-vous une épaule sur laquelle vous appuyer pour traverser la vie. Vous êtes si jeune encore. Ce serait…

— Non, se défendit Mlle Valeyne. Assurément pas. Je n'ai pas besoin d'un homme dans ma vie. Mon père Charles et surtout mon adorable grand-mère Zélia m'ont fait jurer de ne jamais me marier, que mon destin était dans une confrérie religieuse.

— Vous pouvez vous délier de cette parole, dit le prêtre.

Il fit un signe de croix, posa les trois premiers doigts de sa main sur son front. Et se mit à marmonner des mots incompréhensibles.

— Voilà, fit-il. Entendez mon message. Et qu'il accomplisse son chemin en vous.

Tandis que le prêtre s'effaçait au fond de sa cure, elle resta un long moment à réfléchir. Zélia avait une telle emprise sur elle que, souvent, au cœur de la nuit, son image venait la visiter. Ça la mettait en nage, ça la terrorisait des heures durant. Car elle n'arrivait pas à comprendre pourquoi sa grand-mère avait encore, malgré les années, autant d'autorité sur elle.

Revenue chez elle, elle se mit à larmoyer. Mais ses larmes étaient sèches comme si, de ce côté-ci, à force de temps, elle avait fini par tout donner sans rien obtenir, ni pardon, ni repentir, seulement des moqueries. Pourtant, Juliette s'estimait assez intelligente pour s'affranchir de ces obstacles. Et les deux forces, s'opposant et bataillant en elle, l'une qui l'attirait vers la contemplation et l'autre qui lui conseillait de s'ouvrir au monde, paraissaient peu à peu s'atténuer en elle. Elle n'espérait plus que s'en extraire enfin.

Elle se mit à dévorer la moitié d'un pot de miel avec délectation. C'était de cette douceur dont elle avait envie. Et quand elle parvint à l'écœurement, elle se mit à arpenter chacune des pièces en vociférant de rage contre elle-même. *Non*, se promettait-elle, *je n'ouvrirai pas les dix dernières lettres que j'ai volées. Je n'attends rien d'elles. Ce qu'elles contiennent, je m'en fiche. Après tout, ma vie me suffit. Juré, les persécutions de grand-mère Zélia ne m'atteindront plus. Je serai forte, déterminée. Quant à m'abandonner à un homme, non, non, je ne me sens pas prête. Des mains sur ma peau, dans mon intimité… Mon Dieu, quelle horreur!*

Puis elle resta prostrée une demi-heure, dans un profond silence. Et se décida enfin… Elle ouvrit les volets en grand, les fenêtres aussi. Les odeurs de la rue surchauffée par le soleil d'été entrèrent dans sa maison. Se perdirent ainsi peu à peu les derniers remugles d'encens et de vieilles bougies.

Lorsque Juliette vint sonner à la porte, Colombe hésita à lui ouvrir. *Qu'est-ce qu'elle vient faire, cette vieille pie?* se dit-elle. *Je croyais qu'on ne la verrait plus avant que les croque-morts ne sortent son cercueil de la maison. Ce serait bien le genre à mourir dans son lit et à se dessécher des jours et des jours dans une nuée de mouches bleues.* Cette pensée funeste la fit sourire. Léna Colombier avait souvent ce genre d'images qui lui trottait dans la tête.

— Thérèse! Regardez dehors! Elle revient, la vieille pie, alerta-t-elle.

— Je croyais qu'on en avait terminé avec cette bigote. C'est une histoire sans fin.

Thée hésita encore, quelques secondes. Ça ne lui disait décidément rien de se faire juger, encore et toujours, avec les mêmes mots, les mêmes soupirs. *Moi, la pécheresse, qui mérite tous les feux de l'enfer…*

— Alors, interrogea Colombe, on lui ouvre ou on la chasse ?

Puis Thée décida de l'accueillir elle-même.

— Alors, lui lança-t-elle en entrebâillant le portail, vous venez m'annoncer que vous avez prononcé vos vœux et que vous entrez enfin au couvent ?

Elles se saluèrent d'une poignée de main, d'un regard soupçonneux. Il y avait de la crainte entre elles deux, parce qu'elles n'appartenaient pas au même monde. Plus loin, Colombe les surveillait avec sévérité. *Je crois*, se dit-elle, *que Thée va encore se faire avoir. Tant de bonté me désespère*. Puis elle se reprit en songeant, soudain, que Thérèse avait aussi fait preuve de bonté pour elle. *Sans sa bienveillance, où serais-je ?* se dit-elle.

— Je suis venue vous rapporter les lettres que je vous ai volées, dit Mlle Valeyne, toute penaude.

— Encore ! s'esclaffa Mme Anglard. Décidément, c'est une maladie. Mais que leur voulez-vous à mes lettres ? Qu'elles vous enseignent quelque chose d'inédit sur moi-même ? Qu'elles vous révèlent un grand secret ? Ne serais-je pour vous qu'un sujet d'observation, comme un insecte rare dans un bocal, sous l'œil de l'entomologiste ? Allons ! Cessez ces petites folies qui vous déshonorent, mademoiselle Valeyne. Je crois que vous pourriez mieux occuper votre temps.

Juliette baissait la tête, piteusement.

— Ces dix dernières, je ne les ai pas lues. Et je vous promets, désormais, de ne plus piocher dans votre vie, d'y chercher je ne sais quoi…

Sans qu'on l'eût commandée, la petite Colombe apporta le thé de 4 heures sur la table ronde de la terrasse cernée par les fauteuils en rotin. Les deux femmes s'assirent face à face, s'observèrent attentivement, sans baisser le regard, ni l'une ni l'autre. Thérèse jugea que sa voisine avait un teint blafard, des yeux cernés et le cheveu un brin négligé. Cette mine hâve lui inspira la pitié.

— Je trouve que vous vous laissez aller, lui confia Thée. Dommage, un rien vous rendrait un peu d'éclat. Oui, soupira-t-elle, vous êtes une belle femme. Dommage que le Bon Dieu vous torture l'esprit. Cette piété a fini par vous abstraire du monde réel.

Juliette songea alors à l'abbé Albrest qui, quelques heures plus tôt, lui avait conseillé d'échapper à sa solitude. Elle hochait ostensiblement la tête, comme si cette évidence s'instillait peu à peu dans son esprit.

— Vous êtes mon ennemie intime, vous représentez tout ce que j'ai abhorré dans la vie jusqu'ici.

Mme Anglard la toisait d'un air amusé. Ce n'était pas nouveau. À chaque fois, elle lui servait ce genre de reproche avec une ténacité suspecte. La visiteuse poursuivit :

— Ça doit vous barber à la longue d'avoir une voisine telle que moi, qui s'est introduite chez vous, a pillé vos secrets de famille. Quelle sorte de folie s'est emparée de moi…

— Radoteuse, fit Thée. Nous allons en sortir, de cette histoire, une bonne fois pour toutes.

Elle la prit par le bras et la conduisit à son secrétaire dans l'angle du salon.

— Regardez-les bien, ces lettres… Vous voulez les emporter chez vous ? Je vous les offre.

Juliette se recula, horrifiée.

— Vous ne les voulez plus ?

— J'ai juré de ne plus y toucher.

— À qui ?

— À l'abbé Albrest et à moi-même.

Soudain, elle ouvrit son sac et lui tendit les dix dernières subtilisées, comme promis. Thérèse les lui prit des mains et les posa sur le tas.

— Notez, ma chère, que je ne les ai pas décachetées. Je ne veux plus rien savoir sur vous et William.

Thée fut surprise qu'elle l'appelât William, comme si ce triste sire était devenu une connaissance pour elle et qu'il avait fini par prendre une certaine place dans sa vie. Ce constat la fit réfléchir sur les ravages d'une trop longue et captive solitude.

Aussitôt elle appela Colombe. Elle se tenait dans la cuisine, comme souvent, attelée à de menues tâches domestiques.

— J'ai pris une décision, lança Thée. On va détruire toutes ces missives empoisonnantes. Ainsi couperai-je le fil qui me retient à mon passé, d'une manière radicale.

Juliette parut décontenancée de découvrir que ce mari, accusé de tant de défauts et de turpitudes, ne comptait plus pour sa voisine, et du même coup pour elle, qui avait tellement fantasmé sur ce personnage au point de se l'approprier fâcheusement.

— Quoi ? fit Thée en la fixant droit dans les yeux. Voyez-vous une autre solution ? Tout ce qu'il m'écrit, jour après jour, ne compte pas pour moi. Je n'ai jamais voulu m'enfermer moi-même dans sa propre prison. Alors, faisons table rase.

Elle ordonna à Colombe d'emporter les lettres de William Anglard au fond du parc, près du mur d'enceinte, là où l'on brûlait les vieilles herbes. Il fallut faire trois voyages. Léna s'occupa seule de ce travail, car ni Thée ni Juliette ne s'y employèrent. Besogne abaissante pour l'une, sacrilège pour l'autre…

— Peut-être détruisons-nous un chef-d'œuvre qui eût pu rivaliser avec *Les Liaisons dangereuses* de Laclos, ironisa-t-elle. À moins que ce cher William en ait conservé une copie. Ça lui ressemblerait bien…

Colombe versa une bouteille entière d'alcool à brûler et laissa le soin à Thérèse d'y jeter une allumette. Elle opéra sans une hésitation tandis que Juliette poussa un cri d'effroi. On se recula pour observer la vigueur des flammes, quelques minutes seulement. Seule, Mlle Valeyne s'attarda en faisant un discret signe de croix, comme s'il s'agissait là du bûcher d'un supplicié.

— Notre voisine est atteinte d'une folie douce, confia Thée à Colombe.

*

Juste avant la montée du soir, Simon Rochelin rendit visite à Thérèse. Il la trouva dans sa bibliothèque, assoupie sur un gros livre. La surprise de son arrivée lui fit tomber l'ouvrage des mains. L'homme le récupéra délicatement et le lui remit.

— Je vous ai effrayée. Peut-être n'aurais-je pas dû entrer ici sans votre invitation ? N'est-ce pas votre jardin secret ?

Sans doute faisait-il référence à des aquarelles que Mme Anglard avait peintes, à temps perdu, et qu'elle ne voulait montrer à personne, jugeant sans doute que ces pièces ne méritaient pas un regard. Celles-ci représentaient des ciels tourmentés, des fins de jour flamboyantes, de sombres abysses oppressants… Comme ses yeux s'étaient portés sur celles-ci, elle le pria de s'en détourner avec une coquetterie qui ne cessait de le surprendre. Il y avait chez cette femme une touchante pudeur qui ne lui ressemblait guère, surtout au milieu de ses soupirants incarnant la muse inspirée. Elle trônait, pontifiait, distribuait ses bons et mauvais points, se jouant des rivalités des uns et des autres, slalomant entre les susceptibilités pour révéler la nature profonde des êtres.

En vérité, Thérèse l'accueillit sans enthousiasme, comme si leur longue conversation qui les avait rendus si proches l'avant-veille s'était déjà évaporée. Rochelin en éprouva un petit pincement au cœur. Il lui baisa la main avant de se retirer.

— Attendez donc ! ordonna-t-elle.

Elle lui dit d'une voix posée et un peu éraillée par la fatigue qu'il ne fallait pas prendre ses sautes d'humeur au pied de la lettre, celles-ci n'étant pas dirigées contre lui, et ajouta que, bien au contraire, elle appréciait fort sa visite. Mme Anglard rajusta sa mise.

— Deux jours que vous me boudez, monsieur Rochelin, c'est long. Peut-être trouvez-vous ma compagnie lassante…

— Certainement pas…

— Ça concerne vos affaires ? Je comprends.

— Non, releva Simon, seulement ma fille. Un enquêteur est sur le coup. Un certain Eugénio Parent, un commissaire en disponibilité.

Il aimait bien faire sonner ces détails au passage.

— Celui qui a découvert les carences dans le rapport d'autopsie de votre petite Margaux. Vous avez pu le joindre ?

— Non. Je suis sans nouvelle. Et ça m'inquiète. Parfois, dans mes moments de spleen, j'en arrive à croire qu'il m'a oublié, ce misérable Eugénio. Pourtant, nous étions si proches. J'avais tellement confiance en lui. Finalement, le monde autour de moi n'est qu'un théâtre d'ombres.

— N'oubliez pas, ajouta Thérèse Anglard, que vous pouvez au moins compter sur moi.

— Votre amabilité me touche au cœur. Mais est-ce une illusion ?

— Comment cela, s'offusqua-t-elle, une illusion ?

— Que suis-je pour vous ? Rien qu'un étranger de passage avec ses problèmes. Vous avez les vôtres, déjà, n'y ajoutons pas les miens.

Elle se prit la tête dans les mains, repoussant sa chevelure en arrière, comme si elle désirait qu'il l'observât bien attentivement, qu'aucun de ses traits n'échappât à son regard.

— Si vous le désirez, cher Simon, vous pourriez entrer dans ma vie.

Il se redressa, la fixa intensément. Ni l'un ni l'autre n'abaissèrent les yeux. Il s'avança vers elle, se retint à l'instant où il allait poser ses lèvres sur les siennes. Elles paraissaient néanmoins l'attendre. Mais il avait peur de l'inconnu, au-delà de cette promesse. *Qu'en ferais-je, de cet amour?* se demandait-il. Pourtant, il y avait entre eux deux tant de points communs qu'ils s'étaient trouvés au bout d'une heure de conversation. Mais ça ne faisait pas pour autant une histoire d'amour.

— Tant pis! déplora-t-elle. Alors que je viens d'en finir avec mon ancien mari. J'ai brûlé nos souvenirs. Devant moi, je dispose d'une belle page blanche.

Simon lui prit les mains et se mit à les caresser délicatement. Elle parut s'abandonner en fermant les yeux. Il profita de sa lascivité pour poser un baiser sur ses lèvres. Et il tomba à genoux tout contre elle et la prit dans ses bras, en silence. Elle posa la tête sur son épaule. Elle-même l'enlaça, ses ongles griffant sa chair.

— Donnez congé à votre hôtelière, lui murmura-t-elle à l'oreille. Et venez habiter dans ma chambre.

— N'est-ce pas prématuré?

— Nous ne ferons pas l'amour si cela vous effraie. Qu'importe. J'ai besoin que vous soyez près de moi. J'ai besoin de vous toucher, vous, un homme aussi adorablement perdu dans la vie. C'est un rêve de femme.

— Me consoler peut-être aussi?

— Oui, jura-t-elle. Je vous consolerai.

— Je ne crois pas que vous y parviendrez.

— Mettez-moi au défi!

— Je veux bien.

Ils descendirent dans le jardin, sans un mot de plus, bras dessus bras dessous. Simon palpait sa taille avec ses larges mains, les laissait courir discrètement sur sa croupe, ses fesses. C'était une géographie féminine à laquelle il commençait à s'accoutumer. Thée avait gardé la mine grave des heures indécises. Peut-être tout cela allait-il trop vite, peut-être le regretterait-elle. Mais elle se sentait la force de dominer la situation. *J'ai trop longtemps vécu dans la solitude*, pensait-elle. *Saurai-je encore faire avec un homme ? Lui offrir ce qu'il attend ? Et comment saurai-je ce qu'il attend de moi ?* Elle aurait voulu prendre le temps, avant tout engagement, d'évoquer ces choses avec lui, mais la situation ainsi précipitée l'avait rendue muette. Peut-être était-ce une chance tout compte fait : ne pas s'emballer et voir venir avec sérénité.

26

Quatre soirs de suite, Françoise rejoignit son amant à l'hôtel Mercure. Elle prenait la clé, puis l'attendait sur le lit en fumant des cigarettes après un bon bain chaud. Parfois elle lisait, parfois elle réfléchissait, mais sans ennui, avec le sentiment intérieur d'avoir fait le bon choix, celui de l'amour et de l'aventure, sans lesquels la plus belle et intelligente femme du monde est condamnée à s'étioler. En arrivant, Lorin se dépouillait de ses frusques et s'allongeait à côté d'elle. Elle lui demandait s'il avait pris le temps de dîner. D'ordinaire il ne répondait pas. Ces questions lui paraissaient toujours superflues. On mange quand on a faim. On dort quand on a sommeil et on fait l'amour de même.

En cette matière, Pierret était doux et attentif. Il aimait jouer avec son corps, le conduire là où il voulait. Françoise était persuadée d'une chose, au moins, dans sa situation présente, elle ne reprendrait jamais la vie conjugale avec Paul, quoi qu'il lui en coûtât.

Lorsque cette question était évoquée, l'avenir, les projets, Lorin restait évasif. Jamais oui, jamais non. « Peut-être » ou « On verra… ». Françoise mettait cette légèreté sur le compte de son travail. Monsieur passait ses journées à prendre des notes sur un cahier qu'elle n'avait pas le droit de consulter, faisait des repérages, additionnait des croquis, des photos pour son prochain polar. Elle l'avait appris par son fils, que Lorin était un auteur de polars. Françoise s'était renseignée dans plusieurs librairies, mais on n'avait jamais entendu parler de Lorin Pierret. Elle imagina donc que son amant publiait sous pseudonyme. Un soir, elle voulut évoquer cette question, il posa son index sur ses lèvres et lui fit comprendre que c'était un sujet interdit. Comme tant d'autres sujets du reste, ceux relevant de sa vie passée. Avait-il été marié ? Combien de femmes dans sa vie ? Des enfants, peut-être ? Pierret était une énigme. Avec son esprit romanesque, sa propension à imaginer toutes sortes de situations, ces mystères ne faisaient qu'amplifier l'aura du personnage qui hantait désormais son existence.

Le matin, après le départ de son amant, Françoise retournait à Sauzert en s'arrangeant pour entrer dans son appartement personnel par la porte de derrière. Elle craignait les questions du mari, bien qu'il l'eût assurée de sa retenue. Le pacte entre eux deux consistait à admettre que chacun vivrait de son côté. Mais c'était plus facile à dire qu'à faire. Car la fuite sentimentale de son épouse avait réveillé en lui un fort soupçon de jalousie. En voyant sa chose lui échapper, l'homme jugeait qu'une part de sa virilité s'était évaporée. Peut-être avec le temps la reconquerrait-il ? Ainsi se berçait-il de ce genre d'illusion. Marceau le raillait doucement. « Tu ne connais rien aux femmes, papa ! Quand elles ont pris une décision, elles s'y tiennent. » Mais Paul n'admettait pas que son fils lui fît la leçon. « Toi, tu ne cours que les femmes mariées. Tu ne vis jamais avec elles. Tu es juste un objet sexuel à leurs yeux. Un *sex boy*. Si ça te convient, après tout. Moi, ça ne me fait ni chaud ni froid. Mais le temps travaille contre toi. Tu devrais songer à bâtir une famille, à t'engager dans la vie, plutôt que te satisfaire d'un strapontin… » Et hop, Marceau le poussait hors du haras, lui fermait la porte au nez.

Ce matin-là, Paul alla frapper à son appartement. Elle ne répondit pas. Il colla une oreille à la porte, guettant les bruits intérieurs. Où pouvait-elle être sinon dans sa cache, enfermée comme une adolescente en crise ? Alors, il insista. Boum. Boum. Boum. D'un poing conquérant. Elle l'entrouvrit enfin.

— Je n'ai pas envie de te voir.

Il tenta d'agripper la porte. Mais elle résista avec une force décuplée. *Ça ne lui ressemble pas !* se dit-il. *Décidément, ce Pierret n'est pas une bonne fréquentation pour elle.*

Il s'assit à même le parquet, adossé à la porte récalcitrante.

— Que vas-tu devenir avec ce type ? dit-il.

Il était assuré qu'elle l'écoutait et qu'elle ne s'était pas réfugiée dans son cabinet.

— Tu comptes vivre avec lui ? Et de quoi ? Est-il au moins capable de te nourrir ? Avec tes goûts de luxe, crois-tu qu'il aura les moyens de subvenir à tous tes besoins ?

Paul prit un malin plaisir à énumérer sa garde-robe, à évoquer les parfums de luxe, les salons de massage, les escapades en solitaire à l'île de Ré, à Porquerolles, à Santorin ou à Venise…

— Certes, admit-il, je pourrais t'allouer une pension.

Le ricanement du vertueux mari était de trop. Mais au moins, il eut la vertu d'attirer une réponse.

— Je n'ai pas besoin de tes générosités. Je compte reprendre un poste de professeur d'histoire de l'art, dit-elle.

— Ah c'est vrai. Tu as exercé deux ans, je crois. Crois-tu que ça suffira pour remplir ton CV ? Les méthodes d'enseignement ont changé. Tu n'es plus dans le coup, ma pauvre Françoise. À la vérité, et c'est dur à entendre, tu n'as jamais pu imaginer combien la société a changé, avec les mutations, les crises successives. Jusqu'à présent, tu as vécu dans une sorte de cocon, protégée du monde extérieur. Grâce à moi. Certes, je ne veux pas qu'on me jette des fleurs. Mais je suis un mari libéral, avec ses défauts, mais libéral. Profondément libéral, insista-t-il. Et quoi qu'il nous arrive, je veillerai sur toi, de près ou de loin.

— Tu te tiendras à distance, Paul. Ce sera le mieux pour nous deux, dit-elle.

À sa voix claire, il sentit que l'affaire était sérieuse, que les décisions étaient déjà prises. Il se mit à ronchonner, la nuque tapant contre la porte close.

— Et moi, pourrais-je le voir, mon rival ? M'accorderait-il un entretien ? Nous pourrions arranger ça, non ?

— Pour lui dire quoi ? Ce que tu sais déjà…

— Discuter de ton avenir avec lui. S'il compte s'occuper de toi, sérieusement. Je crains que cet amour, ma chère, ne soit qu'une passade. Un coup de tête. Contre le vieux con que je suis.

Il se releva en gémissant, les larmes au bord des yeux. Un homme si fort, si puissant, si assuré de son autorité, voici qu'un petit grain le jetait sur la grève, comme un naufragé. Il se détesta, soudain, dans cet état, et partit vers sa voiture. Il roula une heure, à tombeau ouvert, sur de petites routes sinueuses. Que cherchait-il ? Il s'arrêta à Cahors pour téléphoner dans un café. À son bureau d'Irigny, il informa la petite secrétaire de son retour prochain. Il déplora avec elle ses vacances ennuyeuses, se lamenta sur le travail en retard et évoqua enfin la préparation d'un voyage à Chicago. Ainsi Paul se sentait-il revivre. Il demanda au passage des nouvelles de Sylvia Dash. On lui répondit qu'elle était à Singapour. Avec qui ? On ne sut que répondre. Puis il insista pour connaître son numéro de téléphone à l'hôtel *Telegraph*. La jeune secrétaire lui répondit qu'il ne lui avait pas été communiqué, s'agissant d'un voyage privé. Il fit grise mine. *Voyage privé*, s'étonna-t-il, *mais avec qui ?* Et le spleen s'empara de lui, tout entier, au point qu'il renonça à revenir à Marteline. Il fonça à Toulouse avec la ferme intention de trouver la bonne personne pour se distraire un peu.

*

Le soir même, en entrant à l'hôtel, Françoise trouva Lorin assis devant un guéridon près de la fenêtre dont le rideau métallique était descendu. Il se retourna à peine vers elle.

— C'est moi, dit-elle.

— Oui, je le sais que c'est toi. Qui voudrais-tu que ce soit ?

Elle s'approcha à pas feutrés, craignant de l'importuner. Il était en train de prendre des notes d'une écriture nerveuse. Elle posa la main sur son épaule et lui glissa un baiser dans le cou. Sans s'attarder. Il se retourna pour l'observer. Elle ne lui trouvait pas le même air que d'habitude.

— Quelque chose te chiffonne, mon amour ?

Il se leva pour la prendre dans ses bras.

— Je pensais à nous. À notre histoire, fit-il. Et de la suite à donner. Sans se raconter des histoires, ni se bâtir des romans abracadabrantesques.

Puis, en avalant d'un coup la fiole de whisky du mini-frigo de chambre, il reconnut que le moment était mal choisi pour en parler. Elle protesta.

— Au contraire, Lorin, ce matin j'ai eu une conversation avec mon mari. C'est fini. Fini, fini, insista-t-elle dans une sorte de jubilation d'adolescente.

Ils s'assirent au fond du lit, côte à côte, en se tenant la main, fixant la reproduction d'une œuvre de Rothko rouge et jaune : l'origine du monde vue par un aveugle, disait d'elle.

— Tu veux dire le divorce ?

— Bien sûr. Ce sera une simple formalité. Ça fait longtemps déjà que nous sommes en voie de séparation.

— Ce sont des choses qu'on dit parfois, et qu'on ne fait jamais.

Françoise se dressa devant lui, contrariée.

— Nous vivrons ensemble à Paris et j'irai travailler. Je dispose d'une licence en histoire de l'art et d'archéologie.

Il l'écoutait distraitement, à croire que cette éventualité ne l'avait pas encore effleuré, que cette aventure pût déboucher sur un changement radical de son existence. Il était plutôt flatté qu'une Françoise Bazillac pût chambouler, sur un coup de tête, toute la trajectoire de son existence. Il médita quelques secondes sur l'extraordinaire pouvoir des sentiments ; que ce fût sa haine et sa détestation pour son mari, autant que l'attachement et l'affection qu'elle lui témoignait désormais.

— Es-tu sûre, si sûre ? C'est grave tout de même.

— Si notre relation te pose problème, alors il faut me le dire maintenant, avant que se cristallise mon amour pour toi.

— Il faut un peu de temps, dit Lorin en la prenant dans ses bras et la serrant contre lui.

Ses lèvres asséchèrent quelques larmes sur sa joue. Il en fut ému, si ému qu'il la prît vivement. Puis ils allèrent prendre un bain ensemble, se savonnant l'un l'autre, puis s'amusèrent à se jeter de l'eau au visage.

Plus tard, devant un plateau du room-service, ils dégustèrent des fruits de mer au champagne.

Lorin révéla qu'il avait été en couple six fois dans sa vie. La durée n'avait jamais excédé un an. Et chaque fois, ce n'était pas lui qui avait rompu.

— Voici ma crainte. Que cette fois encore… Comprends-tu ?

— Il ne faut pas insulter l'avenir, jugea Françoise d'un ton empreint de gravité.

Ils jouèrent au jeu de la vérité, sur l'un et sur l'autre, les qualités, les défauts… Certes, ils ne se connaissaient pas encore assez pour que ce jeu prît quelque consistance, mais son amoureuse lui dénicha un défaut, celui du secret, le secret pour tout et pour rien, protégé par un mutisme d'enfer.

Elle l'assaillit de questions qui le mirent mal à l'aise.

— Ça raconte quoi, ce roman que tu écris ?

— Ah, s'exclama-t-il, ne jamais rien déflorer tant que le dernier mot n'est pas écrit.

Elle jugea la réponse un peu facile et lui reprocha de manquer de confiance à son égard.

C'eût été aisé de dire qu'elle lui avait jusqu'ici tout accordé, sans restrictions, pour ne rien recevoir en échange. Mais elle se tut, sagement, en lui caressant la nuque avec insistance. C'était un de ses plaisirs tactiles avec lui, ça l'excitait assez.

— Marceau approuve notre liaison, dit-elle pour le rassurer.

Il hocha la tête.

— Tu as acquis assez d'indépendance dans ta vie pour te passer de son avis.

Elle se mit à rire. Il y avait de l'énervement dans cette réflexion et celle-ci était sûrement due à la curiosité excessive qu'elle lui témoignait.

— Il trouve que son père a ce qu'il mérite, à force de me négliger.

Elle énonça cette phrase avec jubilation.

— Forcément, ajouta Lorin, tout ce qui peut atteindre son père le conforte.

— En plus, Marceau t'apprécie bien. Il m'a dit : « Lui, au moins, il ne me juge pas. »

— Toi non plus ?

— Je préférerais qu'il ait enfin une vie sentimentale stable.

Lorin n'avait pas envie de s'engager dans cette conversation plus avant. Il avait lui aussi eu des liaisons avec des femmes mariées et savait quelle sorte de jouissance ces opportunités lui avaient procurée. Et cette fois encore avec Françoise. Dès le départ, avant que les sentiments ne s'en viennent compliquer les choses, c'était ce qui l'avait attiré vers elle. Puis on se laisse emporter dans la romance, bien plus loin qu'on ne le voudrait généralement.

Il versa les dernières bulles de champagne dans les coupes. Ils trinquèrent pour la dixième fois à leur amour, à la générosité du destin qui les avait rapprochés, et bien peu à l'avenir. Ni l'un ni l'autre n'osait imaginer quel sort il leur réservait.

27

Dans le milieu de la matinée, par une forte chaleur, Thérèse monta à la Grange par le sentier qui longeait la départementale. Elle prit le temps de musarder pour contempler les marguerites à foison sur la prairie, les massifs de millepertuis poussant entre les pierrailles, puis les renoncules, les adonis et, alentour, le batifolage des papillons. Il y en avait des dizaines aux abords de la vieille fontaine, dont les misérables ruines étaient coiffées d'un imposant cormier et d'un frêne chétif.

Avant d'entrer dans le saint du saint, où l'on procédait aux derniers réglages, elle fit le tour de la bâtisse. À l'arrière, il y avait encore des outils aratoires essaimés dans un roncier envahissant. Firmine et Andréa, les hommes à tout faire de l'équipe, avaient tondu la pelouse d'entrée, à ras des murets, puis délaissé le reste. Tout ce qui ne se voyait pas en somme.

Mme Anglard trouva Firmine et Andréa allongés dans l'herbe, en slip de bain, un chapeau de paille sur la tête. Ils se levèrent pour la saluer.

— Vous ne répétez pas ?

— Non, dit Firmine, on possède notre sujet à fond.

— Et chaque fois qu'on vient donner la réplique, ajouta Andréa, Rosetti nous arrête pour nous dire qu'on ne comprend rien à la pièce du Tchèque.

— Mais le moment venu, quand tout merdera, on saura nous trouver, dit Firmine en montrant ses dents blanches éclatantes.

C'était un séduisant garçon, avec un physique athlétique. Peut-être avait-il quelque regret d'être encore à Marteline dans la troupe zinzin de Nino, comme il disait. Il avait espéré des vacances plus jouissives : canoë sur la Dordogne ou équitation au haras Bazillac. À la vérité, aucune des filles, toutes prises en apparence, ne s'était intéressée à lui. Ni Roxane, ni Louise – les seules nanas qui l'intéressaient. Thée le prit par le bras pour faire quelques pas dans le jardin, là où l'herbe était haute.

— Ça ressemble à un jardin de curé en friche avec les murets sur le pourtour, nota-t-elle. Et là-bas, la petite chapelle effondrée.

— C'est infesté de vipères et de couleuvres, dit Firmine. Louise aurait voulu que je les extermine, mais moi, j'ai rien contre. C'est plutôt nous qui venons les déranger avec la musique des Pink Floyd et du Velvet.

— Sans oublier le concert de Cologne de Keith Jarrett. Ça prend la tête à force, dit Andréa qui les avait rejoints en se caressant le ventre, bâillant à son aise, le cheveu en broussaille.

— Tu joues, finalement, toi ? demanda Thérèse.

— Seulement si Valentin Montbrun ne sait pas son texte. Je suis en doublure, si tu vois ce que je veux dire. Une merde quoi. C'est du Nino tout craché. Je le hais, ce type. Il se prend pour Nabokov.

Firmine pouffa de rire.

— Tu te mélanges les pinceaux. Pas Nabokov, mais Adamov. Adamov, répéta-t-il.

Devant la débauche de végétation, aussi hostile qu'impraticable, ils firent demi-tour.

— Heureusement qu'il nous reste *La Gambade*, fit Andréa. On y passe les nuits. Le type du haras nous y conduit et nous ramène juste avant le petit jour. C'est un sacré, celui-là.

— Marceau Bazillac ?

— Oui. Et un malade du sexe. Toujours dans les bons coups. Il s'est mis en quête de nous trouver de quoi nous distraire, hésita-t-il en toisant Mme Anglard de pied en cap.

— Des filles ? reprit-elle.

— Oui, c'est ça. Puisque dans la troupe, elles sont sages et prudes, comme des nonnettes.

— Il ne faut pas se fier aux apparences, releva Thérèse avec un sourire complice.

— Tu as des informations là-dessus ? questionna Andréa.

— Je ne cafte pas, répliqua-t-elle.

Les garçons allèrent s'asseoir à l'ombre du mur.

— Vous n'êtes jamais venu aux Murelles ? C'est aussi exaltant que *La Gambade*.

— Nino nous a dit que c'était pas fait pour nous. Que tu n'acceptais pas n'importe qui dans ton salon.

Mme Anglard haussa les épaules et rassura les garçons en les invitant pour le coup. Mais la proposition n'eut pas l'air de leur plaire. Finalement, ils s'étaient habitués à la discothèque, d'autant que Jeff Klaspick leur offrait généreusement des coups à boire pour de menus services.

À l'intérieur, la troupe répétait entièrement l'acte IV, sans interruption, un filage laborieux aux yeux de Thée. Sans cesse le metteur en scène apportait des artifices nouveaux sur le jeu des acteurs, ce qui commençait, à une semaine de la représentation officielle, à déstabiliser l'ensemble.

Thérèse se mit au milieu des acteurs pour mieux observer le déroulement de l'action. Le long monologue de Hugo lui parut monotone en diable. Adam Field récitait le rôle sans lui apporter l'âme nécessaire. *C'est du patronage*, pensait-elle. Tandis que Rosetti paraissait accepter la fatalité du destin. *Ce n'est pas une troupe professionnelle*, se disait-il, *on ne peut demander plus. Et de moi-même non plus*, pensait-il amèrement.

À la fin de l'acte, les filles, Roxane et Louise, allèrent dresser une table sur deux tréteaux, avec des gobelets en plastique et des assiettes en carton. Thérèse posa, au centre, un bouquet de fleurs des champs planté dans un pot de cornichons rempli d'eau. Nino jugea l'initiative ridicule et lui glissa en douce au creux de l'oreille : « Je préférerais que tu m'assistes à la mise en scène. » Elle se détourna de lui pour rejoindre Roxane. Maintenant, elle ne quittait plus Louise, et à la manière de se comporter de celle-ci avec Roxane, petits gestes complices, menus sourires en coin, elle comprit que les deux filles étaient amantes. Cette perspective l'enchantait. L'idée que Louise enchaînât son existence à ce bonhomme méprisant et cynique lui avait déchiré le cœur. Mais ces nouvelles liaisons sentimentales n'entachaient en rien le bon ordre de la troupe. Au moment de s'asseoir à table, comme d'habitude, Valentin Montbrun et Firmine Abal prirent la poudre d'escampette. Ils avaient de si petits rôles, en dehors du chambardement, la valse des dossiers sur de la musique répétitive – *Drumming* de Steve Reich. La seule idée de génie de Rosetti dans ce laborieux travail, selon Mme Anglard. Mais il lui eût été aisé de révéler, pour le coup, qu'elle n'y était pas étrangère.

On présenta, directement dans les papiers gras, le jambon blanc, la mortadelle et les tranches de saucisson. Roxane et Louise s'assirent à part, sur un banc adossé au mur de la grange. Nino insista pour qu'elles restent à table. Mais les deux filles firent semblant de ne pas entendre. Et le jeu cessa, tout net, lorsque Thérèse les rejoignit.

– Tu as bien joué ton coup, fit Louise en prenant la main de Thérèse. Tout en discrétion. En finesse. Classe, c'est très classe…

Roxie pouffa de rire.

— De quoi parles-tu ?

— Ne fais pas l'innocente, releva Louise.

Elle avait tellement changé, Louise, depuis sa nouvelle coupe de cheveux. Toutes les mèches tombantes, qui lui gâchaient le visage, avaient disparu. Désormais, sa coiffure bouffante donnait d'elle une image nouvelle. Mme Anglard s'en félicita.

— Ne détourne pas la conversation, fit Louise. M. Rochelin, le beau M. Rochelin, insista-t-elle, tu en as fait ton amant, n'est-ce pas ? Quel bon choix. Vous ne pouviez mieux tomber, l'un l'autre.

— Certes pas, dit-elle.

Puis ajouta :

— Pas encore…

Mme Anglard affichait, singulièrement, quelque pruderie à évoquer sa vie personnelle. Sans doute estimait-elle, au fond d'elle-même, que commencer une histoire d'amour à cinquante ans était une folie. Mais elle avait compris, après l'emballement de Rosetti à son encontre, qu'il y avait encore une embellie pour elle. La dernière, peut-être. Qui sait? Elle l'admit, timidement, par un silence. Roxane la remercia en déposant un baiser sur son front.

— Remercier de quoi, grand Dieu?

— Allons, fit-elle, tu as ouvert les yeux de Louise. Désormais elle est pour moi, entièrement à moi, insista-t-elle en tapant dans ses mains d'allégresse.

Louise baissait la tête, rougissante.

— J'avais compris, dit Thérèse.

— Comment ça?

— Votre petit manège dans ma baignoire. Et puis surtout, l'odeur de cyprine sur tes doigts. Ça ne trompe pas. Je suis très heureuse pour vous deux, fit-elle en décollant de son siège pour aller prendre deux ou trois figues dans une corbeille en osier.

*

Au milieu de l'après-midi, pendant que Rosetti faisait répéter l'acte II, une Peugeot 205 grise vint se garer sur le terre-plein, à une cinquantaine de mètres de la Grange. Aussitôt Thérèse rejoignit cette voiture d'un pas précipité, laissant s'envoler derrière elle son chapeau de paille. Elle ouvrit la portière tandis que Simon ne s'était pas encore décidé à descendre. Semble-t-il, il écoutait les informations sur l'autoradio, le front appuyé sur le volant. Thée lui demanda si ça allait bien et il tourna la tête de son côté. Il lui fit signe que oui.

Une fois encore, il s'était rendu à Pech Pern. C'était un lieu sacré, pour lui, où Margaux s'était attardée avant de reprendre sa route. Elle avait sans doute par trop magnifié ces vestiges antiques, mais qu'importe, les notes griffonnées sur un calepin suffisaient à lui faire admettre qu'un peu de son esprit hanterait encore longtemps cet endroit.

— Je n'avais pas envie de venir ici, mais je l'ai fait pour vous, dit-il en prenant Thée dans ses bras.

Elle l'embrassa sur la joue, toujours hésitante, lui retint la main comme si elle refusait de la lâcher. C'était signe qu'elle ne savait pas encore comment s'y prendre avec cet homme mystérieux, parfois si proche et parfois si distant. Cela faisait trois jours qu'ils ne s'étaient vus. Elle lui trouvait un teint gris et fatigué.

— Vous me manquez, Simon.

Il eût voulu répondre « vous aussi » mais ne le put, tant il se sentait marcher à côté de cette histoire qui ressemblait bien à une romance amoureuse. Craignait-il qu'elle ne l'emporte malgré lui bien plus loin qu'il ne le souhaiterait ? C'était une pensée qui l'avait occupé durant tout son voyage à Paris. Aimer encore ou ne pas aimer ?

Thérèse Anglard, elle, avait déjà fait un bout de chemin dans sa direction. Elle n'arrivait plus à croire que tout pourrait s'interrompre ainsi, d'un coup, comme un malentendu. Mais à observer sa distance, à ce moment même où ils venaient d'entrer dans la Grange, elle se referma comme une huître. Rochelin comprit à sa réaction que quelque chose venait de se briser en elle, une sorte d'illusion. Il réalisa pleinement que, lors de ces trois jours où ils ne s'étaient pas vus, Thérèse avait gambergé à son aise sur leur devenir commun. Il se jugea alors plutôt inconséquent d'être venu la voir, ici, alors qu'il eût dû selon toute logique se tenir à distance, tant que sa décision n'était pas prise.

Elle lui apporta un fond de thé. Puis s'écarta aussitôt. Un pas de côté que Simon ressentit comme un signe de colère froide à son encontre. Il se rapprocha d'elle et lui prit la main. Celle-ci, molle, se laissa tout juste saisir. Thérèse regrettait déjà de l'avoir embrassé sur la joue, de s'être abandonnée à un emballement stupide. *Après tout*, se disait-elle, *il ne s'est rien passé entre nous aux Murelles. Tout juste de gentilles paroles et de la musique douce*. Toujours lui tenant la main, il la conduisit au fond de la Grange, là où l'on avait entreposé les décors de *La Fête en plein air*. C'était un endroit tranquille avec des tabourets pour s'asseoir et des panneaux pour se cacher un peu.

— Aux dernières nouvelles, dit-il, on devait abandonner la pièce.

Elle haussa les épaules, le regard attristé fixant le pavage.

— Je sais ce que vous me reprochez, Thérèse…

— Rien, dit-elle. Que vous imaginez-vous ? Rien, répéta-t-elle.

— Je ne vous l'avais pas dit mais je me suis enfin rendu sur la tombe de ma fille, à Vélizy. Jusque-là, j'avais manqué à tous mes devoirs de père. À Paris, j'ai ressenti le monde se décomposer autour de moi, mon petit monde bourré de certitudes et d'égoïsme. Puis au passage j'ai mesuré l'ampleur de ma solitude. Et le peu d'importance de mon existence, jusqu'alors. Je n'ai rien fait de ma vie. Et, me suis-je dis enfin, aurai-je le courage, désormais, de rebâtir quelque chose de nouveau ?

Thérèse n'osait plus croiser son regard, bien qu'il la fixât avec insistance. Elle n'avait plus envie de lui porter secours. Elle ne se sentait pas inspirée pour cette vocation. À ce petit jeu, avec lui en quelques jours, elle s'était brûlé les ailes. Et si une infime part d'elle-même encore se trouvait disponible, elle désirait la garder intacte, mais assurément pas la confronter à ce sombre abattement qu'il lui offrait.

— J'espérais vous apporter un peu d'amour, mais si vous ne le désirez pas, je ne peux rien pour vous, Simon.

Elle se leva, mais il la retint, puis glissa son bras autour d'elle.

— Vous êtes la seule femme que je pourrais encore aimer, admit-il.

— À quoi jouez-vous, Simon ? À nous faire mal l'un l'autre. Le chaud, le froid… Jadis, dans une autre vie, j'ai fui un mari qui savait à merveille jouer des sentiments pour détruire les êtres autour de lui. Tantôt l'exaltation, tantôt l'accablement. J'ai vécu sur ce fil jusqu'à comprendre que si je voulais être sauve, il me fallait fuir, loin, très loin, et ne rien laisser derrière moi.

Simon songeait à la longue diatribe de Gil Pipelet au bar du Palais : « Toi qui n'aimes personne. » Ça le résumait assez bien.

— Accordez-moi un peu de temps. Très peu, très peu de temps.

Thérèse s'amusa de sa suggestion. Elle en avait entendu des tonnes, des petites phrases sibyllines de cette sorte. Et rien au bout. Le silence, le vide, l'ennui.

Après le départ de Rochelin – celui-ci ressemblant fort à une fuite –, Thée rejoignit les filles dans la Grange.

— Je devrai patienter pour savoir si mon ticket avec Simon Rochelin est encore valable.

L'expression les fit rire à gorge déployée. Ça ne les étonnait guère que son soupirant se comportât ainsi.

Selon elles, c'était une manière de jauger sa capacité de séduction.

— Il veut te mettre à l'épreuve, dit Roxane.

— Ça passe ou ça casse, ajouta Louise qui fumait un joint.

Elle le tendit à Thérèse qui le refusa tout net.

— Ça te ferait voir les choses sous un angle positif, insista Roxane.

— Moi, je suis sûre qu'il finira avec toi, tôt ou tard. C'est imparable, dit Louise. Comment pourrait-il passer à côté d'une telle chance ?

— Les hommes sont si stupides. Ils cherchent la perle rare et finissent avec une réplique, dit Roxane.

Puis, profitant que Rosetti voulait faire un discours à ses comédiens pour les motiver, Mme Anglard disparut, subrepticement.

Aux Murelles, Colombe et Juliette Valeyne avaient entrepris une longue conversation. Thée voulut s'éclipser discrètement pour rejoindre son bureau. Mais la voisine la saisit au passage.

— Vous ne voulez pas me voir ? Ce n'est pas bien, protesta-t-elle. Ah, je vois, s'esclaffa-t-elle, vous m'en voulez encore pour les lettres ?

Mme Anglard fit semblant de ne pas entendre.

— J'ai tout repassé, vos robes, vos corsages, vos ensembles bleu nuit et gris souris, énuméra Colombe. Et même les pantalons en lin… Enfin, précisa-t-elle, pour les pantalons, j'ai essayé. Je sais pas faire, reconnut-elle d'un air dépité.

Thérèse lui caressa la joue en arrangeant un peu sa coiffure en désordre.

— Tu devrais être plus coquette, tout de même. Je vais te donner de quoi t'habiller correctement. Sinon, ma petite, tu ne trouveras jamais un garçon.

Elle se mit à rougir.

— Pour ça, Thérèse, n'ayez crainte, je me débrouille.

— Ah, s'exclama Thée en se tournant vers sa visiteuse, vous avez entendu ?

Juliette attendait juste qu'on l'autorise à s'attarder. Un thé à la bergamote. Quelques petits gâteaux. De délicieux sablés fourrés au caramel au beurre salé. C'étaient ses préférés.

Une fois installées autour de la petite table bouillotte, on se remit à papoter. Si Colombe refusait de parler de son nouveau petit ami, malgré l'insistance de Mme Anglard, Juliette, elle, se montrait plus volubile.

— Croyez-vous, ma chère Thérèse, qu'il serait ridicule à mon âge que je fréquente ?

L'expression l'étonna si fort que Thérèse reposa sa tasse pour lui faire répéter le mot.

— Vous envisagez de vous mettre en couple ?

— Pourquoi pas ? fit Mlle Valeyne en agitant la tête frénétiquement.

— Certes oui, exulta Thérèse. Vous nous le présenterez ? Ici, nous adorons les histoires sentimentales.

Juliette reprit sa respiration pour apporter quelques détails : un homme de quinze ans de plus qu'elle, bon chrétien, veuf, et plein de sous.

— Est-il séduisant, au moins ? Enfin, bien de sa personne ? Portant beau, comme on disait autrefois ?

— Ma foi, oui. Il me plaît.

— C'est l'essentiel, ajouta Colombe.

Juliette précisa qu'il avait de la conversation, de la culture, et des connaissances en art.

La curiosité de Thérèse était si fortement aiguisée qu'elle s'autorisa quelques indiscrétions.

— Vous n'avez connu aucun homme à ce jour ?

— Connu ? s'interrogea Juliette.

— Je veux dire, c'est la première fois que vous fréquentez ?

— Oui. Certes oui, admit-elle en fermant les yeux. Aucun homme ne m'a approchée.

Thée hocha la tête, resservit du thé.

— Y avez-vous réfléchi ? Votre vie va être diablement bouleversée. Partager la vie d'un homme, de la cuisine à la chambre à coucher, c'est une sacrée aventure pour vous.

— Mais je le désire intensément. Pour la chambre à coucher, comme vous dites, ma chère Thérèse, j'y ai longuement songé. Là, je me sens prise au dépourvu. Saurai-je faire ? Moi qui n'ai jamais… Enfin jamais. Comment dire ? Oui, comment diriez-vous à ma place ? Allons ! Aidez-moi ?

— « Fait l'amour », dit Colombe.

— Voilà ! s'exclama Juliette. Ce ne sera peut-être pas nécessaire dans un premier temps.

— Je comprends, ajouta Thérèse.

Elle prit la main de sa voisine et la serra pour lui montrer qu'elle devrait se montrer forte et imaginative pour cette vie nouvelle.

— Un homme et une femme peuvent bien vivre ensemble sans le « faire », comme vous dites ?

— Assurément, reconnut Thérèse. Mais parfois, les hommes se montrent pressants. Il faut du doigté pour refuser leurs avances sans entraîner des torrents de malentendus. Les malentendus, reprit-elle, c'est le poison dans un couple.

Juliette hochait la tête avec tristesse.

— J'ai beaucoup appris de vous, ma chère Thérèse.

— Comment cela ?

— En lisant les lettres de William… Mais j'ai compris que tous les hommes n'étaient pas à son image.

Mme Anglard indiqua, bien que ça lui coûtât au passage de revenir sur cet épisode de sa vie, que ce William avait fait, avec elle, du sentiment amoureux un objet de chantage permanent, qu'il avait même envisagé d'introduire une tierce personne dans son couple.

— Pourquoi donc ? s'étonna Juliette.

— Pour parfaire mon éducation en matière de sexualité. Pour lui, les épouses n'étaient rien d'autre que des objets consommables, et il était donc nécessaire d'y adjoindre un peu de raffinement pour pimenter ses désirs et ses fantasmes. Comprenez-vous ?

Juliette ancra vite dans son esprit que tous les hommes n'étaient pas des William en puissance, surtout son Julien Bonnefoy, bon chrétien à la morale irréprochable.

28

Un orage violent éclata dès le matin avec des craquements répétés et résonnant en échos dans la vallée de la Dordogne. Ce vacarme sortit précipitamment Simon Rochelin de son lit. Il alla jeter un œil aux claires-voies d'un volet, et comprit à la couleur du ciel et à la lumière tamisée de la rue que ça ressemblait à une fin du monde, puis se recoucha aussitôt. *C'est un temps à flemmarder au lit*, pensa-t-il. Il s'assoupit, la tête lourde. La veille, il avait pris deux cachets de Stilnox, ce qu'il faisait rarement. Mais là, depuis son retour de Paris, il se sentait mal dans sa peau avec des pensées suicidaires, au point d'avoir réfléchi à la manière d'opérer. L'option qui tenait le plus la corde, c'était un bond par-dessus la falaise, à l'endroit même où Margaux avait chuté. Mais Simon Rochelin était d'un caractère plutôt lâche dans la vie, du genre qui abandonne vite face aux difficultés, et cette décision radicale lui parut à la réflexion hors de portée.

L'assoupissement fut de courte durée à cause d'un mal de tête qu'il attribua plutôt à ces damnés somnifères. Il resta longtemps immobile, couché sur le dos, seulement recouvert d'un drap tiré jusqu'au menton.

Par l'interphone, Simon passa commande d'un petit déjeuner. Il tomba sur Mme Lévêque qui lui expliqua qu'avec la pluie d'orage elle avait une inondation d'eau dans sa cave. Alors, il se décida à descendre le prendre dans la salle du restaurant. Précipitamment, il se délesta de sa robe de chambre et enfila des sous-vêtements propres, un jean et une chemisette en coton à gros carreaux. Il hésita à prendre un blouson en toile bleue ou un anorak d'été. Finalement, il opta pour la seconde solution. Il visita ses poches pour vérifier qu'il emportait bien avec lui ses deux cartes de crédit et quelques billets de banque. Par contre, Simon laissa sur la table de nuit son passeport et sa carte d'identité. Il hésita pour son permis de conduire. Finalement, il jugea qu'il ne lui servirait à rien. À Marteline, les gendarmes étaient plutôt cools, comme il avait pu le vérifier à maintes reprises.

Mme Lévêque l'attendait au pied de l'escalier, la mine défaite à cause de ses problèmes d'eau. Simon tenta de la rassurer en lui disant que de tels orages sur le Lot n'étaient pas si fréquents. À la vérité, il n'en savait rien, mais ne passe-t-on pas sa vie à promettre aux gens bonheur, santé, vie éternelle ? Ceux qui y croient sont les premiers marris…

– Aujourd'hui, dit-elle d'un ton solennel, il fait un temps à ne pas mettre un chien dehors. Mettez-vous à l'abri, monsieur Rochelin. Nous avons quelques journaux pour vous distraire.

Elle montra, à côté du tableau à clés, les trois ou quatre feuilles de chou de la région suspendues à leurs pinces. Il prit un air blasé devant une si mirobolante proposition pour tuer le temps, et se retira vers les croissants de la boulangerie Dugros et le café chaud.

Soudain Alice se rapprocha de lui, timidement. Sans doute à cause de sa patronne qui la surveillait comme le lait sur le feu. Simon voulut lui serrer la main, mais elle ne répondit pas à son geste. Soudain, elle extirpa de son tablier une petite enveloppe et la posa à côté de sa tasse. Bien que Simon fît un geste pour la retenir, la jeune fille disparut aussitôt. Il essuya méticuleusement dans une serviette en papier le beurre sur son couteau, puis trancha le rabat de la lettre. Elle contenait un bristol et une mention rédigée en écriture scripte.

Monsieur Rochelin, si vous voulez découvrir la vérité sur la mort de votre fille, rendez-vous à Murette. À trois cents mètres de la patte d'oie, prenez le premier chemin qui se présente, s'élevant dans un bois de châtaigniers. Au bout de cette montée, à soixante-dix pas environ, un cabanon de pierres, de planches et d'ardoises sous un fouillis d'arbres… Cherchez… Vous trouverez. Bonne chance.

Le message ne comportait aucune signature. Il était rédigé en bon français, sans la moindre faute et la calligraphie était soignée. Il fit signe à la jeune serveuse de s'approcher. Mais la tenancière veillait au grain. Elle sortit de son réduit pour demander à Rochelin s'il avait à se plaindre du service.

— Certes non. Mais j'ai une question à poser à votre employée. C'est strictement privé, insista-t-il avec agacement.

Simon se rendit compte une fois encore que cette Valentine Lévêque s'amusait à terroriser sa petite employée. Elle profitait de son tempérament craintif pour la dominer. Et comme la petite Alice ne venait pas vers lui, il s'approcha.

— Je ne veux pas vous créer d'embarras, dit-il. Mais me direz-vous qui vous a remis cette lettre ?

— Un monsieur, dit-elle. Je ne le connais pas.

— À quoi ressemblait-il ? Vous pourriez me le décrire ?

Alice demeura sans voix. Elle n'avait pas pris le temps de le dévisager.

— Taille moyenne, cinquante ans, moustache en forme de crocs ? précisa-t-il.

Mais la petite serveuse ne voyait pas ce qu'il entendait par là. Avec les doigts de la main, il fit mine de se rouler des bacchantes.

— Non, dit-elle. Il n'avait pas de moustache. Sa chevelure était plutôt grisonnante. Ce fut rapide. Il m'a mis la lettre en main en disant de vous la remettre. C'est tout.

— Il m'a appelé par mon prénom ? Simon ou…

— Monsieur Rochelin, fit-elle.

Elle avait hâte que l'interrogatoire se termine, d'autant que la patronne s'impatientait derrière son comptoir.

Simon sortit aussitôt de l'hôtel, d'un pas pressé.

En passant devant les Murelles, il marqua le pas. C'eût été intelligent de rendre rapidement visite à Thérèse Anglard, ne serait-ce que pour entretenir des liens, assurément fort distendus après la journée de la veille. Mais il poursuivit son chemin, sans se retourner.

Aux remparts, Simon prit la direction de la forêt de Peyraze. La pluie tombait par petits grains. C'était la fin de l'orage. Il s'était éloigné sur la vallée de la Dordogne, vers Sarlat et Domme. Il ne restait plus que de gros nuages espacés avec des coins de ciel bleu. Avant d'atteindre la forêt de Peyraze, il s'arrêta pour reprendre son souffle et boire une lichette de whisky, histoire de se donner du courage. Assis sur un bloc de pierre, Simon se mit à réfléchir à la situation. À vrai dire, la lettre d'un inconnu avait complètement bouleversé ses plans. Il avait envisagé de se rendre à Brive pour rendre la voiture à l'agence de location et acheter un billet SNCF pour Paris. Après tout, il n'avait plus aucune raison de rester à Marteline. Cette décision subite ressemblait à s'y méprendre à une fuite. Fuir le pays maudit où Margaux avait croisé la mort et, en même temps, bien que cela n'eût aucun rapport, fuir Thérèse Anglard aussi. Il ne se résignait pas à engager sa vie future auprès d'elle. Rien d'étonnant. Un Simon Rochelin ne s'engage jamais à rien. Il décline toutes les offres, les promesses, les serments, se satisfaisant outrageusement d'une fuite en rase campagne. Sur ce point, les paroles de Gilot Pipelet le poursuivraient encore longtemps.

Simon relut le petit bristol en s'interrogeant. *Faut-il aller là-bas ? Rien ne m'y oblige*, se dit-il. *Pourquoi devrais-je suivre les recommandations d'une lettre anonyme ? Diable, non. Ça ne me ressemble pas. Je n'ai jamais obéi qu'à ma conscience. Et celle-ci me dicte de prendre la poudre d'escampette.*

En vérité, le petit interrogatoire infligé à Alice l'avait rassuré. Je sais maintenant que ce n'est pas Eugénio Parent l'auteur de cette lettre anonyme. « Les bacchantes… », fit-il en éclatant de rire. *Sans doute le commissaire en disponibilité s'est délesté à la première occasion de sa promesse envers moi. Ce qu'on ne peut tenir, on le fuit. Rien n'est plus humain que la lâcheté. En la matière, je suis passé maître. Pourquoi donc irais-je en faire le reproche à ce con d'Eugénio ?*

Mais à ce stade, deux kilomètres parcourus sur le causse, ce serait ridicule de faire demi-tour. Aussi se borna-t-il à repartir vers Peyraze, en traînant la patte. Il secoua sa fiole de whisky et jaugea qu'il en restait assez pour tenir l'après-midi.

Vers 14 heures, après s'être légèrement égaré, Rochelin entra dans la forêt de Peyraze. C'était un lieu maudit, saccagé par les éléments, une sorte d'enfer végétal avec d'infinies rigoles d'eau qui ruisselaient vers la vallée. À chaque branche écartée sur son passage, il prenait en plein visage une giflée d'eau. Pourtant il ne pouvait se résoudre à tenir sa parka fermée à cause de la chaleur et de la transpiration. *Je ne suis décidément pas un homme de la terre*, se dit-il. *Encore moins un aventurier. Mon bonheur ne se trouve que sur les boulevards et les avenues parisiens, avec un souvenir à chaque carrefour.*

Soudain, Simon se plut à imaginer que le seul paradis est celui qui est pavé de bars, de restaurants, de terrasses bien garnies, de mains à serrer, de compliments à distribuer à droite et à gauche, en toute hypocrisie. *Et les féeries de la nuit n'ajoutent qu'un peu de tristesse et de mélancolie pour tout ce qu'on a entrepris et raté dans la vie*, pensa-t-il en écartant quelques moustiques qui s'acharnaient sur son visage.

Désormais, la fatigue aidant, Rochelin s'arrêtait de plus en plus souvent, prenant pour prétexte des observations qui l'éloignaient de son sujet. Les fleurs, les graminées, les nids de fourmis, les oiseaux s'ébattant dans les flaques d'eau et souvent, aussi, des bruits insolites : sangliers, chevreuils, blaireaux, fouines… Chaque fois, il tentait d'en deviner l'origine en scrutant la profondeur des sous-bois, comme pour se rassurer.

Parvenu à la fameuse patte d'oie, Simon s'arrêta pour réfléchir. Il chercha alentour quelque marque que l'auteur de la lettre anonyme aurait pu laisser. Mais rien. Tout était singulièrement ordinaire, comme sa balade dans Peyraze, ordinaire et absurde. Car il se sentait prisonnier d'une force obscure qui le dirigeait en un lieu dont il n'avait pas la moindre idée.

Suivant la recommandation du message, Rochelin emprunta le sentier de droite. En effet, il commençait par une petite grimpette, alors que les deux autres s'en allaient en pente douce vers la vallée. À cet endroit, il fallait se tordre le cou pour distinguer le ciel tant les chênes, les châtaigniers et les cormiers formaient un épais couvert végétal. Rochelin éprouvait l'étrange sensation de s'engouffrer dans un tunnel. Et il comprit assez aisément que le sentier finissait en cul-de-sac. En effet, le fameux cabanon était là, sous les arbres, comme une gravure romantique d'Hans Hoffmann. Il s'en approcha prudemment, jusqu'à se heurter à une porte, tenue fermée sommairement par un œillet de fil de fer. Simon frappa du poing, timidement au départ, puis avec insistance. Visiblement, il n'y avait personne pour l'entendre. Rochelin imagina que cette cabane de fortune, à l'origine vigneronne sans doute, lorsque la vigne peuplait ces lieux, n'était plus visitée que par les randonneurs. Il se mit à maudire l'auteur du message de l'avoir conduit en ce lieu.

À l'intérieur, le jour venait par deux fenêtres donnant sur une clairière étroite. Le sol était de terre battue. Quelques dalles disjointes avaient été apportées pour offrir un peu plus de confort. Au fond de la pièce, il distingua un châlit fabriqué de bric et de broc et recouvert d'un drap en vieux lin, rapiécé, d'une teinte douteuse. Sur trois ou quatre étagères de planches, ajustées de guingois, des couvertures d'un surplus militaire, grises, vert-de-gris et jaunettes étaient rangées au petit bonheur. Au pied du fameux lit, il distingua des croquenots style rangers et des bottes en caoutchouc. Sur une table trônaient encore des gobelets en fer-blanc, des timbales, des assiettes de même nature. *Repaire pour chasseurs*, se dit-il. C'était une activité fort répandue dans cette région. Certaines communes de peu d'importance possédaient jusqu'à deux sociétés de chasse, chacune œuvrant selon des statuts particuliers, l'une officiellement déclarée en mairie, l'autre officieuse, tolérée.

Le repaire était envahi de prégnantes odeurs de moisissure, d'animaux décomposés, de vieille cave. Ces remugles ne firent que le conforter sur la nature de la cabane, un lieu hanté par quelques viandards, bracos, tueurs et égorgeurs de chevreuils et de sangliers. Pourtant, malgré les incommodités du lieu, Rochelin décida de poursuivre ses investigations. C'était pour lui une sorte de découverte exotique de la France profonde. *Au moins je ne serai pas venu pour rien*, se dit-il. Et pour se donner du courage, il avala sa dernière gorgée de whisky, puis réserva quelques gouttes encore pour se frictionner le visage, comme si ce geste eût pu l'immuniser contre cette géhenne.

Sous un tapis, à droite du châlit, il découvrit l'existence d'une trappe. Il parvint à la soulever non sans efforts. On accédait ensuite dans une fosse par une échelle meunière. En actionnant son briquet, il s'offrit un peu de lumière, suffisamment pour trouver une lampe-tempête accrochée à une des solives. Il l'alluma après quelques manipulations auxquelles il était peu accoutumé. Puis il se mit à visiter dans le détail ce lieu insolite, inquiétant et secret. Les murs avaient été taillés dans le rocher au pic, du reste on distinguait les entaillures dans la roche calcaire. Sur un établi, quelques outils singuliers étaient posés en vrac. Malgré sa maigre connaissance de l'art cynégétique, il comprit que l'habitant de ce lieu fabriquait lui-même ses cartouches avec ces fameux outils d'autrefois : coupe-douilles, recalibreur, désamorçoir, sertisseur et autre mesurette. Sur une étagère, des sacs de plombs, des boîtes de poudre et d'amorces, tout le nécessaire pour emplir des cartouches de fusil et les doser à la demande.

Comme Simon s'apprêtait à fuir cet antre sinistre, son regard fut attiré par un petit colis en papier kraft soigneusement ficelé. Avec la flamme de son briquet il coupa le lien et défit le paquet. Celui-ci contenait une culotte féminine… Examinant le sous-vêtement, il y décela des taches grises et noires. C'était assurément des traces sanglantes. À la seconde, Rochelin réalisa que l'habitant de cette sinistre masure devait être l'assassin de Margaux. En hâte, il récupéra le sous-vêtement de sa fille et le glissa dans une des poches de sa parka, puis se pressa de quitter les lieux. Mais à peine eut-il passé la tête hors de l'ouverture, qu'il sentit sur son épaule le poids d'un objet. C'était un canon de fusil.

— Décidément trop curieux, monsieur Rochelin. C'est un vilain défaut.

La voix, dans la pénombre, il la reconnut entre toutes. C'était celle du braco des Tuilleries, le fameux Léo Vassel, le conseilleur en chef, l'homme-qui-sait-tout, le serviteur zélé des petites dames, l'homme serviable à toutes mains de Marteline… Il fallait y ajouter : assassin de jeune fille, violeur et tourmenteur. Instinctivement, Simon tenta de s'emparer de l'arme. Mais Léo Vassel n'était pas né de la dernière pluie. Il lui asséna un violent coup au visage.

— Ça me peine de devoir vous traiter ainsi, monsieur Rochelin. C'est pas mérité. Pas du tout même. J'ai bien aimé votre compagnie sur la Dordogne, et dans mon bois sacré. Nos conversations étaient d'un bon niveau. Moi, le plouc campagnard, et vous, l'aristocrate parisien, c'est une rare coïncidence. Ce sont deux mondes qui ne se côtoient jamais. N'est-ce pas ? Une chance, quand même. Et une situation enrichissante. Surtout pour moi qui sais à peine lire et écrire.

— Arrêtez vos simagrées, Vassel, le moment venu vous n'hésiterez pas à me tuer. Et pour cause… Je sais la vérité. Et me laisser en vie, ce serait les assises assurées, une condamnation à perpète…

— Ah, s'esclaffa Vassel, toujours les grands mots. C'est à ça qu'on reconnaît les intellectuels. Mais il y a du vrai dans ce que vous dites. La mort, pour moi, n'est rien. Je l'ai donnée tant de fois, dans le bled en Algérie. Torture, terribles séances de torture… Sur ordre. Forcément. Assassinats légaux… Ceux-là… Pour faire avouer. Un homme, ça ne se laisse pas faire, monsieur Rochelin. Ça résiste. Et plus ça résiste, et plus on cogne… Voyez mes cals osseux, là, sur la main ? C'est à force d'obéir aux ordres de ces putains de chefs, en ce temps-là.

Avec la pointe de son fusil, Vassel conduisit Simon sur le chemin. Il visait à hauteur de la ceinture. Bras levés par-dessus la tête, Rochelin s'attendait à chaque seconde à prendre deux décharges de 12 dans le dos.

Et à tomber face contre terre. Ils firent encore quelques pas, puis Léo Vassel lui ordonna de se mettre à genoux, les bras derrière la nuque. Le braco posa son fusil à côté de lui.

— Calme! Calme! fit-il Maintenant, on va causer, monsieur Rochelin. J'ai besoin, bien besoin de causer. Ma conscience… Comprenez-vous? Elle me torture les cervelles.

— Pour dire quoi? demanda Simon. La situation est claire. Vous avez violé et tué ma fille. C'est assez. Je ne veux pas vous accorder ce plaisir: montrer la peine et le désarroi d'un père.

Vassel parut réfléchir, les yeux levés vers le ciel et la course des nuages. Il se prêtait un air important, comme s'il détenait la vérité du monde à lui tout seul.

— Je veux dire, tout dire. Quoi? Vous ne voulez pas m'écouter? C'est un comble. Comprenez? Je fais des efforts. Et vous me refusez ça. C'est pas bien, monsieur Rochelin. C'est indigne de vous.

Simon l'observait avec horreur, ce petit bonhomme râblé, affichant une fierté qu'il ne méritait pas. *Qu'attend-il de moi? L'absolution… C'est un comble.*

— J'suis pas un animal, monsieur Rochelin.

— Pire que ça, répliqua Simon. Les animaux sauvages ne tuent que pour se nourrir. Vous, vous êtes un prédateur d'une tout autre espèce, violeur et tueur bas de gamme.

Vassel le fixait droit dans les yeux, la tête légèrement inclinée. Il avait l'air grave d'un homme conscient de sa toute-puissance.

Ce fusil à canon scié était son seul rempart. Sans lui, Rochelin l'eût massacré sur place avec une pierre, en lui fracassant le crâne. Mais il était du mauvais côté, impuissant, soumis à la force sauvage des assassins.

— Faut me comprendre… Pour les filles, dit-il, c'est comme ça. Moi, je n'en aurais jamais si je ne les prenais pas de force. Mais après, une fois que j'ai assez joué avec elles, alors il faut les finir. Ça supplie, ça pleure, ça jure de ne rien dire, jamais, mais faut pas les croire. Ce gibier, quand on le relâche dans la nature, il va direct voir les flics. En Algérie, quand on prenait les filles, on faisait pareil. On disait que le coup était parti tout seul. Ou, plus subtil, on chargeait le plus con de la bande de faire le travail. Parce que, c'est dur quand même de tuer. À cause du regard. Un regard noir. Furieux. Comme celui d'un blaireau quand on lui passe la corde autour du cou et qu'on l'étrangle à petit feu. Oui, le regard des petites Arabes, ça donne la nausée juste à l'instant d'en finir.

— Et Margaux, s'écria Simon, vous l'avez supporté son regard ?

Vassel se mit à hocher la tête. *Pourquoi a-t-il autant besoin de parler*, se demanda Rochelin. *Pour mieux m'assassiner, la conscience en paix ?*

— Que ça vous plaise ou non, monsieur Rochelin, je vais quand même vous raconter. Je vois que ça vous fait du mal. Mais moi, ça m'apaise l'âme.

Il reprit son fusil en main et se mit à jouer avec la gâchette.

— Je l'ai prise tout de suite dans le petit bois de Rageix, raconta-t-il d'une voix claire. Elle s'est débattue, certes oui, mais ça n'a fait qu'augmenter mon désir. C'est comme ça, chez moi. Faut que l'émotion me submerge, en toute conscience de ce que je fais. Puis, je l'ai emmenée chez moi, aux Tuilleries. J'ai enfermé la vieille dans le placard pour qu'elle n'entende pas les cris. Je lui ai même bouché les oreilles à cette vieille pie, ricana-t-il. Et après, mon cher Rochelin, ce fut magique... J'ai pris mon pied. Toute la nuit... C'est comme ça, que voulez-vous, je ne peux pas bander sans les faire souffrir, les donzelles... Tout petit, c'était déjà comme ça. Quand je piégeais des pigeons, je les faisais crever en les étouffant dans mes mains. Ça me mettait la quéquette en effervescence... J'attendais que leurs yeux se ferment pour toujours, que les pattes de ces petites bêtes se détendent, avant de relâcher prise. Des fois, longtemps après. J'aurais voulu que ça dure plus. Mais la mort, c'est la délivrance. La mort, déplora-t-il, ça vient trop vite.

Simon se prit la tête dans les mains pour cacher les larmes qui coulaient en silence sur ses joues.

— Et ensuite? dit le père de Margaux. Vous ne répondez pas? Je vais vous dire, moi, ce que vous avez fait, ensuite... Vous avez jeté son corps par-dessus la falaise de Roc-de-Port, murmura-t-il d'une voix lasse. Et vous avez regardé un moment son corps sur le bord de la rivière. Vous vous êtes dit: c'est moi qui ai fait ça! Cet exploit. Ce misérable tour de force.

Vassel balançait la tête de droite à gauche. Il n'était que sa vérité qui lui importait. En aucun cas, il n'aurait accepté qu'on parle à sa place. C'était son œuvre. Il devait en rester le maître jusqu'au bout, tant qu'il tenait Rochelin en joue.

— Je vais vous dire. Nous avons tout le temps. Je l'ai conduite là-bas à Roc-de-Port. Parfois, elle se laissait tomber à terre. C'était comme ça qu'elle me résistait encore. Mais je la relevais chaque fois, sans trop la molester. Gentiment. J'avais même des petits mots pour elle. Mais elle ne m'écoutait pas. Elle me crachait au visage avec des insultes. Incroyable. Mais ça me faisait ni chaud ni froid. Je la traitais gentiment. Sans violence. Pourquoi aurais-je poursuivi ma sauvagerie ? Après tout, j'avais eu mon content d'elle. Je savais à ce moment qu'elle ne pourrait plus m'apporter un gramme de plaisir.

— Et une fois parvenus à la falaise, vous l'avez jetée dans le vide ? C'est ça ? Mon Dieu, quelle horreur !

Vassel amorça un triste sourire.

— Votre fille, mon cher monsieur Rochelin, elle est restée digne jusqu'au bout. Même au bord de la falaise. Elle avait deviné que ça finirait comme ça et qu'il ne lui servirait à rien de lutter. Je l'ai garrottée par surprise, pendant qu'elle me tournait le dos. Ça, je vous le promets, je l'ai fait par surprise. Après, bien sûr, c'est long. Faut pas débander la tension de la corde. Et puis ça s'apaise, comme avec mes pigeons. Tout se relâche et c'est la paix, tranquille. Le ciel, la beauté de la nature, le silence, comme si rien ne s'était passé. Tout finit toujours par un silence terrible, monsieur Rochelin. On regarde le visage de la morte. Un coup de bibine, puis un autre, et on oublie tout. On se dit que c'est une vie gâchée pour son égoïste plaisir. Certes, c'est une pensée comme une autre. L'homme est une saloperie sous l'emprise de ses instincts. Mais non, c'est vrai, je dois vous le dire, pour que vous ne vous mépreniez pas sur mon compte : je n'ai pas eu de remords. Si c'est ça que vous attendez de moi, bernique. Le plaisir passe avant les remords.

Simon baissait la tête en attendant le coup de grâce. C'était dans l'ordre des choses, après l'aveu. Mais ce coup de fusil tardait à venir. Puis ils reprirent leur marche.

— Où vous m'emmenez ?

— Là-bas, au bord de la falaise. Faudra que ça ait l'air d'un suicide. Je veux pas vous tuer ici, rit-il, avant le bout du chemin. J'serais obligé de vous traîner. C'est de l'effort inutile. Et puis ça ne change rien. Un peu plus tôt, un peu plus tard.

Ils marchèrent en silence jusqu'à Roc-de-Port. Simon se tourna vers lui et le fixa droit dans les yeux.

— Je ne vous tournerai pas le dos. Je veux voir votre regard jusqu'au bout de la basse besogne. Non. Je ne vous accorderai pas ce privilège : supplier, implorer, geindre… Il faudra me pousser de force, s'écria Rochelin.

Un coup de feu clair retentit quelques pas plus loin.

— Pose ton arme, Vassel, sinon je te colle une balle dans la citrouille. T'auras même pas le temps de faire un geste.

Eugénio se tenait trois pas en arrière, au milieu des genêts. Il avança l'arme au poing et prestement s'empara du fusil. Le tueur n'offrit aucune résistance. Il avait compris que pour lui, la partie était jouée.

— Je ne vous laisserai pas le choix de me livrer à la justice, s'écria Vassel. Tout ça pour croupir le reste de ma vie dans une cellule. Jamais.

— D'accord, dit Eugénio. Alors choisis ?

Et il lui fit signe de sauter dans le vide. Jusqu'à la dernière seconde, bien que cette éventualité lui soulevât le cœur et offusquât sa conscience, Eugénio craignait encore que le braco lui résiste et qu'il dût lui tirer une balle pour l'immobiliser. Mais Vassel, en le voyant s'approcher de lui, fit un pas fatidique en arrière.

Les deux hommes s'approchèrent du vide pour voir l'assassin sur les galets, les bras en croix, à l'endroit même où l'on avait retrouvé, un an plus tôt, la petite Margaux.

Ensuite, Eugénio Parent extirpa le chargeur de son Glock 23. Il poussa un grand soupir en observant son ami.

— C'est toi qui m'as écrit ce message pour m'envoyer là-bas ?

— Bien sûr que c'est moi. Je savais que tu t'y rendrais, à cette baraque de misère.

— Et que Vassel me conduirait ici, ensuite ?

— Pour maquiller ta mort en suicide, ajouta Eugénio.

Ils se prirent dans les bras l'un de l'autre, se congratulèrent longuement, par petites tapes dans le dos.

— Petit frère, moi qui avais cru que tu avais lâché l'affaire... Tu m'as laissé dans le doute jusqu'au bout.

— Comment confondre cette ordure, autrement ? À son procès, il aurait pris vingt ans et aurait été relâché pour bonne conduite au bout de dix. Vassel était assez intelligent pour convaincre les psychologues, vu ses états de service en Algérie. N'était-ce pas là-bas, dans le bled, à Biskra, qu'on lui avait appris à tuer dans les commandos de choc ?

Plus tard, Eugénio expliqua qu'il avait décidé de mener une enquête sous un nom d'emprunt, Lorin Pierret, en se faisant passer pour un auteur de polar. Bien que l'idée lui parût saugrenue, Simon dut admettre que la supercherie avait bien fonctionné.

— Avec quelques inconvénients, reconnut Eugénio. J'ai dû me couper la moustache. J'y tenais tellement.

Et me teindre les cheveux. J'ai compris que Marceau Bazillac était innocent. Je crois que ta fille et lui s'étaient un brin amourachés. Et, autre « inconvénient », j'ai fait la connaissance de sa mère, Françoise. Nous sommes tombés dans les bras l'un de l'autre. Ça, mon vieux, ce n'était pas prévu au programme. Ce sont les risques du métier.

— Elle est mariée, cette Françoise ? Que comptes-tu faire ?

— Je m'interroge encore. Mais, en définitive, je crois que nous allons faire un bout de chemin ensemble.

29

Jusqu'au dernier jour, ce fut un suspense insoutenable. Donnerait-on la pièce ou ne la donnerait-on pas ? Finalement, c'est Thérèse Anglard qui trancha après la dernière répétition :

— On se jette à l'eau. Sans regarder en arrière. Et chacun met ses récriminations dans la poche et un mouchoir par-dessus.

Singulièrement, le plus contrarié fut Nino Rosetti. Il avait secrètement espéré qu'on lui éviterait cette épreuve. Car cette aventure lui avait fait comprendre qu'il ne serait jamais le metteur en scène de théâtre qu'il rêvait d'être. Et une telle découverte méritait bien une cuite sévère, au bourbon.

Au moment d'entrer en scène sous la halle de Marteline, devant un public clairsemé, Thérèse prit en main les opérations pour sauver le spectacle et engagea dans l'aventure Firmine Abal et Valentin Montbrun. Les deux garçons, bien qu'ils n'eussent été, durant tout le mois, que des doublures, s'en acquittèrent correctement. À la fin, sous de maigres applaudissements, toute la troupe se rendit aux Murelles pour fêter la première.

— On a prévu d'autres représentations ? s'inquiéta Colombe.

Roxane et Louise se regardèrent d'un œil inquiet.

— Assurément pas, conclut Thée. N'ayons pas de regrets, ce fut tout de même une belle aventure, soupira-t-elle.

Juliette Valeyne – qui s'était fait violence pour assister au spectacle – entra dans le salon des Murelles avec deux bouteilles de champagne. Colombe se précipita aussitôt pour les ouvrir.

— Les deux à la fois ? s'étonna Juliette.

— Ce ne sera pas de trop, jugea Roxane.

— Il nous faut porter un toast à Václav Havel.

Les deux filles se tenaient par le cou, par la taille, se pelotaient effrontément. Mlle Valeyne était choquée par ce déballage sentimental.

— Avec mon Julien Bonnefoy, je n'oserais jamais faire ça en public.

— Et la pièce, Juliette, qu'en as-tu pensé ? demanda Adam Field.

Elle se mit la main devant la bouche pour cacher son envie de rire.

— Je n'ai rien compris. Du début à la fin, rien. Mais je n'entends rien au théâtre moderne. Il ne faut pas m'en vouloir.

Thérèse s'approcha d'elle pour trinquer.

— Je reçois de nouveau des lettres de William.

— Ah oui. C'est un sacré obstiné, cet homme.

— Vous pourrez les emporter loin, très loin. Jusqu'en enfer. Peut-être avez-vous des entrées de ce côté-ci ?

Pour une fois, Juliette prit la plaisanterie en bonne part. Car Julien Bonnefoy, bien que fervent catholique, lui avait déjà conseillé de lâcher son missel et ses prières.

Nino Rosetti fit une apparition tard dans la nuit. Un air sombre, sinistre, sur le visage. Cette aventure de *La Fête en plein air* était la pire expérience de sa vie. Toutefois, il regrettait déjà de n'être pas allé jusqu'au bout de ses engagements, d'avoir battu en retraite devant l'obstacle. Il prit Thérèse à part, et pour la première fois, lui présenta de plates excuses pour son comportement dans le bureau.

— Je n'étais plus moi-même, dit-il pour sa défense. Et je pensais que…

— N'en parlons plus, ajouta Mme Anglard en frôlant de la main son visage. C'est une péripétie insignifiante.

— Nous ne nous reverrons plus, n'est-ce pas ? demanda-t-il, la tête basse. C'est normal. J'ai merdé du début à la fin.

— Tu n'es qu'un sale gosse, Nino. Tu as besoin de prendre de la hauteur en toutes choses.

— Il faudrait quelqu'un pour m'aider, me soutenir ?

— Je te vois venir. Ne compte pas sur moi, jura Thérèse. Il n'y a pas de place pour toi dans ma vie.

— C'est sans appel ?

Elle se détourna vers Louise. Car elle voulait le fuir, comme la peste, ce petit Nino, avant les larmes, les suppliques de circonstance. *Je veux être seule et libre comme l'air*, se promit-elle, *me prémunir surtout contre la folie et la passion. Et vieillir doucement au milieu de mes livres.*

Rosetti disparut en catimini, en rasant les murs. Louise l'accompagna du regard jusqu'à la porte de sortie sans un pincement au cœur. Son indifférence la surprit elle-même. *Décidément*, pensa-t-elle, *il n'est rien resté de cette histoire, pas de regrets, pas de remords. Nulle trace. Comme sur le sable de la plage après la dernière vague.*

Roxane avait déjà trop bu et clamait à qui voulait l'entendre qu'elle allait se marier avec Louise. Une cérémonie en blanc, avec des fleurs d'oranger dans les cheveux.

— Ça n'est pas possible, dit Adam Field. Deux femmes entre elles, c'est pas l'usage. Même, ajouta-t-il, c'est interdit par la loi.

— M'en fiche, lui lança-t-elle. Ça sera juste un prétexte pour faire la fête.

Louise s'amusait des réflexions de sa nouvelle conquête. Elle la trouvait tellement changée, libérée, sa petite amante, qu'elle se demanda soudainement si c'était bien elle l'initiatrice de sa métamorphose. *Pourtant, que lui ai-je apporté ?* s'interrogea-t-elle. *Mon amour, certes oui, mon bel amour. Serait-ce une valeur sûre, aujourd'hui, entre deux filles ?*

Le lendemain, Simon Rochelin se rendit aux Murelles. À sa mine défaite, ses airs penauds, Mme Anglard comprit que les carottes étaient cuites. Elle inspira un grand coup et serra la main qu'il tendait vers elle. Sa douleur était grande, vive, cruelle… Elle avait tellement cru en cet homme, en sa sincérité, en sa loyauté.

— Je laisse une part de moi-même, ici, dit-il. Une part tragique et infiniment douloureuse.

Simon lui tendit une photo de Margaux. Elle l'examina avec de petites larmes.

— Vous voulez me dire quoi, Simon ? Que vous reviendrez de temps en temps à Marteline pour honorer sa mémoire ?

— Je ne manquerai jamais de passer aux Murelles. Je vous en fais le serment. Et qui sait, peut-être, avec le temps…

Thérèse posa un doigt sur ses lèvres.

— Ne dites rien. Surtout pas. Et ne m'envoyez pas de lettres. Vous le savez, Simon, je ne les ouvre jamais.

Du même auteur (suite)

Chronique des Strenquel, Calmann-Lévy, 2014
La Bastide aux chagrins, Calmann-Lévy, 2015
Les Sœurs Querelle, Calmann-Lévy, 2015
L'Honorable M. Gendre, Presses de la Cité, 2016
Les Larmes de la pinède, Calmann-Lévy, 2016
La Belle Étrangère, Calmann-Lévy, 2017
Adélaïde, au bord de la falaise, Calmann-Lévy, 2017
Les Gens de Combeval, Calmann-Lévy, 2018
La Souveraine en son domaine, Calmann-Lévy, 2018
Un si joli mariage, Calmann-Lévy, 2019
Rue de la Fontaine-Bleue, Calmann-Lévy, 2019
Un cœur solitaire dans une maison trop grande, Calmann-Lévy, 2020
Un été sous les tilleuls, Calmann-Lévy, 2021
La Vallée des eaux amères, Calmann-Lévy, 2021
L'Héritière des sables fauves, Calmann-Lévy, 2022

Collection
TERRITOIRES

Jean Anglade
Une vie en rouge et bleu
Le Dernier de la paroisse
Le Choix d'Auguste
Le Sculpteur de nuages
Les Cousins Belloc
Le Grand Dérangement

Sylvie Anne
Le Gantier de Jourgnac
La Maison du feuillardier

Sylvie Baron
Un été à Rochegonde
Les Ruchers de la colère
L'Auberge du pont de Tréboul
L'Héritière des Fajoux
Rendez-vous à Belinay
Terminus Garabit
Un coin de parapluie
Une Miss pas comme les autres
Des noces en or
Les Petits Meurtres du mardi
Un hôte bien encombrant

Jean-François Bazin
Les Raisins bleus
Le Clos des Monts-Luisants
Le Vin de Bonne-Espérance
Les Compagnons du grand flot
Le Maître de la lumière
Le Dernier Tonnelier

Sarah Bell
Le Chant des reines

Henriette Bernier
Le Baron des champs

Jean-Baptiste Bester
L'Homme de la Clarée
Plus près des anges
Les Amants de Sainte-Catherine
Meurtre au pont du Diable

Françoise Bourdon
Le Moulin des Sources
Le Mas des Tilleuls
La Grange de Rochebrune
Retour au pays bleu
Le Fils maudit
Les Sentiers de l'exil
Les roses sont éternelles
Le Maître du Castellar
Le Secret de Belle Épine
Pour oublier la nuit

Édouard Brasey
Les Lavandières de Brocéliande
Les Pardons de Locronan
La Sirène d'Ouessant

L'Affaire Cabre d'or
Le Domaine des oliviers
Les Fils du patriarche

Patrick Breuzé
Les Remèdes de nos campagnes
La Valse des nuages
L'Étoile immobile
Mon fils va venir me chercher
La Montagne pour refuge
Versant secret
Les Buveurs de ciel

Nathalie de Broc
La Vallée des ambitions
La Robe pourpre

Michel Caffier
Corne de brume
La Paille et l'Osier
Les Étincelles de l'espoir

Anne Courtillé
La Tentation d'Isabeau
Le Gaucher du diable
Les Damoiselles de Clermont

Annie Degroote
Les Racines du temps
D'infinies promesses

Jérôme Deliry
Une rivière trop tranquille
L'Héritage de Terrefondrée
La Maraude

Raphaël Delpard
L'Enfant sans étoile
Pour l'amour de ma terre
L'enfant qui parlait avec les nuages
Le Courage de Louise

Alain Dubos
La Mémoire du vent
La Corne de Dieu
Le Dernier Combat du Dr Cassagne

Élise Fischer
Les Noces de Marie-Victoire
Je jouerai encore pour nous
Villa Sourire
L'Étrange Destin de Marie
Le Jardin de Pétronille
Aux Deux Hirondelles
Les Femmes des terres salées
La Promesse du sel
Le Vin de Pâques
Marionnettes d'amour
Là où renaît l'espoir
Tous au théâtre
Les Silences de Jeannette

Emmanuelle Friedmann
Le Rêveur des Halles
La Dynastie des Chevallier
L'Orphelinat
La Faute des autres

Alain Gandy
Les Cousins de Saintonge

Gérard Georges
Une terre pour demain
Le Destin des Renardias
Le Bal des conscrits
Mademoiselle Clarisse
Anatole, fils de personne
La Mésangère

Georges-Patrick Gleize
La Fille de la fabrique
Pas plus tard que l'aurore
Le Serment des oliviers
Le Vent de la jeunesse
Quelques pas dans la neige
Les Noisetiers du bout du monde
Le Crépuscule des Justes
Même les pierres ont une histoire

La Montagne des autres
Coupe rase
La Dernière Traque

Yves Hughes
Et meurent les marionnettes

Yves Jacob
Sous l'ombre des pommiers
Le Silence de Justine

Corinne Javelaud
L'Ombre de Rose-May
Les Petits Papiers de Marie-Lou
L'Odyssée de Clarence
Les Fantômes de Marianne

Guillemette de La Borie
La Dernière Héritière
Le Portrait disparu

Hélène Legrais
L'Ermitage du soleil
Les Héros perdus de Gabrielle
Les Ailes de la tramontane
La Guerre des cousins Buscail
Les montagnes chantaient la liberté
Ceux du Château, ceux du Moulin
Trois gouttes de sang grenat
Les Anges de Beau-Rivage
Le Bal des poupées
Le Front dans l'azur
Nous étions trois
Le Cabanon à l'étoile
L'Alchimiste de Sant Vicens

Philippe Lemaire
Rue de la Côte-Chaude
L'Enfant des silences
L'Oiseau de passage
La Mélancolie du renard

Alfred Lenglet
Du poison dans les veines
Jeux mortels en hiver
Temps de haine
Cœurs de glace

Éric Le Nabour
Retour à Tinténiac
La Louve de Lorient
À l'ombre de nos larmes
La Frondeuse
Cécile et les Beaujour
Comme une aube fragile

Jean-Paul Malaval
L'Or des Borderies
Soleil d'octobre
Les Noces de soie
La Villa des térébinthes
Rendez-vous à Fontbelair
La Folie des Bassompierre
Chronique des Strenquel
La Bastide aux chagrins
Les Sœurs Querelle
Les Larmes de la pinède
La Belle Étrangère
Adélaïde au bord de la falaise
Les Gens de Combeval
La Souveraine en son domaine
Un si joli mariage
Rue de la Fontaine-Bleue
Un cœur solitaire dans une maison trop grande
Un été sous les tilleuls
La Vallée des eaux amères
L'Héritière des sables fauves

Antonin Malroux
La Promesse des lilas
La Cascade des loups
La Pierre marquée
L'Homme aux ciseaux d'argent
Les prés refleuriront
Fenêtre sur village

Marie des Adrets
L'Espoir de belles aurores
Le Pain de paille
Le Cœur de mon père
Le Charpentier du paradis
Un soleil pour chaque jour
L'Académicien de juillet

Jean-Luc Mousset
L'Enfant des labours
Le Secret de Neige

Sophie Muffat-Méridol
L'Homme au bouquet
La vérité qu'elle mérite

Brigite Piedfert
Deux grains de sucre, un soupçon de secret
Tu seras princesse de Tarragone

Frédéric Pons
Les Pèlerins du diable

Agathe Portail
L'Année du gel
Piqûres de rappel
De la même veine

Nicole Provence
Le Secret d'Aiglantine

Joël Raguénes
La Maîtresse de Ker-Huella
La Dame de Roz Avel
La Sirène du port
Les Trois Saisons de la vie
L'Or du lin
Les Vies de Jeanne
Pêcheurs du bout du monde
Les Derniers Seigneurs de la mer
La Salamandre de Trévarez

Florence Roche
La Terre des Falgères
L'École du lac
La Réfugiée du domaine

Élisabeth Segard
Une certaine idée du paradis
Un futur presque parfait

Geneviève Senger
La Maison Vogel
L'Enfant de la Cerisaie
La Dynastie des Weber
Les Jumeaux du val d'amour
La Promesse de Rose
Les Bellanger
La Dame des Genêts
L'Or de Salomé
La Terre originelle
Le bonheur est au fond des vallées

Jean Siccardi
La Source de saint Germain
Le Maître du diamant noir
L'Ivresse des anges
L'Auberge du gué
Gaston des vignes
La Chapelle des Templiers
Le Dernier Faiseur d'or

Bernard Simonay
L'Or du Solognot
Le Marais des ombres
Meurtres d'outre-tombe

Valériane Taront
Fenêtre sur jardin

Jean-Michel Thibaux
L'Olivier du diable
Le Maître des bastides
Le Rappel du tambour

Katia Valère
Après la nuit vient l'aube

Brigitte VAREL
Le Secret des pierres

Louis-Olivier VITTÉ
La Guérisseuse de Peyreforte
Là où coule une rivière
Le Secret de Tire-Lune
La Statue engloutie
La Dame des vignes hautes
La femme qui voulait voir la mer
Petit Jean

Colette VLÉRICK
L'Enfant sur le pont
Un air de liberté
La Nacre des abers
Dans la lumière de Pont-Aven
Rêves d'indiennes

Photocomposition Belle Page

Achevé d'imprimer en octobre 2023
par CPI BRODARD & TAUPIN (72200 La Flèche)
pour le compte des Éditions Calmann-Lévy
21, rue du Montparnasse, 75006 Paris

PAPIER CERTIFIÉ

CALMANN LÉVY s'engage
pour l'environnement en réduisant
l'empreinte carbone de ses livres.
Celle de cet exemplaire est de :
700 g éq. CO_2
Rendez-vous sur
www.calmann-levy-durable.fr

N° d'éditeur : 3798349/01
N° d'imprimeur : 3054447
Dépôt légal : octobre 2023
Imprimé en France.